CW01660985

RÉQUIEM

POR LA RAZÓN

Ramón Canal

Primera edición: mayo 2009

Printed in Spain - Impreso en España

ISBN: 978-84-613-1226-9
Depósito legal: M-15.628-2009

Impreso en Alef de Bronce, C.P.G. S.A.
C/ Ercilla, 5 - 28005 Madrid

A Maribel,
Ramón, Marta
y Luis Pablo

(Por orden
de aparición
en escena)

Página en blanco para una frase célebre.

Nota del autor

Al margen de lo establecido legalmente para estos menesteres, a título personal, (otra cosa es lo que diga la editorial) un servidor permite todo uso de su obra sin limitación alguna, incluso sin reconocerse la autoría, es más, apropiándosela. Sí, sí. Se permite la reproducción, difusión, distribución, top manta, traducción, transformación, troceado, y distorsionado, auque sea con fines comerciales, extraños, o difusos. Faltaría más. El caso es no discutir.

El autor le concede todos los derechos sin necesidad de que Vd. se los pida, ni que tenga la obligación de citarle. Si tal, aprovechando la ocasión; y recordando lo complicado que ha sido siempre, desde la noche de los tiempos, en este querido planeta nuestro, el encuentro entre seres desconocidos, y con frecuencia, más complicado todavía, cuando nos conocemos mejor; podemos enviarnos unos recíprocos saludos. ¡Hola! ¡Hola!. Tratando de lograr, aunque sin hacernos muchas ilusiones, un mundo, sino más justo; que eso ya vemos que no es posible, porque vivimos precisamente en un mundo injusto por naturaleza sí, uno al menos, un poco más agradable. Por todo ello, ahí va un saludo afectuoso. ¿Cómo está Vd.? How are you? C,a va?. Si me lo quiere devolver, bien, fenomenal, le quedaré por siempre agradecido, en todo caso, me conformo con que no me insulte, pero si se empeña, tampoco pasa nada.

Somos libres, tal vez.
No sé si me explico.

Suyo afectísimo y s.s.

Ramón Canal López
rcanalca@gmail.com

Prólogo

Ramón Canal se ha pasado miles de horas al volante por las carreteras de medio mundo, lo que creo yo, le ha dado tiempo para pensar. Y vive Dios que pensó mucho. Al menos es la conclusión a la que se llega después de leer este libro, el primero del autor, al que él define como "un desahogo de recuerdos e impresiones de una época de grandes cambios". Y eso es lo que es. El desahogo de un superviviente que ya ha rebasado los sesenta y que, en primer lugar, da gracias por haberlo conseguido y que tiene ganas de echar fuera sus sentimientos de esos tiempos de su niñez, y juventud en Galicia. Un hombre que se hace muchas preguntas sobre las más variadas cuestiones, desde su inconformidad con el diseño de la columna vertebral de los humanos, obligando a pasar el nervio ciático entre dos vértebras, con los consabidos pinzamientos, cosa de la que él tiene experiencia, hasta sus consideraciones sobre las complejas relaciones humanas. Le preocupan el amor, las relaciones de pareja, la violencia, aborto, suicidio, corrupción, crisis, y muchas cosas más.

Este libro es la gran reflexión de un hombre sensible, con mucho sentido del humor, con nostalgia de algunos años de su pasado que incluso osa dar consejos, como por ejemplo: Cuando la vida, las circunstancias, y los que te rodean, se ponen muy pesados, lo mejor es darle un corte de mangas al entorno, y buscarte la vida por otro lado, y con ello cambiar de ambiente, de amigos, amor, patria, y de lo que haga falta. Ramón es un tipo original y polifacético, igual se hace Derecho, que piloto, toca el piano, o la guitarra -es hijo de músico- y ahora se pone a escribir este libro que a muchos nos lleva al pasado que tenemos con él en común.

Chico, Ramón, la verdad, no hay derecho a hacernos recordar tanto, pero te lo agradecemos, compadre, porque, dicho sea de paso, Manuel Carballo y yo, somos los padrinos de su guapísimo hijo mayor que casualmente, se llama también Ramón. Un beso.

Orense, Febrero 2009
Maribel Outeiriño

Presentación

Fue por mediación de un amigo de mi padre, que llegó a mis manos el original de "Réquiem por la razón", de Ramón Canal. Tengo que reconocer que en principio me sorprendió, me pareció un tema un tanto extraño, muy distinto a lo que me suelen enviar todos los días, pero una vez que empecé a hojearlo, precisamente por tocar unos temas inéditos, poco frecuentes en estos tiempos, me picó la curiosidad. También el hecho de que, al ser media gallega, mi madre nació en Vigo, me empezaron a sonar algunas de estas historias que, aunque pertenecen a otra generación, me han acompañando a lo largo de mi vida, a través de lo que lo me contaban los mayores.

El día de la muerte de la cantante Cecilia, en Agosto de 1976, mis padres y yo, nos encontrábamos en Vigo de vacaciones, como hacíamos todos los veranos, a donde llegábamos después de un largo viaje desde Barcelona, a bordo de nuestro SEAT 124. También mis padres eran admiradores de aquella recordada cantante, y se quedaron impresionados cuando se enteraron de su trágica muerte en un pueblo de Zamora, al regreso de su actuación en la sala Olimpia de Vigo. Por aquellas fechas, yo tenía solo cinco años, pero eso no impidió que quedara en mi memoria aquella trágica noticia, puesto que ya empezaba a cantar, junto con mi madre, algunas de sus canciones. Los discos de Cecilia sonaban asiduamente en nuestra casa de Sarriá, durante mi niñez, y adolescencia.

Cuando Ramón nos habla del Orense de aquella época, de las Burgas, de la censura, emigración, nacionalidad, fronteras, emigración, religión, etc., no nos deja indiferentes, nos dice cosas nuevas sobre temas de siempre, pero desde un punto de vista muy personal, distinto a lo que escuchamos habitualmente. Cuando leemos un libro por primera vez, lo que te queda de verdad, realmente, es si nos cuenta algo nuevo, si nos descubre algo. En "Réquiem por la razón", sucede esto, yo me encontré, y a Vd. tal vez le pasará también, si lo lee, con cosas, ideas, comentarios, que nunca había oído, ni leído antes. Por ejemplo, el relacionar la ocupación del islote Perejil, en Julio de 2002, con el tan denostado apoyo del ex presidente Aznar a la triste guerra de Irak, nunca lo había oído antes, pero si nos paramos a pensar, tiene su sentido.

Cuando nos expone la sencilla relación entre los suicidios que se venían realizando, desde el viaducto de la calle Bailén de Madrid, con el hecho de que un día, al cabo de tantos años, a alguien se le ocurre ponerle unas simples mamparas de cristal de dos metros de altura en los laterales, nos da una idea de cómo una cosa tan trascendente, puede depender en parte, de un hecho tan poco relevante. Comentarios con aspectos distintos sobre circulación, accidentes de tráfico, sistema de multas, (con la revelación, que para mi es totalmente nueva, de cómo una sanción de veinte euros, se puede convertir, en otra de trescientos. Me dejó perpleja, francamente, desconocía este sistema tan malvado). En fin, es una lectura que recordaremos, porque nos va a descubrir aspectos de la vida diaria que tal vez, no conocíamos, o que lo veíamos de forma distinta. Por ejemplo, al conducir, instintivamente me acuerdo de su narración del accidente de tráfico, del choque de frente, y estoy preparada para echarme fuera sin dudarlo, antes de que sea tarde.

Cuando me ponen un papelito con la notificación de que me he rebasado la hora en el parquímetro, me acuerdo de que aquello se puede convertir en un palo de trescientos euros, o de que tengo que ir al depósito municipal de las Barranquillas, entre drogatas, si estoy en Madrid, y me quitan el coche algún día, es una auténtica revelación, como lo será para mucha gente que siga leyendo.

Como pasa siempre, son estas situaciones inéditas que nunca contamos con ellas, hasta el día en que nos toque. Es decir, su lectura le va a descubrir algo nuevo, diferente, no para lograr el éxito, la felicidad, y el dinero, que tanto se estila, mediante los consabidos secretos, milagros, o misterios, a los que Ramón tiene tanta manía, y cuya clave solo conocen los iluminados, y oportunistas de siempre, pero sí creo de verdad, que encontrará en su lectura, un entretenimiento ameno y original, por lo menos aquí, no hay sospechas de plagio. Ya no es poco, con tanta avalancha de contenidos.

Tengo que admitir, que sus comentarios sobre temas tan manidos, y debatidos, como el de la patria, o el de la nacionalidad, (…"porque las fronteras solo existen para los que tienen que cruzarlas en patera") me han hecho meditar, sobre todo, al relacionarlas con la libertad de volar, y con el dinero que, aunque todos lo entendemos, no se suele exponer tan claramente (…"la patria la llevamos cerca del corazón, en la cartera" o, "… pareja y patria, al menos dos, como hacen los millonarios") Podremos estar o no, de acuerdo, pero hay que reconocer que no es corriente encontrar argumentos tan diferentes, en estas cuestiones.

Me estoy imaginando la escena de mi paisano catalán en Buenos Aires, explicándole a un argentino, porqué no le debía de llamar gallego. (…"Vos sós un gallego che, y no se habló más. ¿Víste?"). Lo de la América Gallega, la emigración, la morriña, lo enfoca desde una visión muy personal, pero alejada de cualquier dogmatismo, es más, como él dice expresamente, como gato escaldado ante tantas afirmaciones que resultaron negativas, dispuesto a rectificar lo que haga falta. Lo mismo puedo decir de los párrafos dedicados al tan debatido tema del aborto, lo que escribe Ramón sobre ello, me resultó realmente impresionante, puede sonar raro mi afirmación, pero es la verdad, nunca había leído semejantes argumentos, me conmovió, simplemente, es un tema muy importante para mí, y creo que los comentarios que se recogen aquí sobre el tema, pueden influir más en la decisión que puedan tomar muchas mujeres, que los debates que se hacen sobre la ley del aborto.

Sus opiniones sobre la reproducción, (increíble, inédito, lo que escribe sobre los dinosaurios) sexualidad, religión, terrorismo, incluso crisis, (…"se encontró con que su banco era un casino, su asesor un croupier, y su inversión una apuesta en la ruleta") así como aquello de " todavía no ha aparecido el valiente que traduzca lo de Casch and Carry en su tienda", reflexión igualmente desconocida para mi, detalle en el que yo nunca me había fijado, pero del que ya siempre me acuerdo cuando voy al súper. También es interesante su consideración, ante la quiebra de los valores morales, corrupción, delitos económicos, etc, el que vea como única salida a todo esto, el control que los ciudadanos deben hacer, sobre todo en el campo de las actividades públicas, por medio de la tecnología, de las comunicaciones actuales, informática, internet, etc.

Comentarios sobre épocas pasadas pero también actuales, en algunos casos con mucho sentido del humor, to-

cando de pasada, referencias sobre el Opus Dei, Cáritas, Rotarios, Masones, etc., les sorprenderá sus opiniones. Merece la pena que le dedique una pequeña atención. Le gustará. Reconozco que para las generaciones más jóvenes como es la mía, no es un tema de moda y, en ciertos aspectos, hay que leerlo con calma, mejor dicho, y si es posible, releerlo con calma, para entender la cantidad de cosas que nos quiere transmitir Ramón, a primera vista, demasiadas, se lo dije, muy típico por otro lado, de las personas que quieren abarcar mucho. Creo que su lectura le resultará amena. Anímese a leerlo.

Barcelona, 20 de Enero de 2009
Margarita Bassols

Réquiem por la razón

Desde que el "Homo sapiens" habita nuestro sufrido planeta, se ha ido imponiendo, no sin dificultades, al resto de las especies con las que comparte el mundo conocido, fundamentalmente, por su capacidad de razonar. Sabemos que este dominio lo ha ido consiguiendo de una forma muy paulatina, porque esto de la razón, por lo que podemos comprobar cada día, es muy complicado, lleva su tiempo, e hizo falta que transcurrieran muchos miles de años, para que el distanciamiento intelectual con nuestros vecinos, los animales que llamamos, en ocasiones no sin cierta envidia, irracionales, sea verdaderamente apreciable. Es más, cuando tienes un día de estos, en el que no encuentras muchos motivos para alegrarte la mañana; cuando ves que a tu alrededor, no hay más que violencia, corrupción, miseria, y muerte; cuando sientes esa inquietud, ese come-come típico de la amargura, y/o de la tristeza, sospechas de que, tal vez, hemos llegado a una época en la que no sólo no avanzamos en la dirección correcta, para seguir alcanzando mayores cotas de racionalidad, y con ello, mejores niveles de entendimiento, y civilización; sino que al observar cómo se va deteriorando la convivencia entre los ciudadanos, y cómo se suceden los tristes, y aberrantes acontecimientos protagonizados por integrantes de nuestra misma especie, empezamos a pensar de que apenas nos quede algo de esa cualidad que la naturaleza había otorgado a los seres humanos en exclusiva: La razón. La hemos perdido, llegando incluso a dudar, de la conveniencia de que la hayamos tenido alguna vez, ya que al utilizarla con fines destructivos, hace que se produzcan unas consecuencias dramáticas para la humanidad. De la misma forma que llegamos a la conclusión, de que sería mejor que no tuviéramos dinero, si lo que vamos a hacer con él, es comprar veneno para inyectárnoslo en las venas.

En los años de la dictadura franquista, en esta España nuestra de la camisa blanca, que cantaba Ana Belén, los dirigentes de aquél régimen, muy estrechamente unidos a los jerarcas de la Iglesia , controlaban, o intentaban hacerlo, todo lo que se movía, o se cocía, en nuestro país, en aquellos tiempos en los que, curiosamente, aunque las necesidades abundaban, no se hablaba de crisis, ni cosas parecidas, porque los valores morales eran, con frecuencia, el único activo, y como éstos no se contabilizan, ni cotizan en bolsa, no teníamos demasiados problemas. Ahora, en estos tiempos en que lo material, el dinero, el bienestar terrenal, se han impuesto rotundamente, lo de la crisis económica, adquiere más relevancia porque, al haber quedado en un segundo plano, cuando no desaparecido del todo, esos otros valores; principalmente en nuestro país, donde la moral, sobre todo, la vinculada a la Iglesia Católica, ha ido casi siempre unida a los buenos negocios; nos quedan únicamente los valores materiales y, al fallar éstos; que a diferencia de los morales, donde además de no ser de fácil evaluación, en último caso, se podían suponer; nos encontramos un poco perdidos, con el agravante, de que ya ni se nos ocurre acudir, por falta de entrenamiento, al último recurso, tan socorrido en otras épocas: Ponernos a rezar.

Por aquel entonces, toda la actividad que desarrollaban los ciudadanos, ya sea en el plano económico, político, social, o en cualquier cosa, susceptible de poder alcanzar alguna relevancia, por pequeña que pudiera ser, estaba supervisada, y controlada por el régimen. En el plano cultural, la vigilancia se realizaba mediante la censura que afectaba a todas las publicaciones, obras de teatro, espectáculos, películas, canciones, etc. Todo estaba sometido a ese control cívico-militar-religioso, que vigilaba toda la actividad ciudadana de la época. Esto no quiere decir, que no se hicieran cosas, y con frecuencia, muy interesentes, pues sabido es que siempre el ingenio, y el talento de verdad, cuando no la imaginación, e incluso, la picaresca, termina encontrando fórmulas para la creación. Además de que, como todos sabemos, la humillante, e indigna, falta de libertad, es precisamente la que puede obrar el milagro de que sea posible escribir el Quijote, el diario de Anna Frank, o de que pueda volar una cometa. En lo que se refiere al cine, aparte del control absoluto sobre los guiones, y todos los detalles, de producción y rodaje; para la exhibición de las películas en todas las pantallas del país, se le asignaba una clasificación (del uno, al cuatro) que indicaba los niveles de peligrosidad moral. De esta forma, las películas clasificadas con el uno, y el dos, eran las indicadas para niños, y adolescentes. Las que tenían un tres, eran las que se decía, recomendadas para mayores, y ya las del cuatro, (mi madre Pastora se persignaría) estaban consideradas, como extremadamente peligrosas. A éstas únicamente iban los atrevidos, y las frescas que, obviamente, estaban dispuestos a condenarse eternamente en los infiernos. No solo eso sino que, en el caso de alguna cinta, llegó al extremo de ser considerada por la Iglesia Católica, como causa de excomunión al osado espectador que se atreviera a verla. Esto ahora, tendríamos que empezar, por explicar en que consistiría la excomunión actualmente, ya que, entre otras cosas, estaríamos todos prácticamente excomulgados, aparte de que la comunión, esa exteriorización, y en algún caso, exhibición del virtuoso, frente al pecador, o pecadora, en la actualidad, ya no es tan frecuente, ni tendría los mismos resultados, pero que, en aquellos oscuros tiempos, sonaba tremendo o, como se diría ahora, ¡Que fuerte!.

Existía un escalón intermedio en esta clasificación de peligrosidad moral, dirigida preferentemente, a controlar todo lo que tenía relación con el obsesivo peligro éste de la puñetera carne de nuestros pecados, que llevamos siempre puesta. Obsesión que ha llevado a nuestra Iglesia, a darnos explicaciones inverosímiles, de lo que la naturaleza establece de forma tan sencilla, como contundente. Hubo grandes debates entre los jerarcas que decidían estos temas, y en algún caso, llegó a intervenir directamente el gran Jefe, para salvar, o condenar, a tal, o cual película, con el fin de que se pudiera, o no, exhibir en nuestros cines, cosa que algunas veces se lograba a base de muchos cortes, tanto en las imágines, (sobre todo besos, y vecinos) como en los diálogos, de forma que películas tan famosas, como "Casablanca", "Gilda," o "Lo que el viento se llevó", sufrieron grandes mutilaciones para que pudiera pasar la censura, y poder ser distribuídas por todo el territorio nacional. Este escalón intermedio en esa clasificación moral, salvó a muchas cintas, que estaban al borde, al límite, de ser consideradas, extremadamente peligrosas, y con ello, la drástica reducción de espectadores, cuando no, directamente su prohibición. A estas películas se les asignaba la clasificación 3R, que quería decir, que estaban autorizadas para mayores, pero con reparos. No sea.

Como el subconsciente está ahí, esta expresión, con reparos; aparte de llevarnos de vuelta a esa época de nostalgia, que inevitablemente se presenta, cuando recordamos nuestra niñez, y juventud; nos ha servido a los de nuestra generación, para expresar un sentimiento de duda, algo parecido a lo que queremos decir con el consabido sí, pero, y de esta forma se lo aplicamos también a muchas cosas, que en principio, nos suenan bien, son positivas, pero que también pueden tener su cara, su aspecto discutible. Por ejemplo cuando hablamos de la naturaleza. Sí, por supuesto, pero podemos añadir también, con reparos. Tenemos que aclarar algunas cosas, algunos detalles. (Antes de seguir, quisiera advertir, que por exigencias del guión, o simplemente, para que le vamos a dar más vueltas, por ignorancia, o cualquier otra manifestación de incultura, o mejor, de cultura negativa, en lenguaje de la economía moderna, unas veces me permito hablar en plural, tal vez por influencias reales, o deportistas, y otras en singular, e incluso, para más punto, en primera, o segunda persona, en todo caso, gracias por su bondad, y comprensión) Todos estamos entusiasmados con las maravillas de la naturaleza, lo sublime de todo lo natural. Con frecuencia nos referimos a que tal, o cual cosa, diciendo que es muy natural, cuando pretendemos ensalzar las cualidades de un determinado producto. Por supuesto que no tengo nada que decir en contra de esto, pero se hace necesario, como siempre, no generalizar, es más, tenemos que reconocer que hay muchas cosas naturales que son francamente malas. Empezando por la misma muerte, que cuando se dice que es natural, nos parece que es más benévola que la que resulte de un accidente, o de un tiro, cuando ambas producen exactamente los mismos efectos. Yo creo que esto se debe, a que todo lo que se relaciona con la naturaleza, tiene muy buena prensa, sobre todo desde que el Sr. Al Gore, se ha metido de lleno a defenderla, cual moderno caballero andante, lo haría de su Dulcinea que, más natural, imposible. Cuando en la alta montaña, con ausencia total de contaminación, no tienes un triste hornillo contaminador que te caliente, seguro que te mueres congelado, eso sí, con mucha naturalidad, en un ambiente ecológico perfecto. Después, como más adelante veremos, al tratar los diferentes temas, el sistema de reproducción de las especies, y de los humanos en particular, enfermedades raras, rarísimas, tremendas, deficiencias, etc, la naturaleza se ha portado muy "malamente" con la especie humana, cuando no, actuando directamente, con muy mala leche. Sin ir más lejos, ¿A quién se le ocurre, si no es con una gran dosis de mala intención, hacer salir el nervio ciático entre dos vértebras, que se están moviendo una encima de la otra, con lo fácil que le hubiera sido, a la hora del diseño, porque habrá habido diseño, digo yo, hacer un taladrito de nada, en la parte central de la vértebra, por donde podrían salir los nervios tranquilamente, y sin pinzamientos? Esto es lo suyo, que diría cualquier profesional que se precie, y no me digan eso, de que la columna estaba diseñada para andar a cuatro patas. Paparruchas, un taladro, un agujerito, simplemente, tampoco es tanto pedir.

Frecuentemente leemos en algún envase de un refresco, o de un alimento la indicación, sin aditivos, sin conservantes, y piensas que, en principio, ese producto deberá ser más barato, al no tener que añadirle nada que siempre costará algún dinero, y en segundo lugar, te preguntas. ¿Es que los que le echan aditivos, son tontos? Como en todas las cosas, se hace necesario distinguir las distintas circunstancias que concurren en cada caso, en cada producto, y sobre todo, en que momento, en que época, sucede ese acontecimiento, o realizas esa operación, que puede resultar totalmente diferente, y tener unos resultados que no podías prever, de hacerlo en un tiempo, a hacerlo en otro.

En Sobrado del Obispo (Orense), en los años de la posguerra, pasaba el cura por una calle , cuando oyó un expresivo y muy habitual en los ambientes rurales de la época, "me cago en ningún Dios" que procedía de una taberna, donde se estaba jugando una partida de "brisca". Entró el cura en el establecimiento, preguntó quien era el blasfemo y directamente, lo metió en la cárcel. Se cuenta que un compañero de partida, que tenía como favorita, la inofensiva expresión,"me cago en todo lo que vuela" a partir de ese día, añadía, "excepto el Espirito Santo" por si pasaba el Sr. cura. Eran tiempos.

Porque ese elemento, ese factor, el tiempo, es la base fundamental en el transcurrir de la vida de los humanos bueno, también lo es para las demás especies con las que compartimos nuestra existencia en el planeta, pero ellas no se dan cuenta, no miran al calendario, nosotros más o menos, podemos echar unos cálculos. Comprobar el tiempo que ha transcurrido, aventurarnos al juego de la cuenta atrás, más que nada para que no nos pille con demasiados proyectos, e intentar vivirlo de la manera mas digna posible. Sabemos que el tiempo es fundamental, y todo se basa en como nos vamos acoplando a ese calendario. En un momento dado, un acto determinado, puede tener la consideración de un triunfo, un éxito, una hazaña, y pasado un tiempo, esa misma actuación, puede que se considere, y tal vez lo sea, un fracaso, un delito, un crimen.

Acostumbramos a decir, como pasa el tiempo, cuando comprobamos que ya han pasado dos años, tal vez cuatro, desde que ya no está ese, aquel, o aquella, persona, a la que tanto echas de menos. Desde que no has vuelto a ver a ese amigo con el que, aún parece que fue ayer, recordabais juntos cosas, y vivencias porque, como decía aquella vieja canción, recordar es volver a vivir. De pronto, observas que la luz del sol madruga más por la mañana, y al mercado están llegando frutas distintas a las que veías hasta hace unos días, tal vez, sean fresas o cerezas, aunque ahora, con eso de los aviones, ya no te sorprende encontrar cosas que no están en su sitio, ni en su temporada. Esto es una señal de que el invierno ha dado paso a la primavera, y sin darnos cuenta, llegará el calor del verano, a recordarnos la velocidad con la que van pasando nuestros días. Los humanos no llevamos esto del paso del tiempo con demasiada naturalidad, unos lo disimulamos más, otros menos pero, tal vez sin darnos cuenta, siempre llevamos la calculadora. Sin darle mayor importancia, porque realmente no la tiene, (cada año, y sin necesidad de pandemias, mueren aproximadamente de 54 a 55 millones de seres semejantes a nosotros en el globo terráqueo éste, así que ya me contará) piensas en el período que te pueda quedar de vida, mas o menos activa, y vas echando unas cuentas, por hacer algo, no por nada en particular. Esto es inevitable, te sale sin pensarlo, sobre todo, si todavía te quedan proyectos a largo plazo, y no es cosa de ir haciendo planes a 30 ó 40 años por ahí, cuando sabes perfectamente que rebasa con mucho, tu fecha de caducidad. Pero bueno, estos temas no se deben tocar. Si te quieren, porque te quieren, siempre habrá tristeza, y si no te quieren, por lo que duras. Además, ni son comerciales, ni simpáticos, ni hasta ecológicos, pero bueno, a lo que iba, algunas veces recuerdo los últimos momentos de personajes célebres, y no me inspiran nada. Recordaré siempre un reportaje sobre la visita que le hacían nuestros Reyes en los últimos días de su vida, a Salvador Dalí, en la que el gran artista les decía que se iba a recuperar, y que iba a volver a pintar. Todos los que veíamos aquellas imágines en televisión, nos dábamos perfecta cuenta, por el estado terminal en que se mostraba, de que aquellos, eran los últimos momentos de ese artista universal, y me daba un poco de pena el pensar que él era el único, que no sabía que se iba a morir. Una vez más, el protagonista parece que es el último que se entera. Por eso creo que el engaño no debe de llegar hasta ese extremo, y que llegada la hora, habrá que irse con la elegancia y deportividad que te permitan las circunstancias que son las que al final mandan. Como en el caso de la muerte del más genial de los humoristas de los últimos tiempos, el recordado Tip, que estoy seguro, que alguna genialidad tenía reservada para el momento de su despedida, pero que, una vez más, la naturaleza que seguramente conocía sus intenciones, no le dio la oportunidad de que pudiera hacerlo, manteniéndole inconsciente durante varios meses, sin que se pudiera despertar en todo ese tiempo, hasta el momento final. Así que tenemos que contar siempre con ese factor fundamental en nuestras vidas, el tiempo, y las circunstancias del amigo Ortega. Todo gira en torno a ellos.

No tenemos que remontarnos, a épocas muy lejanas donde, matar a infieles, (bueno, algunos siguen igual, no han evolucionado) brujas, ateos o, simplemente, diferentes, no solo estaba permitido, sino que, directamente, tenía premio, en esta vida, y en la otra. Todo depende de la oportunidad del momento. Hubo un tiempo en que en nuestro país, en esa querida España, (con perdón) de la inolvidable Cecilia, no se podía ser comunista. Había que esperar, había que esconderse, todos lo sabíamos. Julián Grimau, se adelantó. Réquiem. Santiago Carrillo, vino en su momento, con peluca, pero en su momento, factor tiempo, 93 años, da conferencias. Los dos eran comunistas, a lo mejor, hasta amigos, en todo caso, estaban en el mismo equipo, pero tenían distinto sentido de la oportunidad, de saber cogerle el tranquillo al tiempo. Es como acampar en la orilla de un río, se puede, pero no precisamente cuando se nos viene encima una tormenta, que pueda dar origen a una riada. Este momento nos indicará con precisión, que ha llegado la hora de irnos, de no intentarlo más, de desmontar el campamento, y cuanto antes te decidas a ponerte en marcha por un nuevo camino, mejor. En nuestro planeta azul, tenemos mucha variedad, diferentes paisajes, diferentes climas, diferentes gentes. Hay sitios buenos, y sitios malos. Hay lugares, prácticamente deshabitados, donde no hay terremotos, ni inundaciones, ni huracanes, ni fenómenos parecidos, y otros, superpoblados, que todos los años sufren el ataque de los desastres naturales, y si estos le dan un respiro, se encargan las tribus vecinas de tomar el relevo en su tarea destructora. Hay animales que te ayudan a vivir, y otros que te comen, directamente, Hay personas que te quieren, y hay otras que te odian. Hay plantas, frutos, hierbas, o setas; alimenticias, o medicinales; y hay otras indigestas, e incluso, tóxicas, y mortales. Es imprescindible, no tenemos otra alternativa, no hay más remedio que elegir, al menos, en cuanto podamos. En la vida de cada día, se presentan a veces, circunstancias motivadas por tormentas, que pueden ser ocasionadas por muy diferentes razones, y no siempre debidas a fenómenos naturales, en las que la mejor alternativa, es precisamente , cambiar de aires, de gentes, de ambiente, levantar el campamento. Decisión a veces dura, incluso dramática pero que, en último caso, es preferible ser emigrante, que patriota resentido; ser exiliado, que desaparecido; separado, separada, que maltratador, o asesina(o) Porque está claro que hay lugares, que no merece la pena habitar; costumbres y herencias, que es mejor no aceptar; y gente, que es preferible olvidar.

En el año 1975, Marcelo, era un joven chileno, idealista, y comunista de convicción, que había estudiado ingeniería en Moscú y, de regreso a su Chile natal, otro país de tormentas como todos, tal vez, se encontró con Pinochet. Nadie le daba trabajo, en aquel país que, desde el golpe de estado del año 1973, que derrocó a Allende, inició la caza de los comunistas, cuando en España, estábamos a punto de abandonarla. Yo le proporcioné un trabajo en nuestra planta de procesado de cerezas, y otras frutas, para la exportación, que habíamos instalado, en el fundo de Antolín, y Mariluz Losada, cercano a Rancagua, a unos 60 Kilómetros al sur de Santiago. El bueno de Marcelo, se dedicaba a dar mítines a sus compañeros de trabajo, explicándoles lo injusto de aquella situación, en los momentos de incertidumbre que todos los sistemas autoritarios generan en las personas que potencialmente son sus enemigos.

Marcelo en principio, era sospechoso de actividades contra el régimen, porque en la época de Allende lo habían enviado a Moscú para estudiar ingeniería industrial. Es lo que pasa en estas cosas que, un pequeño detalle, un elegir camino en un momento dado, puede ser fundamental en la vida de una persona. Generalmente, los estudiantes chilenos que ampliaban sus estudios, acostumbraban a irse a Estados Unidos, o a Europa occidental, pero con la llegada de Salvador Allende al poder, se empezó a desviar a estos estudiantes a Rusia, por aquello de la afinidad comunista del nuevo régimen instaurado en el país. Este pequeño detalle, este cambio en la orientación de la enseñanza universitaria en aquel Chile de los comienzos de los años setenta, resultó fatídica para nuestro amigo Marcelo, de la misma forma que, años atrás, en nuestra España ésta, donde el verbo se hacía carne, (para que lo fuéramos entendiendo) todos los Domingos, y fiestas de guardar, fue determinante para seguir, o despedirte del mundo de los vivos, el mero hecho de que no figuraras en tal, o cual lista; tuvieras simpatías por éste, o por aquél; leyeras éste, o el otro periódico; rezaras a algún santo, o maldijeras a algún cura. En algunas circunstancias, en algunos lugares, en algunas épocas, son tan sencillas las razones para morir, como para nacer.

En aquellos largos días, y sobre todo noches, de toque de queda, en el "fundo" (finca) de Rancagua, teníamos tiempo, después de la jornada de trabajo, de comentar los problemas que surgían todos los días como resultado de la represión que todo régimen dictatorial sostiene inevitablemente, y que no todos lo perciben, sobre todo, como en nuestro caso que, excepto por el toque de queda, y algún otro signo externo, vivíamos al margen de las inquietudes de las personas que , como Marcelo, sabían de los atropellos que se estaban haciendo, y que el ciudadano que no está, ni quiere estarlo, "en el ajo", no se entera. Lo que sí intuíamos era lo que podía suceder, y le insistíamos a Marcelo en lo del factor tiempo, en lo de la oportunidad del momento, de que en la vida, muchas veces, pasa como en la moda, cuando toca esto, cuando se lleva lo otro, y no hay más remedio que, cuando no tomas abiertamente el camino del enfrentamiento, de la clandestinidad, y de la lucha, seguir "palante" sin mirar, aunque sea a costa de tener que soportar ese come-come que se te instala en tu garganta por la noche, cuando te acuestas. Le decíamos que lo que tocaba, en aquel preciso instante, si no quería "echarse al monte", era trabajar, simplemente, que aquello, ya lo habíamos vivido en España, durante mucho tiempo, y que siempre pasa lo mismo, en cualquier país, los que de verdad lo sacan adelante, son los que siguen trabajando, esté quien esté, dirija quien dirija, tal vez resignados, tal vez cabreados, pero trabajando, callados, sin reuniones clandestinas, ni "alias", esperando tiempos mejores, porque aquí, sabíamos que la democracia, y la libertad, llegarían, pero que, mientras tanto, había que esperar eso sí, trabajando.

En aquella finca de Antolín Losada, (ópticas Losada) una entrañable, e inolvidable persona que ya no está con nosotros, oriundo de Orense, nuestro introductor en Chile, coincidimos, por aquellos años, (1975) gente variopinta, desde el cura orensano, Antonio Rodríguez, que atendía unas parroquias de los suburbios de Santiago, unos misioneros noruegos que no recuerdo su nombre, Manuel Carballo, José Posada, José Antonio Losada y alguno, alguna más. Para nosotros, gallegos de la posguerra española, lo que pasaba en aquel Chile de Pinochet, nos recordaba a los que habíamos vivido en el Orense de nuestra niñez, y juventud, y sabíamos que no había otra solución; o aguantabas, callabas, estudiabas, o trabajabas y, seguías adelante, o cogías la maleta y ponías tierra, o mar, por medio, y en eso, los gallegos tenemos experiencia que, a la primera de cambio, y ni siquiera hacían falta motivos políticos para ello, por respirar a pleno pulmón, por ejemplo, era suficiente para decir adiós.

Tal vez por eso, el nacionalismo gallego, afortunadamente, nunca será fanático. Nos tenemos que felicitar de esta característica que está unida a ese escepticismo que llevamos "en nuestros adentros", como dicen por el sur, que hace que en nuestra tierra, miremos un poco de reojo a todos los que tienen las ideas muy claras, ya sea política, religiosa, nacional, regional o, parroquial. -Sí pero-. Porque ya hemos visto y oído, a muchos y muchas, que de tanto explicarnos, de tanto convencernos, de tanta insistirnos, se han convertido en el típico fanático, o fanática, que lo jode todo. Ya sea de su política, de su credo, de su secta, o de su club. El fanatismo es siempre cosa de los que se han erigido en portadores de esa gorra-guía, o de esa bandera, que dedican su vida a tratar de encontrar seguidores a los que poder contagiar de sus ideas, creencias, proyectos, aficiones o, vicios. No obstante, por aquí, los enganches a estos abridores de pistas, en todos los campos, pero sobre todo, en lo relacionado con el encerramiento en la parcela gallega, siempre se miró con reticencia y escepticismo. En principio sí, pero no a ciegas. No sé si me explico. Nosotros, en este aspecto, sí que nos habíamos creído, (tal vez porque nos sonaba bien lo del universo) aquello de "La unidad de destino en lo universal", que empezó siendo un Principio Fundamental, para posteriormente, alcanzar la categoría de chorrada, incluso, de gilipollez. ¿Quién nos lo iba a decir, cuando ya estábamos todos convencidos, de que volverían las banderas victoriosas al paso alegre de la paz, con las rosas, la primavera, y el haz? ¿Quien iba a suponer, que todas aquellas afirmaciones, y confirmaciones contundentes, inequívocas, infalibles, patriotas, familiares, o religiosas; que todos aquellos mandamientos, jaculatorias, sermones, oraciones, plegarias, y sentencias, inculcadas sin compasión, sin dudas, y sin límites, en nuestras mentes infantiles, se convertirían, pasados unos años, en disquisiciones intrascendentes, cuando no, en cuestionables, o definitivamente negativas?

Está claro que los gallegos hemos sentido siempre la llamada exterior, como las golondrinas sienten que se acerca la primavera. En cualquier época, desde cualquier lugar, dispuestos al viaje, no siempre motivados por la necesidad económica, algunas veces, simplemente, por cambiar de ambiente, de discursos, de compañías, de sermones, de amigos, o de aires. Por conocer otras tierras, otras gentes y, en muchos casos, por no discutir, simplemente. Queremos a nuestra tierra, a nuestra gente, pero aquí, todo el mundo es bien recibido porque, en cualquier momento, ese recibimiento, puede ser a la inversa. Esto es una tradición en nuestras gentes, ya sea en las ciudades, o en el más recóndito de nuestros pueblos, llenos de gente de paz, predispuesta a un recibimiento acogedor, preparados para cambiar su idioma rápidamente, si lo conoce, al que hable nuestro foráneo interlocutor, sin hacerse el remolón, en contraste con lo que suele pasar en otras latitudes, que solo lo hacen rápido, cuando te quieren vender algo. Esto se llama civilización, educación, o como queramos llamarle, que por aquí, nos sale espontáneamente, sin esforzarnos, pero que no siempre ha sido reconocido, y menos, agradecido. Sin lugar a dudas, el gallego será siempre una referencia, un ejemplo de convivencia en este sentido. Tradicionalmente, no es sólo que se acogiera siempre bien al foráneo, (no es casualidad que surja aquí, el eslogan aquél tan conocido de la Coruña, " la ciudad donde nadie es forastero") es que, frecuentemente, tenía ventajas, ya sea en el campo social, amigos, amigas, novios, novias, comercial y, si me fuerzan, hasta político. Esto es así, al menos fue así, incuestionablemente, y puede tener, como todo, varias lecturas, y explicaciones, (algunas muy obvias) sus pros, y sus contras, pero en tiempos de fanatismo patriótico, nacionalista, religioso, político, regional, comarcal, o futbolero, se agradece, y se felicita uno, de pertenecer, o proceder, de una tierra tan acogedora, tan civilizada, y tan entrañable, que lo es, hasta sin darse cuenta, sin pretenderlo, sin proponérselo, porque le sale de adentro. Tanto es así, que con frecuencia, ese espíritu hospitalario se ve reflejado mejor, en el ambiente rural, en el pueblo digamos, de base, con esa cultura que, bajo un prisma miope, pueda parecer elemental, y tal vez lo sea, pero que, al cabo del tiempo, descubres que esa base, ese principio, ha sido suficiente, para que ahora esas gentes, en lugar de ignorantes, nos parezcan sabias, porque, a través de los tiempos, y luchando a muerte con todas las inclemencias, con todas las imposiciones, y con todas las desgracias; del tiempo, de la pobreza, de las cruzadas, de los intransigentes, de los listos, y de los salvadores de turno; han conseguido un sistema de convivencia y de respeto que, por desgracia, no abunda demasiado en otras geografías. Esto se hace notar con mayor intensidad en la América Gallega anda, mira tú por donde así, terminamos con la discusión, que si América latina, que si Hispanoamérica, que si Iberoamérica, que si Latinoamérica. Nada, nada, América Gallega, faltaría más.

No en vano, la mayoría de los oriundos de aquellas tierras, le llaman gallegos, quieran o no, a todos los que proceden de la península, Baleares, o Canarias, por mucho que se lo expliquen unos, y por mucho que lo sientan otros.

Como le decía un argentino a un amigo catalán, que después de pasarse media hora, tratando de que el de la pampa entendiera, difícil tarea, por otro lado, la torre de Babel ésta, de nuestras naciones, parlamentos, presidentes, diputados, más diputados, conserjes, regiones, comarcas, idiomas, y dialectos; y cuando ya pensaba que por fín, lo había entendido; va el porteño, y le suelta, con esa contundencia tan argentina. Vos sos un gallego che, y no se hable más. No quisiera pensar que vos además, también seás un boludo. ¿Víste?. Pues eso, gallego.

Es aquí, al otro lado del Atlántico, donde se puede valorar mejor el espíritu de nuestras gentes, esos pioneros gallegos de la emigración, o del turismo, que de todo hubo, que han sabido trasladar los valores tradicionales de su tierra, a otras geografías tan distantes, y tan distintas, pero sin incorporarle esa dosis de fanatismo que suele ir acompañando a estas situaciones. Porque de igual modo que llevamos a nuestra Galicia muy dentro, y nos falta tiempo, para organizar nuestros centros gallegos, nuestras asociaciones culturales, y nuestros clubs, para seguir recordando a nuestra tierra, sus fiestas, y costumbres, también es cierto que todo ello, no es un obstáculo para que reconozcamos que, desde hace mucho tiempo, porque estamos muy viajados oiga, lo de patria, nación, parroquia, etc, está muy bien, como también estamos de acuerdo en que es importante; siempre que no nos pasemos, como suele suceder, con el típico pendulazo del efecto rechazo; el que por fin, podamos hablar tranquilamente, faltaría más, pero discrecionalmente, y sin imposiciones que nos recuerden otras en sentido contrario, nuestra propia lengua. (aunque observamos, que los que la defienden, con más vehemencia, hablan perfectamente, además del español, el inglés, y tal vez, el alemán o, el francés, curioso, digo) Pero todo esto no quita, para que podamos afirmar también que, desde hace mucho tiempo, concretamente, desde que se inventó la tarjeta de crédito, mejor dicho, desde que la inventaron, (todos estos inventos, ya se sabe, vienen de allá, y allá, no es como acá, chico, por aquí, la cosa iba más bien, en la línea del, apúntamelo en la libreta Pepe, que ya me paso) la patria, te la llevas un poco, contigo en el corazón mejor, cerca del corazón, en la cartera, con tu tarjeta, no sé si me explico y así, cuando llegas a un país verdaderamente independiente, no como otros, que están en trámite, y se parten el alma por conseguirlo no, ya digo, si llegas a Moscú, Londres, París, o Pekín, es un decir, por poner ejemplos claros, de lugares que no pertenecen, ni pertenecieron nunca, (no sea) a la puta (madre) España ésta de mis amores/odios, que no se puede aguantar, con tanto imperio, tanto poderío, tanto resentido y, tanto desenterramiento, (cuando se contagien de las inquietudes revanchistas hispanas, nuestros vecinos franceses, italianos, alemanes, y otros. Con tantos Pétains, Doriots, Mussolinis, Vichys, Valkirias, etc., por desenclavar. Con tantos espías, colaboracionistas, chivatos, y demás. Con tantas lágrimas, fosas, y heridas, más recientes que las nuestras, no quedarán palas suficientes, en nuestra peleada, paleada, y querida Europa, que puedan desenterrar tanto dolor, y tanta pena. Afortunadamente, su nivel de resentimiento, o su mayor capacidad de olvidar de una vez para siempre, hacen que, al menos de momento, estén en otras cosas más productivas) pues eso, como decía, cuando llegas a cualquier país, y compruebas que, efectivamente, bien, son independientes, del todo, hablan "extranjero", tienen otras banderas, otros sistemas, otras costumbres, pero que te encuentras como en tu casa tía, como en tu patria tío, estás tranquilo, estás a gusto, relajado, y eres feliz, ¡Leche!. Y entonces vas, y piensas. Qué bien se está en un país independiente, ¡Primaaa! Qué bien te reciben en el extranjero, ¡Cuñaaaooo!. Y para esto tía, ¿Tanto coñazo, tanto lío, tanta bomba, tantos tiros, tanto sufrimiento? ¿Es que las independencias, van a venir con la Visa Oro? Pues, si no vienen con ella, pra ti.

Porque, en el mundo actual, en este globo que parece como si pudiera explotar cada día; en esta tierra, donde los unos, siempre van, contra los otros, automáticamente, porque sí, a palo seco, sin razonar, o peor, razonando. Por mucho que te encierres, por muchas murallas que levantes, por muchos candados que pongas, no te servirán de nada porque lo malo; los virus, la crisis, la gripe, o la lluvia radiactiva, te las meterán por el tejado, por el ordenador, por el móvil, o por tu banco. Y para lo bueno, con la dichosa tarjetita ésa, vivirás extramuros, como en tu casa, sino mejor. Eso sí, siempre que no te salga denegada. En ese caso, amigo mío, también estarás como en tu pueblo, es decir, estarás jodido, por muy patriota que seas, por muchas banderas que airees al viento, por muchos himnos que cantes, por muchos gritos que des. Porque cuando caes en desgracia, ninguna patria te quiere. Créeme.

Es por eso que por aquí, no tenemos muy claro lo de las fronteras porque, por ejemplo, seguimos sin saber, si Galicia, llega sólo, hasta Ponferrada, Villafranca del Bierzo, o tal vez lo hace, hasta Buenos Aires, (la ciudad donde viven más gallegos) Santiago de Chile, México, o más allá. Porque las fronteras, las rejas y las barreras, existen, porque no teníamos alas, cuando las hicieron, porque, en ese caso, tendrían que ser muy altas, las barreras, y es así, que seguimos sin entender muy bien, como estos conceptos de limitación de la territorialidad, no han evolucionado, como lo han hecho las comunicaciones, porque ahora sí podemos volar más rápido, y más alto, que las águilas y los cóndores, que eran los que mejor lo hacían, en la época en que se configuraron las fronteras, y todo esto, lo sabemos muy bien por aquí, por lo que no comulgamos demasiado, con los salvadores de las patrias, chicas, grandes, o medianas de turno. Porque sabemos, debido a nuestra vocación internacional; ya que desde pequeñitos, oíamos hablar a los que venían de esos mundos tan lejanos, como si hoy nos llegaran con noticias de Marte; que toda la historia ésta de las cercas que circundan las parcelas es mentira, sencillamente, mentira podrida, por la gloria de mi madre, y que las vallas, muros, y fronteras, solo existen, para los que tienen que cruzarlas en patera, (de fuera-bordo, o de ruedas) o, dejándose la piel, intentando traspasar las alambradas de espino que separan las fronteras de las naciones, tribus, regiones, comarcas, o cortijos. Y todo esto, ¡Que mala cueva!. Porque no disponen de tarjeta, para poder volar, y que no hay que darle más vueltas, porque al final, todo es más sencillo, ni mi vida, ni daría la vida, ni la vida es la ruleta, ni milongas por el estilo.

La vida, esa película en la que tú eres protagonista, y que comienza todas las mañanas, cuando al subir la persiana, te encuentras con el regalo de un nuevo día, consiste en vivirla lo mejor que nos permitan nuestros medios, nuestro entorno, y nuestra salud. Tratar de llevar adelante nuestros proyectos lo mejor que podamos, encontrar algún motivo para sonreír, comprobar que resulta más difícil conseguirlo cada día, porque si no es el colesterol, es el azúcar, si no es la familia, es tu país, tu pueblo, tu vecino, tu comunidad, tu pareja, tu amigo, tu trabajo. Si no es por el calentamiento global, es por la crisis, por la bolsa, por la hipoteca, por la madre que parió a peneque. Siempre aparecerán motivos, para que ese nudo que se te pone en la garganta, esa angustia que te entra hasta el corvejón por la noche, cuando te acuestas, no te abandonen. Y cuando haces el recuento, el balance, y la caja, y ves que la vida ésta, tiene su guasa, tiene su coña, por llamarle algo, y que a veces, se hace difícil encontrar motivos para seguir encarando con ilusión esa estancia en el " recreo" éste, donde, sin consultarnos, nos han echado a jugar (porque la vida, mas que sueño, es juego), como cuando lo hacíamos, en aquél patio del colegio de nuestra niñez, hasta que sonaba el timbre, que nos indicaba, que el tiempo de juego, se había terminado. Entonces, hace falta que renovemos cada día, aquellas ilusiones que antes nos acompañaban, para seguir adelante, cubriendo las etapas que nos queden, en esta carrera de la vida, y en la que seguiremos participando, hasta que nos fallen las fuerzas, con la misma ilusión, y entusiasmo, que el día en que tomamos la salida, hace ya bastantes añitos, pero que eso no nos impide, el que sigamos teniendo la sana intención, de seguir compitiendo, como en los mejores tiempos, con ganas, con moral, sin desfallecer, hasta el día en el que crucemos la meta, ni unas horas, ni unos metros antes.

Por eso, no queremos oír más historias, porque ya hemos oído bastante, al menos, los de nuestra generación, de principios fundamentales, de proclamas infalibles, de morir por la patria, (porque siempre se mueren los mismos, los que sólo tienen una, y no tienen tarjeta de embarque para abandonarla cuando hay tormentas, tanques, bombas, o toque de queda) hasta la última gota de sangre, todo por la patria, vencer o morir, patria o muerte, y demás sentencias lapidarias.

Nuestra primera misión en este mundo, es vivir la vida que te toque, en esa ruleta de circunstancias, que trae tu ADN debajo del brazo. Y si tienes un padre, una patria, un amor, etc. por el que tengas que morir, lo que tienes que hacer, es coger la maleta lo antes posible; y calladito, muy tranquilo, despacio, mirada al frente, nada de violencia, ni doméstica, ni de género, ni política, ni parroquial; cambiar de aires, simplemente, (antes, hasta los médicos lo recetaban) y de paso, cambiar de amor, de familia, y de patria, (pareja y patria, al menos dos, como hacen sin drama alguno las, los millonarios) y de lo que haga falta, y te puedes encontrar, con que allí, tal vez, te están esperando, como si hubieras quedado, como si te conocieran de toda la vida, y en último caso, si no fuera así, y compruebas que las cosas, no han ido como te lo esperabas, que te levantas por la mañana, un día, ¡me cago en la leeche!; como diría la doña Rogelia, y ves que no puedes evitar la morriña (la nostalgia de los gallegos) porque, más o menos, ibas tirando, ya había pasado el tiempo ese de acoplamiento necesario, ya te habías hecho un hueco entre tu nueva gente, pero encima, ahora, de repente, te encuentras con la Navidad esa de las campanas, con sus noches buenas y sus pastorcillos que siguen yendo al portal de Belén, ran, ran, pataplan, y llegan los inevitables recuerdos de tu infancia, de tu juventud, y tal vez, haga su aparición, la puñetera soledad esa que, como sabemos, te puede afectar, aunque estés rodeado de gente, porque no estás tú, simplemente, entonces, ¡Pucha! (recuerdos, Chile lindo) lo más recomendable, lo que mejor te puede sentar, y ya no digamos, si es junto al mar, como diría Serrat, es que, mirando al cielo, levantando los brazos y, respirando hondo; uno, dos; uno, dos, por este orden, pero seguido, casi al tiempo, y de una manera suave, con tacto, amodiño, en silencio, y sin que nadie se entere, le das a reiniciar.

Tal vez, por este camino podamos encontrar la salida a tanta violencia, de todo tipo. Cuando la convivencia no sea posible, cuando ves que no te entienden, y que tampoco los entiendes, a los tuyos, a los otros, en el trabajo, por el idioma, por el vecino, por el cura, o por el alcalde, por lo que sea, pero sobre todo, si el asunto va, del puto corazón éste de los humanos, tan distinto, tan sensible, tan cabrón, y tan imbécil, que por un quítame allá una dosis, una patria, un amor, un negocio, una broma, o un Dios, está dispuesto a morir, o matar, como no lo está ninguna otra especie de las que habitan nuestro planeta, que también matan si llega el caso, pero no por un mal chiste, o similar. Por eso, cuando veas que los acontecimientos te empiezan a llevar por el camino de la sin razón, cuando la amargura, o tal vez el odio, se apoderen de ti, cuando esa pena honda te bloquee, es que ha llegado el momento de no insistir, dejemos de forzar la situación, no le demos más vueltas, a lo que podía haber sido, y no fue, enfoquémoslo con deportividad. Sí, duele, como nada en el alma, habías soñado otra cosa y, llegó un momento, en que pensaste que esos sueños se habían hecho realidad, pero ahora compruebas que no es así y, tienes que admitir, que las cosas van a ser de otra manera, irremediablemente. Si se trata de tu pareja, tendrás que admitir que, ella, o él, está mejor en otra casa, tal vez en otros brazos, tal vez en otra cama, o en su soledad, con sus cosas, con su vida, con su aire, que no quiere compartir contigo. Aprovéchate ahora, que las comunicaciones son tan fáciles, para decir adiós, para buscar otra vida, tal vez otro amor, otros amigos, otro mundo, aprovecha tu libertad, mientras no te pongan las esposas, después ya todo es tragedia, después ya todo es odio, y tal vez, muerte. Después, ya todo son acusaciones, amenazas, pruebas, testigos, mentiras, dolor, lágrimas, y mas odio, y encima, sin solución, porque no habrá juzgados especiales, ni de los otros, suficientes, no habrá policías, ni pulseras, ni cárceles, que puedan albergar a tanto resentido, a tanto frustrado, a tanto infeliz, a tanto imbécil.

Volviendo a mi tierra, (como en otras, por supuesto) el gallego, siempre ha sabido vivir con dignidad, dentro de la pobreza, porque, sobre todo en el ambiente rural, en los años de la posguerra española, fué un ejemplo de cómo se puede vivir, mejor, resistir, sin nada, a palo seco, pero que, con un sistema de economía cerrada, en donde prácticamente no circulaba el dinero, se conseguía vivir, con dificultades, sí, pero con dignidad, y sin hambre. Tendríamos que saber exportar, este sistema, casi milagroso, de supervivencia... Cuando se ven esas imágines de países donde, aún hoy la gente se muere de hambre, no entiendes, como se puede llegar a esa situación, incluso en países llenos de vegetación, y agua por todas partes, todo verde, y ves en esos reportajes televisivos, que te los meten en tu casa a todas horas, la gente tirada por las orillas de las carreteras y caminos, y entonces, compruebas, que no es sólo la economía la que manda porque, menos había en mi pueblo, y no había hambre.

Yo pasé mi infancia, en La Gironda, (A Xironda) cerca de la "raya" con Portugal, en la provincia de Orense (Ourense), donde mis padres (Pastora y Luis) eran maestros. Allí, los arqueólogos podrían estudiar, sin hacer excavación alguna, como vivían los celtas, los romanos, los suevos, godos, los visigodos, si es que vivieron, cientos de años antes, tal vez miles. Vivían de la misma forma que lo hacíamos nosotros en aquellos años. Exceptuando el cura, los maestros y la guardia civil, que se supone no existían estas instituciones en aquella época, aunque habría algo parecido, los demás, lo hacíamos como nuestros antepasados de siglos atrás, viviendo de la agricultura y de la ganadería, prácticamente, no circulaba el dinero, casi todo se hacía por intercambios, en una especie de trabajos en comunidad que permitían salir adelante, con dignidad y mucha solidaridad. Siempre que viene a mi memoria, aquella época de mi infancia, no dejo de acordarme de aquella reflexión, de que no es más rico el que más tiene, sino el que menos necesita, y ese es el resumen de nuestra vida en aquellos años, de esa fundamental época, porque cada una tiene sus características, sus acontecimientos, y sus recuerdos, que te van a acompañar, el resto de tu vida. Cada época tiene su guerra, y cada otoño, su nostalgia

Es fundamental la época en la que naces. La de morirte, ya no tiene tanta importancia, te puedes caer en cualquier sitio, en cualquier esquina, en cualquier lugar, o continente, y en cualquier época, ya da igual. Tu muerte pudo ser debida a un acto heroico, a una gilipollez, o porque pasabas por allí. Por culpita de un querer, de un odio, de unas curvas, o de un cruce. Pudo ser también producida, por una dosis excesiva de indiferencia, soledad, o de vino tinto. Es posible, tenemos que esperar a ver el resultado de los análisis, que haya podido ser debida, a una bajada, o subida de la tensión, del azúcar, o de la bolsa. Por un amor, por un olvido, por un imbécil, o por un error. Defendiendo, o atacando, rezando, llorando, o resignado. En tu funeral o despedida, estarán los últimos amigos, los últimos compañeros que tuviste en la etapa final de tu viaje. Recordarán tu andadura, y hablarán de tu exitosa, o fracasada vida, de tu dinero, o de tu pobreza, de si te han querido, o te han despreciado, de si te han comprendido, o te han clasificado en la estantería de los plastas, cuando tú estabas convencido de que eras un tío, tía, simpático y cojunudo. Pero bueno, en lo de morirte, tienes posibilidades de intervenir, intentarlo al menos, pero al final cascas, eso está claro aunque, en función de tus creencias, tu religión, tus proyectos para el más allá, y tus empanadas mentales, tal vez necesites de pirámides, panteones, responsos, (el más bonito, sin lugar a dudas, era el impresionante y solemne, ”Dies irae dies illa” de aquellos sentidos entierros, en los increíbles y pintorescos cementerios de Galicia algunos, en parajes únicos, como en el de Mugueimes, en donde, con J. Castro, José Pavon, Pepe, y mi hermano José Luis, despedimos a nuestro inolvidable Fausto Álvarez Tejada, compañero del piso de Cea Bermúdez, en Madrid.) coronas, flores, discursos, lágrimas, y demás accesorios que te puedan acompañar, en ese último viaje. A propósito de entierros y funerales, a la medida en que la mayoría de la sociedad actual, ha perdido intensidad, y trascendencia, en su religiosidad, ha descendido también la puesta en escena que acompañaba a todos estos actos litúrgicos. Eran impresionantes aquellos funerales en donde la categoría del finado quedaba reflejada, en primer lugar, por el número de oficiantes que intervenían en el ritual, y en segundo lugar, en la cantidad de responsos que, sobre todo los de algunos curas, que los cantaban francamente bien, unido a los hermosos parajes de los cementerios de nuestra Galicia, hacían de aquellas ceremonias fúnebres, un auténtico acontecimiento social en la comarca.

Los responsos se iban cantando, a medida de que los familiares, y amigos del finado, los iban solicitando, y pagando directamente en mano, "casch", a la puerta de la iglesia. Cada responso tenía una tarifa diferente, supongo que dependiendo de su duración, e intensidad de entonación. Creo que este del "Dies irae" era uno de los más caros, (tiene, unos veinte versos) Los curas seguían cantando responsos, y los cobraban al finalizar cada uno, durante todo el tiempo que le seguían pagando los familiares, y amigos del difunto, por lo que si era un entierro de mucha categoría, podía haber responsos toda la tarde. Los funerales que se celebraban por aquellas parroquias rurales, aunque lógicamente fúnebre y triste, para los familiares y amigos directos del fallecido, para los curas oficiantes, era una ocasión para reunirse entre los párrocos de los pueblos vecinos, y al mismo tiempo, suponían una de las pocas fuentes de ingresos que tenían, dada la precariedad de los tiempos, y una oportunidad de cambiar impresiones, y contarse la vida. Parece que estoy narrando una historia de la edad media, pero es que, desde algún punto de vista, quinientos años para nuestra época, es decir, para los nacidos en la década de los cuarenta, pueden representar menos, que los veinte años del tango, para otras generaciones, y para otras circunstancias.

Como decía, tenemos, al menos en algunas ocasiones, posibilidades de que puedas hacer algo respecto a tu final, puedes elegir viajar, o no viajar, arriesgarte más, o menos; fumar, o no; llevar una vida mas relajada, y más sana, o dejarte llevar por apetitos peligrosos. Pero por el contrario, en el hecho de nacer, en el origen de tu existencia, en el comienzo de tu viaje por este mundo, no pintas nada, todo depende de la época en la que naces, de las personas que te protejan, y de quien te cuide, generalmente, tus padres. Aquí, todo te lo encuentras hecho, te cuidarán y te enseñarán de acuerdo a las normas que, en una época determinada, estén en vigor, estén de moda. La pedagogía inspirada en los sistemas de la naturaleza, y que era la que estaba de moda (ya sabemos la importancia de las modas en cualquier época) en aquellos tiempos, es muy sencilla, vamos, mañana me ponía un colegio. Cuanto más palo, mejores resultados, cuanto mas desprecio, mas cariño, cuanto más autoridad, más obediencia, más atención, y más respeto. En muchos casos, en una familia tradicional, o en un colegio donde te empezaban a educar, cuanto más se aproximaban a este modelo de la naturaleza, mejor educador eras, y mejores resultados académicos obtenías. Pero en cada época, hay unos sistemas que son los que se aplican invariablemente, sin que nos cuestionemos, por un momento, si son buenos, o son malos, si son positivos o negativos, se aceptan sin más.

Esta generación de la posguerra española, fue única, fantástica, irrepetible, que ha tenido el privilegio, en cuanto a sistemas de transporte terrestre se refiere, de enlazar las velocidades de las cuádrigas romanas (que tenían el récord de velocidad en la zona, hasta que llegó el Seat 1400) con el turbo, las 16 válvulas, y los híbridos. No teníamos de nada, pero tampoco lo echábamos de menos, si no lo conoces, no lo necesitas. Cosas tan imprescindibles, en el mundo actual, no las necesitábamos para nada, entonces. Respirábamos un aire tan puro, que aún hoy, no entendemos muy bien lo del medio ambiente, aunque nos damos una idea. No pasábamos hambre, de comer, pero algo notábamos, de que éramos raros, respeto a lo que pasaba en otras latitudes. Ese retraso respecto a las corrientes libertadoras que, aunque los medios de comunicación de aquella época, estaban lejos de los niveles de hoy, eran suficientes para traernos noticias de un mundo más moderno, con ideas de libertad y progreso, que por aquí, no veíamos. Un detalle revelador, era el panorama del mundo del automóvil y de la tecnología, en general. Como todos sabemos, a Franco, no le gustaban los automóviles, es más, yo creo que no conducía, al menos, no sé de ninguna fotografía conduciendo, por el contrario, si las he visto ecuestres, montando a caballo. Lógicamente, el retraso que padecimos en nuestro país, en cuanto al desarrollo de la automoción y otras tecnologías, en aquél tiempo, fue trascendental, porque fue un claro retroceso, frente a unos años fundamentales de extraordinarios avances tecnológicos, en los países desarrollados que, a grandes pasos, se iban recuperando de los desastres de su guerra mundial que, a pesar de haber causado más destrucción que en la nuestra, lograron una increíble y rápida recuperación, que motivaron unas grandes diferencias, en relación con nuestra pobre industria en general y, sobre todo automovilística, de aquellos tiempos.

En otros aspectos, se podrá discutir todo lo que se quiera, pero en lo reaccionado con la automoción, esta falta de interés, de afición, porque al final, las cosas se hacen, por vocación, por que te gustan, fue determinante, para nuestro retraso. Distintas serían las cosas, si tuviéramos al mando a un aficionado como era, ¡Treinta fundamentales años antes! el Rey Alfonso XIII. Por el contrario, a Franco, le gustaba la caza, y esto siempre funcionó bien en España, mira tu, qué casualidad. Lo que pasa, es que, como antes mencionaba, el factor tiempo, es fundamental. No es lo mismo, aunque ahora ya no se lleva, creo yo, hacer unos votos de castidad, a los veinte años, que a los setenta. No es lo mismo retroceder, diez, o veinte, años, en la época romana, por ejemplo, que pasan cien años, como si nada, que en otra época, en pleno desarrollo, cuando los demás avanzan a gran velocidad. Es como si te quedaras parado, o incluso retrocedieras, en una carrera, cuando los demás, van al sprint. Por eso, no es de extrañar, tal vez por el efecto de la reacción contraria a la escasez, y la miseria automovilística, que lo primero que hicimos por Orense, y vecinos, los que teníamos afición a los coches, fue ponernos a correr, de la mano del añorado y pionero del automovilismo en Galicia, el inolvidable Estanislao Reverter Sequeiros, organizador de la escudería Orense, y uno de los más antiguos rallys en nuestro país, con aquellos "hierros", Seat 850, 600, Renault, Austin, Simca 1000, Minis, y demás "aparatos" de los años sesenta, setenta. Increíblemente, en épocas de controles de todo tipo, en la carretera, reinaba la libertad, en cualquier bar, de cualquier "gasolinera" te podías pedir un "Chivas", cosa que, ya por aquellas fechas y, ahora menos, sería imposible de conseguir en Escocia, como pudimos comprobar en un viaje que nos hicimos unos amigos en un verano de mediados de los años sesenta, en un Renault 8 TS en el que llegamos, nada menos que hasta Inverness, al norte de Escocia, y no había forma de poder tomarnos un triste whisky, teniendo que recurrir a entrar en un hotel y pasarnos por clientes del mismo, para que nos lo pudieran servir. Tal era el contraste que había con nuestras costumbres, que para otras cosas había restricciones, pero en lo que a esto respeta, teníamos mucha más libertad que ellos, lo que no implicaba que hubiera más borrachos aquí, lo que demuestra una vez más, que no siempre las prohibiciones, consiguen impedir ciertos vicios. Para esto, nuestro país, era un paraíso, de ahí los pedos que se cogían los "guiris". No existían controles de alcoholemia, no solo eso, sino que, casi se recomendaba, "para ser conductor de primera, hace falta ser buen bebedor", le cantábamos, de niños, cuando los conductores de aquellos viejos autobuses del Auto Industrial, o de la Empresa Mangana, nos llevaban a alguna corta excursión.

Manuel Murias/
Antonio Colemán
en plena prueba de un rally
de Orense de la época.

Nada mejor que el mundo del automóvil, para darnos cuenta de la rápida evolución, de cómo aquí nos metemos "pal cuerpo" todo lo que haga falta y más. Así, en un corto período de pocos años, pasamos de tener que esperar 12, tal vez 18 meses para que te "adjudiquen" un Seat 600,

... por eso no es de extrañar, tal vez por el efecto de la reacción contraria a la escasez, y miseria automovilística, que lo primero que hicimos por Orense, los que teníamos afición a los coches, fue ponernos a correr con aquellos "hierros" de Seat, Renault, Austin, Simca, etc.

o un Renault 4-4, a que te metan los coches por las orejas, en el mercado mas competido del mundo. Es decir, lo que en Europa, se fue asimilando poco a poco, desde los años posteriores a la segunda guerra mundial, aquí, nos lo ventilamos en un santiamén, visto y no visto. En todos los aspectos. Da igual que sea político, económico, social, lo que sea. De tener que ir a Marsella, Mónaco, Londres o Paris, para poder entrar en un casino, o ver una película como "La naranja mecánica", "Emanuelle" o "El último Tango en Paris", a que en tu televisor te ofrezcan el porno con las últimas novedades, en todas sus versiones. No sé para que hace falta, a la vista de los acontecimientos cotidianos que se desarrollan en este banco de pruebas, que es nuestro país, pasarse la vida buscando siempre, otros milagros, y prodigios. Yo creo que, con observar el discurrir de nuestra vida diaria, viendo la cantidad de acontecimientos que se han sucedido, ya tenemos suficientes milagros.

Y en el campo del automóvil, los prodigios y milagros, se presenta por doquier. Todavía en los años cincuenta del pasado siglo, ayer, como quien dice, el que hacía un viaje en su automóvil, podía inscribir su tiempo logrado, en un trayecto determinado, como un récord que se anotaba en el Real Automóvil Club. Curioso, ¿verdad?. Como curioso es, el porqué circulamos por la derecha, o por la izquierda, que no estuvo claro hasta bien entrado el siglo XX.

Precisamente, tratando de conseguir su récord entre Madrid, y Murcia, encontró la muerte uno de los pioneros de la familia Villaamil, de Madrid, muy aficionados al automovilismo, en los años 50 -80, (otros componentes de la misma familia, igualmente vinculados al automovilismo, también encontraron su final en accidente, en un caso, en un "Rally" en Galicia, creo que era Fernando, y su hermano, estando en los boxes del circuito del Jarama, al saltar un R5 desde la pista).

Manuel Carballo/José Posada con su trabajado Mini trotamundos.

J. Pavón Iglesias/M. González, únicos orensanos que ganaron el Rally de Orense.

Han transcurrido poco más de 50 años. Como en todas las cosas, hemos pasado de no haber nada, a sobrar de todo, de no tener prácticamente, posibilidades de elegir modelo, ni color, cuando en los países de nuestro entorno, había ya una gran oferta, a encontrarnos con un mercado saturado de marcas y modelos procedentes de todo el mundo, además de los producidos en nuestro país. Por tanto, tenemos automóviles de todo tipo, desde los utilitarios a los más potentes, tenemos autopistas y, ahora, lejos de establecer ningún récord, te vas a la cárcel, por exceso de velocidad, directamente. Como siempre, el tiempo es el que pone las cosas en su sitio, y el que puede convertir un hecho relevante, una gesta, una hazaña, en un acto delictivo.

También aquí, en todo lo relacionado con la circulación, influyen las modas. Tanto en lo relacionado con los modelos de automóviles, como en sus accesorios. De pronto se ponen de actualidad los alerones, los adornos, colores, cojines, etc. Incluso en un detalle tan significativo como en las matrículas. Hace unos años, concretamente en el año 2000, cuando se cambió el sistema de las placas de matrícula, se inició una batalla por parte de los nacionalistas, sobre todo catalancs, para exigir que las matrículas de sus vehículos llevaran la identificación de cada zona. Fue una época donde, sobre todo lo de que había que poner CAT en un extremo de la placa, se exigía todos los días, desde cualquier tribuna. Pues bien, pasado un tiempo, después de nueve años, ya no se habla del tema, como no se habla, ni se escucha, la lambada, por ejemplo. Sencillamente, ya no está de moda, es más, seguramente con el tiempo, alguno se habrá dado cuenta de que todas las ideas, pueden tener sus inconvenientes. Habría que preguntar ahora, después de tantos años, que ha quedado de tanta paliza que dieron algunos sobre el tema. A veces, se tarda mucho en caer de la burra. Hasta tal punto llegan nuestras limitaciones cuando, en una cosa tan sencilla, se demuestra, con el paso de los años, la inoperancia de los humanos, sobre todo de los que tienen que tomar decisiones. Es penoso como en este tema, como en todas las cosas y circunstancias, en un idioma o en otro, no hay manera de que aparezca alguien con un mínimo de sensatez, del partido que sea, de la parcela que sea, y diga una cosa tan sencilla como, lo siento, nos hemos equivocado, recurriendo a aquello tan utilizado, como lo de "errare humanum est". Pues nada, nada, a seguir.

Ya en la actualidad, en estos tiempos donde las carreteras están atestadas de vehículos, cada fin de semana, los medios de comunicación, nos dan las cifras de las víctimas que han ocasionado los accidentes de tráfico producidos en las carreteras, desde las doce horas de tal día, hasta las veinticuatro, de tal otro. De esta forma, nos cantan 30, 40, 25, 50, como si fueran las cifras de la combinación de una trágica lotería primitiva a la que, por lo visto, jugamos todos. Ante el dramatismo de las cifras, tratamos de encontrar la explicación y, sobre todo el remedio, que pueda atajar al menos un poco, tanta muerte. Afortunadamente, la cifra de víctimas, con la ayuda de las medidas, algunas buenas, de los responsables de Tráfico y sobre todo, de la crisis económica que, por cierto nunca nombran, siendo el principal motivo para este descenso de víctimas. No obstante, para lo que habitualmente, no se suele encontrar explicación, si nos detenemos a pensar un poco, sí la tenemos. En la circulación, como en la cultura, como en todas las facetas de la vida, las cosas no se improvisan. En esto también cuenta la herencia, por supuesto, y el hecho de que su excelencia, con perdón, ya sabe, no fuera muy aficionado a la carretera, se ha notado muchísimo en todo lo relacionado con el mundo del automóvil. En primer lugar, nos hemos incorporado tarde a todas las innovaciones, a todos los estudios en materia de circulación, y esto ha supuesto que nuestro número de víctimas en la carretera sea proporcionalmente superior, a las de los países punteros en la materia. Como pasa siempre, hay cosas que, por mucha legislación que tengamos, por muchas multas que se pongan, no nos van a traer la solución, y esta únicamente vendrá, por el camino de la educación, el respeto, la civilización, en fin. Por ejemplo, hemos descubierto las rotondas en los cruces, con un retraso de más de treinta años, (y que años) respeto a países de nuestro entorno. Los ingleses, anglosajones, o como queramos llamarles, son los pioneros en esto, como en tantas otras cosas, sobre todo en aquellos aspectos que tienen una relación directa con las necesidades corporales, de transporte, de confort, deportivas, es decir, técnicas, mecánicas, etc., encaminadas a resolver las necesidades, o problemas del cuerpo. Nosotros siempre le hemos dedicado más atención a los problemas espirituales, a los problemas del alma, que es nuestra especialidad, ahí le ganamos.

Como decía, la rotonda en un cruce, viene a ser algo así, como reforzar una norma objetiva, (que tanto les gusta a ellos, porque saben que con el palo que te arrea la naturaleza, se cumplen mejor las leyes humanas) con la que se regula los sistemas de circulación esto es, una señal de stop, un ceda el paso, o un semáforo; con la contundencia que emplea siempre la naturaleza, cuando aplica sin compasión, ni excepciones, su ley natural que, como sabemos no está escrita, pero que te pega unas leches que "pa qué". Es decir, un ceda el paso, un stop, un semáforo, te lo puedes pasar, no debes hacerlo pero, eres malo, o mala, aceleras a fondo y, ¡Zasca! Te lo pasas, y si se estás en una recta, lo puedes hacer a 200. Pues bien, ante una rotonda, que está siempre de guardia, a todas horas, día y noche y, sobre todo si tiene en el centro una fuente, cosa bastante frecuente, aminoras la marcha, incluso te paras, quieras, o no quieras, estés despierto o borracho, aunque seas malo, aunque lleves un coche de bomberos, o de policía con la sirena, porque si no lo haces, no es que te quiten los puntos tío, es que te ahogas directamente en la fuente, así es como castiga la naturaleza a sus infractores, no se anda con recursos, indultos, ni demás historias de nuestras leyes, aquí la pena de muerte sigue en vigor, y se ejecuta todos los días, a los que no cumplen sus leyes. Un stop, o un semáforo, los puedes ignorar, y si no te ven, tal vez no pase nada, ni multas, ni puntos, ni leches. Pero de la ley de la gravedad, de la inercia, de la fuerza centrífuga, no te libras, siempre están vigentes, de día y de noche, y si rebasas sus límites, sus castigos son inapelables, incluso mortales. Bueno, pues durante muchos años, no quisimos contar con esta impresionante ayuda de las fuerzas de la naturaleza, que tantas muertes hubieran evitado. Hemos confiado únicamente en lo que era obligatorio por nuestra ley, en la señal, en el guardia, en la luz roja, en el que tenía derecho a pasar, en el que tenía la omnipotente preferencia, que le invitaba incluso, a la caza del infractor, acelerando al máximo, ¡Yo tengo derecho¡ a ver si conseguía atrapar al que tenía posibilidades de pasarse el stop, y si es posible castigarlo, con ese latente guardia civil que llevamos dentro, en el típico cruce a palo seco y, algunas veces lo conseguían, logrando aumentar el número de víctimas mortales en nuestras carreteras, aquel fin de semana.

Es por ello, por esa educación en la intransigencia, por ese afán a no ceder, a la poca colaboración, a la falta de solidaridad, que aún hoy, a estas alturas, seguimos sin dar muchas facilidades, en casos, ninguna, para ayudar a la incorporación de un conductor que sale de un aparcamiento, porque estamos acostumbrados a que el que tiene derecho, pasa sin más, a no ser que haya un señor con una gorra, (imprescindible) que nos de el alto. Por eso aquí no funciona, lo de los niños que se organizan la salida, ellos solos, de su colegio, porque en lugar de gorra y mala leche, solo llevan una banderita. Por eso aquí, lo de la colaboración ciudadana, solo se fomenta para los casos de una posible captura del caco de turno. Por eso aquí , el personal se sigue matando cuando, en lugar de colaborar en un mal adelantamiento, en una carretera de dos direcciones, formando un improvisado e instantáneo equipo, que no estaba previsto, ni convocado, pero que tal vez sea el último partido que juegues, si no lo ganas. Ese partido a muerte, esta vez de verdad, no como cuando dicen los futbolistas que tal partido, lo van a jugar a muerte, nada, nada, aquí sí se juega de verdad, tal vez sin espectadores, tal vez con tres, o incluso, solo dos protagonistas, pero el partido que se va a jugar, en ese punto kilométrico de esa tal vez solitaria carretera nacional, o comarcal, da igual, entre solo esos jugadores-conductores, ese sí, va a ser a muerte.

Esos tres únicos protagonistas, se encuentran en esa carretera, sin árbitro, sin espectadores, ¡A jugar!. Con el número uno, el prisas, el imprudente, el que adelanta indebidamente, porque pensó que le daba tiempo, porque le estaban esperando, porque, en fin, da igual. Con el número dos, el que es adelantado, el que iba tranquilamente, incluso demasiado, tal vez un camión, que por si acaso, en lugar de orillarse aprovechando al máximo el terreno de juego, el arcén, para que pase de una vez el imprudente, el prisas, se arrima un poco más, pero al centro, no sea. Y por último, y con el número tres, el que viene de frente correctamente, que tiene todo su derecho, pero que a veces, pasan cosas, y que en lugar de aprovechar a tope su arcén, y en último caso, echarse fuera, antes de chocar de frente, que es lo último; prefiere perder los últimos instantes de su viaje y, tal vez de su vida, en dar luces, o echar broncas al viento. Si realmente colaboraran a tope los tres jugadores-conductores, e hicieran un buen partido. Si el número dos, aprovechando al máximo el terreno de juego, y utilizando todo lo que pueda el arcén. El número tres, preparándose para lo que haga falta, y si es necesario estar dispuesto, antes de chocar, a salirse de la carretera. Por último, el prisas, el infractor que, ya una vez metidos, termine de una vez, lo más rápido posible, porque a menudo, además de imprudentes, son plastas, y no dan terminado con esa insensata maniobra y que, de todas formas, si le sale bien, y se libra, que aproveche el inevitable susto que se ha llevado, y que nos a hecho pasar a todos los involucrados, para que no lo repita en el resto de su vida.

Esta imprescindible colaboración, surgida espontáneamente entre los tres protagonistas que, sin haberlo previsto, ni buscado, tenían una cita concertada, en aquella carretera, es la única que puede conseguir, que el recuerdo de ese encuentro, no sea otra cosa, que una anécdota, una pequeña incidencia en tu camino, o que, por el contrario, se convierta en un trágico y definitivo encuentro mortal, que es en lo que suele terminar, el choque de frente entre dos vehículos. Cosa que, si realmente se colaborara a fondo entre los conductores implicados, se podrían evitar el 90% de los accidentes de este tipo. Pero por desgracia, los que circulan correctamente, suelen ser tan dignos, suelen ir tan confiados, sin terminar de creerse lo que están viendo, suelen ir tan llenos de razón, y de indignación, que prefieren convertir esta última actuación, en un acto justiciero que demuestre a toda la humanidad, que él tenía preferencia, que iba circulando correctamente, y que no hay derecho a esto.

Es en todo lo relacionado con el mundo del automóvil, con la carretera, con los medios de transporte, donde más se puede valorar lo importante de nuestra evolución, el cambio profundo que ha vivido nuestra sociedad en un período relativamente corto, cuando en otros países, llevaban ya muchos años haciéndolo. En aquella recordada película, "Rebeldes sin causa" que reflejaba la vida de los universitarios pijos americanos en los años cuarenta, y que se divertían compitiendo a ver quien era el último en abandonar su coche, en su carrera hacia el precipicio, en nuestro país, esta película no se podía concebir, ni rodándola con bicicletas. Tal era la desproporción que existía en aquellos tiempos, entre nuestra forma de vida y la del rebelde americano.

Todavía en los años sesenta se podía decir, que por aquí, seguíamos sin tener carreteras, ni automóviles adecuados en comparación con los países desarrollados, ahora bien, andábamos a toda leche sin casco, sin cinturones de seguridad, sin apoya cabezas, y sin controles de velocidad, ni de alcoholemia, es milagroso que aún quedemos tantos supervivientes. Todo lo relacionado con el mundo del automóvil, estaba muy lejos de lo que se cocía en los países vecinos, y más desarrollados. Como detalle anecdótico, cuando en casi todos los países de Europa ya eran obligatorios los cristales laminados en los parabrisas de los automóviles, aquí seguían fabricándolos con las lunas convencionales que estallaban cada dos por tres, sobre todo cuando ibas rápido, por un simple pequeño impacto o incluso por un cambio brusco de temperatura. Sería difícil calcular, la cantidad de accidentes producidos, y la particularidad de las lesiones que originaban, como consecuencia de esta falta de seguridad de las lunas de los parabrisas. Casos en los que no se habrían producido apenas daños, originaban graves consecuencias. Por ejemplo, por citar un caso entre miles, el famoso paisano, el conocido como el "obispo Clemente" que se quedó ciego por los cristales de su Seat 133 que le saltaron a la cara en un accidente. Pues bien, durante muchos años estas lunas de parabrisas que se rompían fácilmente, estallando en mil pedazos, se seguían instalando en todos los coches de serie que ya en cantidades importantes, se fabricaban en nuestros país. No solo eso, sino que ni siquiera se servían como opción. Es decir, como en los Rallys, eran obligatorias, tenías que tirar la luna que venía de fábrica, y comprarte independiente, en los sitios especializados, la luna laminada, que llamábamos, triplex, para que pudieras participar en la competición La primera fábrica que instaló las lunas de seguridad en sus coches, al menos opcionalmente, fué la Ford en sus

Fiestas, desde finales del año 1976 que ya las podía pedir, por una pequeña diferencia de precio. Pero todavía, a mediados de los años ochenta, en una visita que realizamos a la fábrica de Citroen, en Vigo, observamos que se seguían instalando las lunas convencionales en todos los automóviles Citroen GS que salían de la cadena de montaje por aquellas fechas, pero increíblemente, en los vehículos destinados a la exportación, se montaban ya con las lunas de seguridad. Increíble. Pues en aquel tiempo, ni como opción, se podía pedir que tu Citroen GS, incluso el mas alto de la gama, se pudiera pedir con ese tipo de parabrisas.

Después nos preguntamos el porqué de tantas víctimas. Hay muchas razones que lo explican, y nos podemos felicitar de que las cosas no hayan ido peor. Como en tantas otras circunstancias, hemos tenido que asimilar demasiados cambios en muy poco tiempo. Este es un país de extremos, en el que podemos pasar de tener que ir a misa por obligación, a quemar iglesias con el cura dentro si es posible, o a la inversa. De no poder ver una triste teta en las revistas de los kioscos, a que te metan en tu casa, todo la pornografía que en Europa se ha ido consumiendo paulatinamente desde los años cincuenta. Y en el campo del automóvil, desde tener que esperar más de un año, para que te llegara el turno, para conseguir un Seat 600, hasta tener la oferta más completa del mercado mundial, como pasa en la actualidad y desde hace ya bastantes años. En todos los campos y en todos los sentidos. Es un auténtico prodigio de asimilación, de acoplamiento al mundo moderno, esto si que es un milagro, sin tener que andar buscándolos por ninguna cueva. Ahora bien, no podemos encima, sorprendernos de la situación, en tal caso, la sorpresa sería a la inversa, de que podía ser mucho peor, esto no quiere decir, por supuesto, que no tengamos que seguir haciendo todos los esfuerzos para continuar avanzando por el camino hacia una conducción más segura. Pero de sorpresas, nada.

En todos los demás órdenes de nuestra vida, en aquellos duros años de la posguerra española, se puede decir, que nuestra generación fue menos libre, y quizás mas"antigua", que la anterior, porque nos cogió de lleno, con el Espíritu Nacional, los Principios Fundamentales del Movimiento, y la Unidad de Destino en lo Universal, que "prendieron" en nuestra cabecita infantil, como aquella vacuna de la viruela, que nos inoculaban en la época. No tenemos más que comprobar, la cantidad de cosas que los ciudadanos que vivieron en los tiempos de la Republica de 1931 podían hacer, sobre todo lo relacionando con temas de libertad, relaciones, asociaciones, etc. que hemos tardado casi cincuenta años; pero cincuenta años cruciales, donde los demás avanzaban a pasos agigantados; en recuperar el nivel que tenían los ciudadanos de nuestro país, en aquellas fechas. Incluso cosas tan poco importantes que se prohibieron simplemente, por ese afán tan típico nuestro, de hacer lo contrario, porque sí. Sin detenerse a considerar, de si es bueno o malo. De esta forma, el régimen franquista prohibió cosas, simplemente, porque la República las autorizaba. Por ejemplo, la mujer podía, aparte de otras muchas cosas, torear en el año 1931. Pues bien, en la época de Franco lo prohibió. ¿Porqué? Cuando podía ser perfectamente compatible con todos sus proyectos de gobierno dictatorial. Simplemente, por esa afición pendular tan nuestra. Por ese efecto rechazo que nos persigue. Ahora ya pueden torear todo lo que quieran, aunque no lo hagan, o que lo hagan muy poco, por las circunstancias que sean, pero no porque esté prohibido. Es un ejemplo, entre multitud que podíamos exponer, de ese afán tonto, de llevar la contraria en extremo, al anterior sistema, y aún hoy, en muchos aspectos, seguimos dando esos tremendos bandazos cuando intentamos cambiar, o corregir algo. Eso mismo es lo que distingue, y puede salvar a un conductor, la precisión en la corrección, es decir, cuando das un volantazo, para salvar algún obstáculo, el que sigas, o no en la carretera, dependerá de la precisión que tengas en el timón, (porque es lo mismo en los aviones, que te puede hacer el hacha, nada que te descuides) a la hora de volver al otro lado. Como consecuencia de todos estos episodios vividos, más bien padecidos, esta generación aunque, aparentemos, cincuenta, tal vez, setenta años (metidos en décadas, da igual) en realidad, podíamos tener , quinientos, o mil años, o más, porque, Alarico, Viriato, Los Reyes Católicos, o Carlos I de España y V de Alemania (que para muchos, es el primer alemán del "carallo") nos suenan muy cercanos y, asimilar las enseñanzas de la época, es como si lo hiciéramos, con las Cantigas de Santa María, del Rey Alfonso X el Sabio, o con la Gramática de Lebrija, de los tiempos de los Reyes Católicos. Por eso, podemos ser tan longevos, incluso centenarios, como los olivos, o las encinas, a pesar de nuestro aspecto de ciudadanos contemporáneos, eso sí, mayores.

Para darnos cuenta de la facilidad del enlace, con estas épocas antiguas, no tenemos más que pensar que, el primer signo de modernidad que aparecía por las inmediaciones de la sierra de Larouco, que preside toda esta zona fronteriza, era un afilador-ciclista que periódicamente, recorría aquellos pueblos, con su artilugio mecánico que, sobre todo los niños, íbamos a recibirlo entusiasmados, a la plaza de la Picota, en A Xironda, cuando oíamos su flauta politono. La vida transcurría tranquila, con pobreza, total, sí, pero sin grandes dramas, lo que más siento, (por eso que, muchas veces, lo del dinero, que no había, por supuesto, es lo de menos, lo importante, son las ideas, porque lo hubiéramos hecho, hasta descalzos, si nos aficionan) de aquella época, es que no se hubieran inventado las zapatillas deportivas, y que no nos inculcaran la afición por el deporte, ni por la naturaleza. Claro que, con la "chancas" era muy difícil organizar, marchas y carreras. Con los maravillosos paisajes que teníamos, donde la contaminación, todavía no sabíamos que pudiera existir algún día, nunca se organizaba un excursión a la sierra, ni a otros lugares. Por aquel "entonces", nuestros mayores, estaban más predispuestos a cuidar de la salud, de nuestras infantiles almas, que la de nuestros cuerpos. También hay que reconocer, que los cuidados del espíritu, requieren menos instalaciones, no hacen falta pistas, canchas, ni piscinas y, sobre todo, se pueden llevar a cabo, con "chancas". De todas formas, parece como si los indígenas de la zona, en cualquier época, nunca han estado por la labor de dejarse , lo que se dice vulgarmente "comer el coco", (por eso, en Galicia no hay pirámides, a pesar de la gran cantidad de "penedos" que tenemos) tirando a escépticos, sin grandes entusiasmos, y muy predispuestos a lo de, "sí, pra que cales", sin comulgar demasiado con las propuestas de unos, y de otros y, una de dos, o aguantábamos, como sólo nosotros sabíamos hacerlo, o cogíamos el "andante" para correr la "esparabana" por esos mundos de Dios, en plan del, "ou vai ou racha". Con la eterna duda, de si éramos de los vencedores o vencidos, de si teníamos que "falar galego" o castellano, o de si el viaje, era sin retorno, o con billete de vuelta. Lo de que, no se sabía, si subía, o bajaba las escaleras, es mentira. Eso lo supimos siempre, lo que no sabíamos, y tal vez sigamos sin saberlo, es de donde leches, sacaban esa seguridad, los que nos explicaron, y nos siguen explicando, los fundamentalistas de turno, lo que hay que hacer, y lo que no hay que hacer, lo que hay que hablar y en que idioma, y volvemos a la misma historia, como ayer, como antes. Porque aquí, seguimos con los principios fundamentales, que correspondan al movimiento de turno, en ese momento, ya que, como siempre, esto no cambia, todo Dios lo tiene claro, siguen sin dudar, y curiosamente, los otros, los del otro lado, los del otro bando, los rojos, los azules, los enemigos, vamos, también lo tienen claro, pero al revés y, entonces, ¡me cago en la leche!, otra vez, creemos que, lo menos que podemos hacer, es dudar, ¡coño! Porque hemos soportado demasiados discursos, durante años , de muchos que tampoco dudaron, que lo tenían todo atado, y bien atado, que estaban seguros, de lo que decían, de lo que hacían, y de lo que maldecían, que no dudaron, no dudaron, pero que la cagaron . Por eso que al final del camino, nos encontramos con que, lo único que tenemos claro, si nos queda un mínimo de lucidez, recordando fracasos pasados, es que dudamos sí, dudamos, pasa tronco, y que nos felicitamos de que, afortunadamente, muy pocos llegarán a Generales con mando en Plaza, porque tendríamos seguramente, la sensata duda, de si había llegado la hora, de ordenar el ataque, o la retirada.

Lo que sí es cierto, es que estábamos siempre dispuestos a partir, tal vez, porque con un poco de suerte, teníamos muchas posibilidades de mejorar, dejabas eso sí, muchas cosas que sentías, muchas personas que ibas a echar de menos, incluso que amabas, habías amado, o que podías hacerlo, en el plazo habitual de los tiempos. Pero a otras, te iba a resultar muy fácil olvidarlas. De todas formas, el viaje se proyectaba a la manera de Machado, ligeros de equipaje, a menudo con penas, siempre con morriña, pero dejando huella, por oriente y por occidente. Por eso a los gallegos va a ser muy difícil que nos fumiguen, como a los kurdos, porque tendrían que hacerlo desde la Patagonia, hasta la China.

Volviendo al "fundo" de Chile, en las tertulias de aquellas noches de toque de queda, todos estábamos de acuerdo, en recomendarle a Marcelo, que tuviera mucha precaución, porque sabíamos como se las gastaba la policía de Pinochet. (otro que no dudaba) Le decíamos, haz como los gallegos, (entre otros), aguanta o, como decimos por allí, carretera y manta. Porque al final, siempre es la misma historia, en diferentes sitios. Le decíamos, Marcelo, incluso en Moscú, o en Cuba, tendrías los mismos problemas, porque el comunismo, en principio está bien pensado, el dinero, la riqueza, son el principal problema de la convivencia, atracos, estafas, crímenes, pues suprimámoslos, y ya está solucionado el problema. Pero, ahora viene la segunda parte. Supongamos que repartimos el dinero, las casas, la riqueza material, todos contentos.

Aparte de que, a los dos días, uno se habrá quedado sin casa, porque se la jugó a las cartas y otro, tal vez su vecino, tendrá dos, y mejores, porque es muy apañado él, o ella. ¿Cómo repartiríamos la inteligencia, la salud, la astucia, la belleza, la simpatía, los infartos y, sobre todo, ese don, ese gen, que hace que los humanos, al margen de ideologías y de patrias, produzcan ese germen, que a unos los hace listos, a otros tontos y, a otros imbéciles?

Por eso que no tiene solución, lo que en principio parecía un problema fácil, como en las averías en tu coche, aquel ruidito que pensabas que no era nada, o en tu cuerpo, aquel dolorcillo, que te empezó en el pecho, sí, sí, un catarro. Pues lo mismo, esto sería sencillo organizarlo en un rebaño de ovejas, mi animal predilecto, desde que las conocí de cerca, hace años, con mi amigo Carlos Quiroga, en las Guareñas de Extremadura, porque además de su natural estilo de vida sosegada, dócil, callada, son, sobre todo, iguales, prácticamente uniformadas, de verdad, es muy difícil distinguir una oveja guapa, de una fea; ya no digamos en cuanto a su carácter, todas igual, se ponen automáticamente detrás de la primera que inicie la marcha, aunque no lleve ninguna gorra, que sería lo primero que le pondríamos a nuestro comandante de grupo. Así sería fácil, pero mientras existan nuestras diferencias, será imposible, porque, por encima de las ideologías, siempre estarán los listos, y estos, de derechas o de izquierdas, sabrán siempre cuando llega su oportunidad, mientras tanto, o se exilian, o esperan tranquilamente a que escampe, como en las tormentas, pero siguen vivos.

En Noviembre de 1975 moría en Madrid, el inspirador de Pinochet, el General Franco, que le servía de ayuda para lograr apoyos para la instauración de su régimen, basado prácticamente, en los mismos principios, aunque como suele pasar, si algo se hace bien en un sitio, solo se imita la parte negativa, e incluso superándola. A comienzos del año 1976, en Chile seguía la euforia de la junta militar presidida por el general Pinochet, convencidos de que habían encontrado la solución a todos los males. Es decir, de pronto, e ingenuamente, como anteriormente lo habían hecho, tantos y tantos iluminados a lo largo de la historia, (ponga aquí sus nombres preferidos, no sea que me olvide alguno, o cite a alguien, a quien Vd. considere otra cosa) habían descubierto que los problemas de la humanidad, que venimos arrastrando desde los tiempos, incluso antes, de Sócrates o Aristóteles, que si dejamos a un lado; temas como la esclavitud, y otros pequeños detalles, como que las estrellas giraban alrededor de la tierra que, para el caso, da igual; son los mismos que tenemos en el mundo moderno. Pues eso, como todos los ingenuos, pensaban que habían llegado a descubrir ese misterioso sistema que resolvería los problemas de nuestra convivencia, habían encontrado la clave, el secreto, el milagro que todo profeta anuncia para redimirnos de todos los males que afectan a los humanos desde el origen del mundo, habían conseguido de pronto, lo que no habíamos logrado en los 2.500 ó 3.000 años transcurridos desde que los atenienses lo habían intentado. Pero en esto, pasa como en lo de las inversiones, cuando ingenuamente piensas que has logrado dar el pelotazo de tu vida, te encuentras con que la has cagado, simplemente. De la misma forma cuando, en otros órdenes de la vida, claro está, estos caudillos que, al grito de, esto lo arreglo yo, se suben al púlpito que esté más a mano, para seguidamente, recurrir a las consabidas arengas que, en todas las patrias y en todas las latitudes, inevitablemente empiezan con referencias al honor, la seguridad, la prosperidad, y la salvación, y terminan siempre, con el canto al sacrificio, la sangre derramada, y la muerte en la cruzada. Estos ingenuos de ideas tan claras, estos líderes que se sienten elegidos, generalmente por Dios, en esos comicios que se celebran solamente en su imaginación que, si siempre el voto es secreto, en estas instancias divinas, lógicamente, lo es mucho más, pero que les es suficiente para sentirse legitimados para llevar la antorcha, hacia esa olimpiada de terror y muerte. Estos caudillos supremos de poderes absolutos, como nuestros antiguos reyes, chamanes o hechiceros, pero sin su sabiduría ni carisma que, pasado el tiempo, la misma sociedad que antes los aplaudía en sus ceremonias, y desfiles, o que, como mínimo, los soportaban en silencio a la espera de los acontecimientos, ahora los asciende a delincuentes y asesinos. Lo primero que hacen, cuando inician su cruzada de turno estos líderes salvadores, dentro de sus simples esquemas, que no les alcanzan para más, es retirar de la circulación a todo aquél que les pueda hacer frente, todo aquél, o aquella, que no se conforme con lo que está sucediendo, que no es indiferente a las desapariciones, atropellos, y torturas, todo aquél susceptible de representar un peligro, que le pueda impedir seguir avanzando en su camino para la implantación de su sistema de terror con el que soñó, que iba a conseguir la gloria, y la salvación de su país.

Finales de 1976, una mañana de esas luminosas, clara, diáfana, típica de Santiago de Chile, muy parecidas a las de Madrid, a primera hora, unos policías de paisano, suben a la cuarta planta del edificio España, de la calle Huérfanos, donde teníamos las oficinas de Chilespa, S.A., le preguntan a Carola, la secretaria, por Marcelo Concha, y te llevan entre los dos, amigo, tranquilamente por el ascensor, tal vez entre las sonrisas que siempre estabas dispuesto a compartir, tal vez fumando ese cigarrillo americano que, por aquella época, todavía estaba bien visto, y fumábamos todos, y te vas tranquilo, como si se tratara de dar una vuelta, como si fuera para tomar un zumo en el bar de enfrente, donde estaría, seguro, nuestro entrañable, e increíble Antolín, despachando con alguna admiradora, hablando de sus cosas, ya sabes, y te vas sin sospechar nada, porque estos delincuentes disfrazados de funcionarios, para más desconsuelo, para más indignación, para más pena, y sobre todo rabia, suelen disimular sus crímenes bajo la apariencia del cumplimiento del deber y de la obediencia debida, y entonces, no se te ocurre pensar , ni por un momento, que aquella mañana, va a ser la última en que vas a tomar ese ascensor del edificio España de calle Huérfanos, va a ser la última mañana en tu querida empresa Chilespa, la última en que vas a ver a tus compañeros, a tu amor, a tus amigos, y te vas dando un paseo por esa preciosa calle Huérfanos, del centro de Santiago, acompañado de tus asesinos disfrazados de funcionarios públicos, que te llevarán a ese desconocido punto sin retorno, a esa trágica nebulosa, tan común en las dictaduras, en todas las dictaduras, pero sobre todo, en las de Suramérica, (que no se de donde sacaron el sistema, aquí, al menos, te daban un certificado de defunción.) "Chiao", Marcelo Concha. Hasta siempre, amigo.

Lo sabíamos, tenías que haber esperado. Hoy, serías político, no tengo la menor duda, tenías vocación, se te veía venir, aunque creo que estarías en la oposición, seguro, porque lo tuyo era de libro, las cosas han cambiado tío, y los comunistas, más. No me creerías si te dijera que hoy Rusia, es el paradigma del mundo capitalista. El país de los millonarios, increíble. No reconocerías a tu Moscú de los años setenta. Te sorprenderías de encontrarte, paseando por la calle Arbat, con las mejores y más lujosas marcas internacionales de modas, joyas, automóviles, etc. Ya ves, cuando tú andabas por allí, únicamente tenías los Lada y eso, con enchufe. Lo del muro de Berlín ya es historia, y el sistema de la "pasta" se ha impuesto por goleada en casi todo el mundo. En fin. Sabemos que es un sistema injusto, pero es que el otro, como nos temíamos, es peor, decididamente, aunque siempre hay quien lo sigue intentando. Increíblemente en Cuba, transcurridos ya cincuenta años desde que entró con sus barbas, y con el Che, por las calles de la Habana, sigue tu amigo y paisano Fidel Castro, viejo y achacoso, pero vivo, y ni un paso atrás. Por lo menos allí no tienen que oír a los ricos como se debe repartir la riqueza, lo hacen ellos directamente. Ya ves, la vida tiene estas cosas. Tengo que decirte que cuando te "desaparecieron", Maribel y yo, con nuestros dos hijos mayores, que tenían dos, y un año, Ramón y Marta, (el tercero, Luis Pablo, llegó posteriormente) ya habíamos regresado a España, porque llega un momento en que tienes que decidir, si te vas o te quedas, pero quiero que sepas, que todo el equipo de aquella increíble Chilespa, del fundo de Rancagua, y de la calle Huérfanos, en el edificio España, aquella gente, tus compañeros, José Antonio, Pancho, Carola, Antolín, Mariluz, Manolo, Pepe, etc. y nosotros, nunca olvidaremos tu sonrisa.

Pasaron las largas noches de los toque de queda, de la búsqueda de los subversivos, de los que no se callaban, de los que no miraban para otro lado, de los que no se resignaban, de los que no eran indiferentes a la situación, de los anónimos mártires de la libertad, de los Marcelos, vamos. Pasaron esos largos años que se hacen eternos, en los que el silencio, y la indiferencia permitía a la mayoría de los ciudadanos seguir adelante con sus trabajos, y con sus proyectos, siempre que no fueran políticos. Transcurrió ese tiempo, siempre demasiado, que parece resultar necesario, e imprescindible, para que puedan cambiar las cosas y, de esta forma, llegó por fin, para Chile y vecinos, la hora de la libertad, y con ella, el descubrimiento de que las personas que pretendían controlar, organizar, y disponer de las vidas de sus conciudadanos, para arreglar las cosas a su manera, no eran más que los iluminados de siempre, que periódicamente aparecen, como si formaran parte de esas desgracias naturales, como los terremotos o volcanes, a los que da la sensación, que estamos condenados a sufrir. Esos salvadores de patrias que al final comprueban, y compruebas que, no solo no han salvado nada, sino que, después de tanto desaparecido, de tanta muerte, y, de tanto dolor, lo único que han conseguido para sus ciudadanos, es aumentar el exilio, la desilusión, la tristeza, y las visitas a los cementerios, en el mejor de los casos, cuando no fue el fondo del océano Pacífico, o el Atlántico, su último destino. Sabemos que siempre habrá problemas, la felicidad nunca va a ser completa, pero lo menos que podemos pedir, en cualquier situación, en cualquier país, es que podamos vivir con ese mínimo de dignidad, que no es posible encontrar, si primero, no tienes libertad. También sabemos, que los tiempos en que la tenemos, también acarrean sus consecuencias, y que cuando hay Democracia, y sobre todo, cuando es joven, aumenta el desorden y la delincuencia, pero en último caso, y si tenemos que decantarnos por una de esas dos únicas alternativas, y si no tenemos otro remedio que elegir entre los dos hipotéticos tiros que nos puedan meter, sin lugar a dudas, escogeríamos el del atracador, o del terrorista, que el tiro del salvador. Porque éste lo hará siempre, con el recochineo, y la tranquilidad, que le da la impunidad de su presumible cumplimiento del deber, y por lo menos, los otros, no están en la nómina de ese Estado que se fundamenta precisamente, en que su primera misión y la más importante, es la de proteger la vida a sus ciudadanos. Para más inri.

De todas formas, la justificación que puedan tener los caudillos que se sienten redentores de sus patrias, es la misma que la que tienen los terroristas para encontrar la solución a sus quimeras. Ambos se apoyan en el miedo que puedan transmitir a sus ciudadanos, unos con sus ejércitos, y los otros con sus coches bombas, pero en los dos casos, son iluminados, unos creídos, unos insensatos, que creen tener la solución a unos problemas que lleva la humanidad tratando de encontrar como solucionarlos, desde la noche de los tiempos, y que la mayoría de la gente, ya admite que no hay soluciones radicales ni milagros que nos traigan otras soluciones distintas a las que paulatinamente vayan surgiendo de una convivencia pacífica, basada en el respeto, la educación, y en el trabajo de cada día, y que poco a poco, nos ayuden a conseguir una convivencia lo más justa, y civilizada posible entre sus habitantes.

Pero increíblemente el personal sigue creyendo en milagros, sigue soñando en que teniendo esa fórmula, ese secreto, esa gilipollez, encuentras el remedio a tus males, porque tú eres mas listo que tu vecino, porque tu sabes invertir, porque tu has descubierto el verdadero camino, porque tu tienes el secreto ese, que trae el premio de la lotería. Es más, si te tocara, estarías convencido de que había sido debido a que habías sabido elegir el número. Si quieres tener éxito, sobre todo en épocas de miseria, de crisis, o desesperanza, predica, escribe, propaga, las mil y una formas de ser feliz, pero no en el cielo, que eso ahora no vende, no, en esta vida, para que vamos andar con esperas, ni leches. Si quieres tener un éxito editorial inmediato, escribe contando como te puedes hacer millonario en tres días. Cómo puedes encontrar el bálsamo de turno, para solucionar todos los problemas de salud, amor, y de trabajo. Como puedes descubrir el secreto, que te lleve a la felicidad. Nunca hubo tantos ingenuos preparados, nunca hubo tanto buscador de arcas perdidas, de cofres de piratas, de nuevos "El Dorado", a la espera de ese explorador que con su mapa arrugado, y sus claves secretas, te lleve por ese camino misterioso, que te conducirá al tesoro escondido. Esto es increíble, como decía aquél, pero sigue funcionando, cuando día tras día, te están demostrando, que lo que te encuentras, es que te han engañado, directamente, que tu gurú era un farsante, que tu asesor tenía una pirámide pero sin faraón, y que por fin, descubres que la solución está únicamente, en el trabajo, en la preparación, en la educación, en el respeto, en la constancia y, sobre todo, en la conformidad, en la paz interior, y ahí está la diferencia, la gran diferencia entre unos y otros, entre el éxito y el fracaso, entre la alegría y la tristeza, entre la esperanza, y la amargura. No en el milagro, ni en las apariciones, ni el secreto, ni en los misterios de los ingenuos.

No hay otra solución, no tenemos más que pensar en lo difícil que es entenderse a niveles de pequeñas comunidades, ya sean familiares, comerciales, o de amigos, ya no digamos a otras escalas. Por lo que no hay otra salida, que no venga de la que nos pueda proporcionar el incremento diario de nuestra dosis de paciencia y resignación, cristiana o de la otra, y esperar tranquilamente a nuestro viejo amigo, el único que por fin, nos trae la solución de todos los problemas. El tiempo.

Otra vez el factor tiempo, todos sabemos que llevamos puesto el contador. Tic tac, tic tac, y que la cuenta es hacia atrás, pero contamos con ello. No pasa nada, estamos preparados, listos, ya. No puedo evitar recordar el Eclesiastés: " Todo tiene su tiempo... tiempo de nacer, tiempo de morir... tiempo de llorar, tiempo de reír... tiempo de amar, tiempo de aborrecer... tiempo de guerra y tiempo de paz." Hoy añadiríamos, tiempo de crisis, y tiempo de bonanza. Todo gira en torno al tiempo y nos pasamos la vida recordando lo que pudimos hacer, hace un año, tal vez, dos, o tal vez ayer, y hoy, ya no es posible, porque estamos en otro tiempo, en otro momento, en otro tren, pero a veces, nos cuesta mucho asimilar estos cambios tan profundos, en tan corto intervalo.

La única explicación que me lleva a entender un poco, el cotidiano caos que acompaña desde tiempos inmemoriales, la actividad de los humanos sobre nuestro planeta, es el componente de imbecilidad que en mayor, o menor grado, le proporcionó la madre naturaleza en exclusiva, a nuestra especie. Por eso que este término, imbécil, no debiera tener la consideración de insulto, que generalmente conlleva. No debiera ser incluido en la lista de los descalificativos habituales, como por ejemplo, pringao, gilipollas, tonto de los cojones, o cualquier otra lindeza por el estilo que, en principio, no tenemos más remedio que calificar de auténtico taco, por mucho que no estés de acuerdo con lo que haga, o por muy de derechas que sea el sujeto, o la sujeta, al que va destinado. Lo otro es distinto, lo llevamos en los "adentros". La "imbecillitas" forma parte de nuestra personalidad, sí, sí, triste, lo siento, pero está dentro de nuestro ser, forma parte esencial de nuestras características que nos distinguen perfectamente del resto de las especies con las que compartimos el planeta, porque estos vecinos animalitos, vertebrados, o invertebrados, con sangre fría, o caliente, pacíficos, o violentos, serán todo lo que queramos, pero de imbéciles, ni un pelo. Por mucho que nos duela, todos y todas, es unisex, estamos afectados por la imbecilidad, eso sí, en mayor o menor medida, esa es la clave, todo dependerá de esa intensidad y de la capacidad que tenga cada uno para regularla. Es algo así como lo de la temperatura de nuestro cuerpo, todos tenemos un nivel necesario para seguir vivos, pero si nos pasamos, tenemos fiebre.

Y como en el caso de la fiebre, a cada uno le afecta de forma distinta y, si hay personas que con unas décimas, ya tiene que meterse en la cama, otras, pueden tener un nivel de tolerancia mayor, y aguantar más.

También hay que tener en cuenta las circunstancias de cada uno, ya que si un sujeto tiene cierta relevancia, sea económica, política o artística, (tal vez sea correcto el orden), los ciudadanos que, a falta de otras sistemas que echamos tanto en falta, (como más adelante veremos), somos los que nos permitimos otorgar la clasificación, el grado de imbecilidad de nuestros congéneres, tenemos cierta propensión a ser muy comprensivos con las personas que triunfan en cualquier especialidad. Así nos encontramos en ocasiones, con auténticos genios, verdaderos iconos mundiales, que fueron unos verdaderos "cafres" en otras facetas de su vida, y su grado de imbecilidad, que en otras personas resaltaría y, tal vez, la sociedad lo descalificaría, queda anulado, en este caso, por la grandeza de su obra.

También influye mucho, la condición física. A un, o una, top módel, se le permite automáticamente, uno o dos niveles más de imbecilidad que a una ciudadano común , lo mismo que a un gran deportista, artista o personaje destacado de la política y, no digamos si está "forrado", estamos dispuestos a considerar como genial, el comentario que, si lo hace uno cualquiera, decimos que es una ordinariez.

Por eso, cuando vemos a una figura del deporte, del arte o de la ciencia, que han alcanzado un gran nivel y nos hablan con humildad y educación, no podemos más que admirarlos profundamente, sabiendo que estaríamos dispuestos, a reírles todas sus gracias, por muy idiotas que fueran, siempre que sigan metiendo goles, o ganando medallas.

Dejando a un lado las diferencias físicas, (patas, cuernos, rabos, etc.) y sistemas de convivencia, aunque parece que cada día son menores, la imbecilidad es la principal característica que nos diferencia de los otros seres vivos con los que, el "homo (más o menos) sapiens", comparte el planeta.

De este modo, no estoy de acuerdo con el clásico, "el hombre es un lobo para el hombre" (el "homo homini lupus" de Plauto de hace 2000 años) en absoluto, el lobo mata para comer, cierto que, a veces, mata en demasía, sobre todo, cuando se trata de ovejas, que se lleva por delante, si le da tiempo hasta que llegue el pastor, todas las posibles, muchas más de las que puede comer, pero tiene un sentido, llega el invierno y tendrá su despensa, y querrá acaparar, como todos.

Pero la actuación de los humanos, a la hora de matar, a la hora de eliminar vida, de todo tipo, sobre nuestro planeta, en la mayoría de los casos, no tiene sentido, y la única explicación que podemos encontrar para tanta barbaridad, es recurrir a la imbecilidad, como única excusa que lo sustente.

Por lo que, más que hablar de lobos, de lobas, y de Caperucitas, podemos decir que, con su permiso, Mr. Hobbes, ¡Va por Vd!, " el hombre es un imbécil para el hombre" o, para que quede mas fino, "Homo homini imbecilus". Más, o menos.

Y digo que es la única especie a la que se le puede atribuir esta calificación, porque, para ser imbécil, es imprescindible ser un "sapiens", es decir, tener inteligencia, cierto que no mucha, en casos, pero sí la suficiente como, por ejemplo, poder sacar el carnet de conducir, o manejar una pistola, o un cuchillo, cosas exclusivas de los humanos, pero que la imbecilidad, lo lleva a conducir ciego en sentido contrario, o secuestrar y violar a su propia hija durante años, o entrar en un colegio dando tiros a diestro o siniestro, o poner bombas en busca de seres inocentes en trenes, mercados o aviones, en nombre de su Dios, de su patria, de su madre, o de su tío.

De un animal, sea de la raza o especie que sea, podemos decir que es fiero, manso, noble, torpe, dócil, lo que sea, pero no imbécil, (si alguna excepción cupiera a esta afirmación, se la reservaría a la cabra, pero solo en ciertas facetas).

Dice aquel refrán castellano; "de poeta y de loco, todos tenemos un poco". Sería más justo sustituir lo de poeta, por imbécil, aunque reconozco que estropearíamos el refrán, pero tendremos que admitir que tenemos mas probabilidades de ser imbécil, que poeta.

Existe una gran diferencia en nuestro idioma, en la distinta aplicación de los verbos, ser ó estar. Si partimos de la base de considerar a la imbecilidad como una verdadera enfermedad, tendremos que admitir que es un estado transitorio, es decir, debiéramos decir, estás imbécil, en lugar de, eres imbécil, de la misma forma que utilizamos la expresión, estás resfriado, no decimos, eres resfriado, sino, hoy estás resfriado, como dando a entender que, mañana, o pasado, dejas de estarlo. Lo que pasa es que, lo de imbécil, da la sensación, y en muchos casos es cierto, de que imprime carácter y que no desaparece en la vida. Por eso, cuando escuchas a un imbécil mayor, de viejo, decir aquello tan reconfortante, para él, "pues si volviera a nacer, haría lo mismo, ¡Ején!, ¡Ején!" no te queda otro remedio que echarte a llorar porque compruebas que el ser humano no tiene arreglo, porque ves que este sujeto o sujeta, que se pasó su dilatada vida dando la plasta, y que va a seguir lo mismo, sin el menor atisbo de arrepentimiento, que no hay forma de oírle, un lo siento, ¡Coño! me equivoqué, nos equivocamos, ¡Leche!, pues nada, nada, siguen erre que erre, los de un bando contra el otro, como ayer, sin ceder, como siempre, hasta que la infalible cura de la muerte, lo solucione.

Mientras eso no ocurra, estarán orgullosos de su trayectoria, de sus colores, de sus ideas, de sus frentes, aunque hayan costado una guerra, sin dudar de nada, sin arrepentirse de nada, y se estarán muriendo, y no entenderán porque no los comprenden, porque él, tal vez no sienta que es imbécil, porque, como en la halitosis, no la siente el que la padece, sino, los que están a su lado, y huelen su aliento.

Es desmoralizador el comprobar, como a pesar de los años transcurridos, seguimos sin hacer uso de nuestro diferencial de inteligencia con el resto de las especies y no la utilizamos para lo poco que nos serviría, esto es, rectificar, aprender de nuestros errores, pedir perdón, de una vez, por tanto desatino y, de verdad, tratar de mejorar el mundo en que vivimos. Pero, nada, nada más lejos, aquí somos muy naturales, la naturaleza jamás se arrepiente, jamás pide perdón, seguiremos sin ver el penalti en nuestro equipo, seguiremos en nuestras posturas intransigentes, en nuestras trincheras, teniendo muy claro que los nuestros, los de derechas o los de izquierdas, los de aquí, o los de allí, somos mejores, y los otros, son los malos, los contrarios, el enemigo, pero yo me pregunto. ¿Hasta cuando? Pero, ¿No se cansan? La respuesta puede estar, yo no aseguro nada, (procuro ser lo menos imbécil posible) en que ese diferencial de inteligencia, aunque existe, claro está, no es el suficiente, como para destacarnos con la necesaria distancia, que nos permitiera poder considerarnos, realmente superiores, al resto de los animales, de los irracionales, con los que compartimos el espacio en nuestro planeta Tierra. Es decir, está claro que hemos evolucionado pero, tal vez, nos falte un hervor. Ya sabemos que la diferencia es de muy pocos genes, pero los monos, los tigres o los caballos, siguen haciendo lo que han hecho siempre, no hay diferencia de lo que hacen hoy, a lo que hacían miles de años atrás. Los humanos, con esa pequeña diferencia genética, hemos evolucionado, de acuerdo que en muchas cosas, al revés, pero es evidente, que hacemos cosas muy distintas a la que hacíamos hace siglos pero, por lo que vemos, esta evolución sigue siendo muy lenta y, tal vez, nos tenga que seguir creciendo el cerebro, un poco más. y seguir esperando muchos cientos de años, para que podamos encontrar el camino de una convivencia más desarrollada, y con el menor índice posible de imbecilidad que, en definitiva, es lo que no nos deja avanzar, por el camino de esa civilización soñada.

El hombre se ha pasado su existencia sobre la Tierra, tratando de superar los obstáculos naturales, y en principio, mejorar nuestras condiciones de vida, como cuando construimos un puente para poder cruzar un río. Lo que pasa es que, en muchos casos, nos teníamos que haber quedado en nuestra orilla, simplemente, y nos ahorraríamos el puente, y el tiempo de cruzarlo, porque no siempre ha sido acertada nuestra actuación.

Pasa como en la organización de la convivencia. Los humanos, tan pronto tienen una lengua, un sistema político, o una religión, lo primer que se les ocurre, es exportarlo y, si es posible a todo el orbe y, sobre todo en otros tiempos, (algunos aún siguen, erre que erre) imponerlos por la fuerza, sin reparar en si era bueno o malo, eso sí, con la mejor intención, convencidos de que era lo mejor, e impulsados por nuestro instinto salvador, exclusivo de los humanos ya que, el resto de las especies, con la no probada excepción de algunos, como los elefantes, o los delfines, no se inmutan, cuando ven a su lado un semejante en apuros.

Pero, como comprobamos con frecuencia, no siempre es acertada nuestra actuación o, aunque lo fuera, no siempre nos encontramos con los resultados que esperábamos y, en ocasiones, no solo no hemos arreglado nada, sino que, simplemente, lo hemos dejado peor.

Parte del planeta se rige por un sistema democrático que viene funcionando desde hace muchos siglos. Sigue siendo el modelo de convivencia por excelencia, al menos para nosotros, basado en la participación de todos los ciudadanos en el gobierno de la comunidad, pero tiene un gran enemigo, la naturaleza. La principal característica de la democracia, es que rompe todos los principios naturales, en los que se asienta el funcionamiento, de todo lo que se mueve, en este mundo.

En la naturaleza, en primer lugar, come el león, aquí, no hay turnos que valgan, ni listas de espera, y cuando se harta, se incorporan los demás. El pez grande se come al chico, y punto. Las reinas siempre tienen privilegios, lógico, pero es que las de las colmenas de abejas, viven cuatro años, mientras que las obreras, solo cuarenta y cinco días, que además se los pasan trabajando sin parar. Lo de los zánganos, ya no digo nada. En cuanto a los sistemas de reproducción, ya sabemos, los de siempre. Si hablamos de la circulación, los fuertes, los rápidos, no se detienen ante ningún stop. Donde vuelan los pájaros veloces, no se pueden meter los lentos, y así.

Claro, de esta forma, cualquiera ordena el tráfico, lo difícil es organizarlo en una carretera, donde un cuarenta toneladas, se detienen ante una bicicleta, por el pequeño detalle de que viene por su derecha, o compartir una vía para vehículos diseñados para correr, con vehículos hechos para cargar, con conductores que llevan prisa, con los que van de turismo, los que van con sueño, con los que se acaban de levantar, (las grullas se levantan todas a la misma hora, cuando salen de viaje). Aparcar, porque has llegado el primero, aunque tengas un cochecito, en contraste con el "tanque" que también quería hacerlo. Esto si que tiene mérito. Aquí, los jilgueros, las grullas, y las águilas, increíblemente, vuelan en la misma bandada. Es un verdadero milagro. Para la naturaleza esto sería inviable, ella no sabe de semáforos, ni de preferencias, allí el que más empuja, es el que pasa, como entre nosotros, cuando no hay ley. Nosotros hemos inventado la cola en los cines, el correturnos de la pescadería, o en la oficina del paro, para huir del mogollón, de la estampida, o de las avalanchas que es el sistema de la naturaleza y de los pueblos a los que, todavía, no ha llegado la "maldita" civilización occidental, por eso, se sigue matando la gente en esas celebraciones tumultuosas, porque cuando queremos competir con los sistemas naturales, no estamos en condiciones de hacerlo, porque en la naturaleza, son más homogéneos, y se defienden mejor en las estampidas.

De esta manera, cuando en una zona determinada, se deteriora la convivencia, desapareciendo el orden establecido, enseguida se sustituye por el sistema que imponen los matones, los más fuertes, o los que tienen más armas, es decir, por el mismo sistema, que rige en la selva, o en la estepa. (El que manda, el más fuerte, mata por un quítame allá esas pajas, es que no le da importancia, como los leones, lobos y demás, no hay indultos, no hay arrepentimientos, no hay dudas) Pero aquí, esta misma gente, que en su zona, lo organiza de esa forma, digamos "natural", quiere también participar, de la forma de vida que tienen sus vecinos, que han conseguido un bienestar, una riqueza, una forma de vida, más o menos confortable, por organizarse, precisamente, por el sistema, en que se basa nuestra civilización, con sus leyes, con sus costumbres, con su educación, porque de la otra forma, la única manera de subsistir, es con la pistola debajo de la almohada, siempre vigilantes, como los conejos, o las gacelas, dispuestos a salir corriendo al primer ruido, al primer peligro.

Es algo así, como si un imaginario, y espabilado león, que hubiera aprendido, y asimilado nuestras costumbres, y nuestra forma de vida, saliera de su jaula, de su jungla, o de su circo, para darse un garbeo, por nuestras calles, por nuestros bares, por nuestras estaciones, tendría que disfrazarse, eso sí, tendría que llevar sus fauces, y sus garras en la mochila, como los llevan los iluminados que nos ametrallan y ponen bombas, para llevarnos a su paraíso o, para explicarnos las maravillas de sus creencias, o de sus dioses, de sus hechiceros, o de sus profetas, o tal vez, las ventajas de su sistema de organización política, para su pueblo, para su nación, para su país o, para su parroquia, le da igual, si al final, no sabe ni donde empiezan, ni hasta donde llegan sus fronteras. No sabe siquiera lo que de verdad persigue, ni hacia donde ir, su meta está en esa quimera que ha descubierto, o que le inculcaron de pequeñito, pero es igual, le da lo mismo, en su empanada mental se siente fuerte, el caso es que ha descubierto el poder del miedo, de la coacción, del chantaje, y que puede combinar el sistema que utilizan las alimañas, (porque él si puede matar, como lo hacen ellas), con el que tienen sus vecinos para vivir pacíficamente en sus pueblos, en sus ciudades, donde pueden pasear, jugar cartas pues, circular por sus calles, por las que también, lo puede hacer él, eso sí, disfrazado, de persona, pero con su pistola-gara, en la mochila. Tenemos que renovar cada día, los principios en los que hemos fundamentado nuestra convivencia, que nos impiden reaccionar como lo haría cualquier león, tigre, o pantera, que acaba de descubrir a un enemigo, escondido bajo unas ropas de camuflaje.

Ya tiene mérito convivir con leones disfrazados de vecinos solidarios, que llevan en sus mochilas, las fauces y las garras, cruzándose con ellos en calles, plazas, y ayuntamientos, en colegios, bares e iglesias, y que saben que no le van a responder con las mismas armas que ellos utilizan, porque sus vecinos han decidido apostar por una existencia civilizada, donde no existen las mismas leyes, que rigen en el mundo de las alimañas.

Así comprobamos que estas bandas, mafias, delincuentes, terroristas, que en su "habitat", se rigen por su sistema, o mejor, por su antisistema, al mismo tiempo, se incorporan a la vida civil (de civilización) y utilizan sus ciudades, establecimientos, autopistas etc. haciendo un uso de ellas normal, aparentando ser un ciudadano más, y en muchas ocasiones, protestando y exigiendo sus derechos, como el resto de sus conciudadanos. También quieren, cómo no, participar en su sistema democrático, presentándose a las elecciones. Quieren jugar al fútbol en la misma liga, pero ellos dicen cuando es penalti, cuando es gol, y cuando es fuera de juego, y si no estamos de acuerdo, pueden matar al árbitro. Quieren participar en todas las competiciones, pero con ventaja. Ellos ponen las reglas, saben que el miedo juega a su favor, y se van creciendo, a medida de que sus cansados vecinos les van dejando campo, hasta que, aplicándole una fuerza superior (aquí aparece otra vez, la física,) mediante unas esposas, un tiro, o un palo en la cabeza, se ven obligado a cambiar de vida. Mientras esto no suceda, seguirán con su sistema, y si esta situación se alarga en el tiempo, llegarán hasta creerse, convencerse, y tratar de convencernos, de que lo que hacen es normal, y que es totalmente injusto, que amparándonos en un ordenamiento jurídico que ellos no respetan, los detengan y los metan en una cárcel. Tristemente, muchas veces lo consiguen, sobre todo, cuando aparece algún resquicio, alguna disculpa política, y algunos seguidores, aunque sean pocos, que los apoyen.

Por eso es tan difícil organizar nuestra convivencia, por un lado, tenemos que contar con las leyes naturales, que al final, se imponen siempre, y que no tienen compasión a la hora del castigo, aplicando incluso la pena de muerte, ya que para la naturaleza, sigue vigente. Por otro lado, nuestra leyes objetivas con sus controles, pruebas, recursos, etc. se hacen, muchas veces, poco operativas, máximo cuando recurrimos a ellas para todo, que nos regulen cada día más cosas. Leyes para la señora, leyes para el caballero, leyes para la memoria, leyes para el olvido, leyes para la igualdad, pero al final, la mayoría de las cosas, funcionan, y funcionarán, como lo han hecho siempre, como cuando no estaban reguladas.

Es el caso del aborto, de vez en cuando, se abren grandes debates, con grandes discusiones, de si este caso entra, de que el otro no, de que este plazo sí, el otro no, y al final, abortará la que quiera abortar, como siempre, como cuando estaba prohibido y excomulgado, porque al final el aborto, es una cosa íntima, aunque al principio, fue cosa de dos, como mínimo, aquí, las leyes de la naturaleza, sí que son idénticas para los humanos, que para el resto de las especies. Solamente ella tiene el poder de decisión. Solo de ella, dependerá el futuro de lo que lleva dentro. Ahora bien, y hasta aquí han llegado las similitudes, la mujer , deseará compartir sus inquietudes, sus sueños, y sus proyectos, con otras personas, sobre todo, cercanas, en primer lugar, con el que le dejó la simiente, pero al final, estará sola, será una decisión íntima es, como diría el alcalde de Zalamea, una cosa del alma, y las cosas del alma, nunca se podrán regular con nuestras pobres leyes humanas, que necesitan, de tantas pruebas, tantos trámites y, tantos controles. Aquí, la ley, lo único que podrá hacer, es que se lleve a cabo, sin esconderse, con seguridad, y tranquilidad, que no es poco, pero nada más, nunca podremos evitar que una mujer aborte, si ella lo quiere, en las condiciones, y en los plazos que quiera. No vale, no es determinante si ella lo decide, que haya sido una violación, no vale, que haya sido engañada, si ella quiere, si lo desea de verdad, le puede dar la vuelta, dándole un giro inesperado a esa situación que la tiene bloqueada, convirtiéndola en una maravillosa salida, que pueda contribuir a olvidar ese, tal vez, triste, incluso patético recuerdo, de aquel encuentro inseminador.

Si ella quiere, y está dispuesta para ello, puede ser el punto de partida del inicio de una nueva etapa con la compañía de su futuro hijo, que vendrá al mundo, en su día, sin saber nada de las circunstancias que le proporcionaron su existencia, pero que, puede llegar a ser, tal vez, ese hijo, o hija soñado, que le acompañará, en el resto de su vida, y nunca sabrá, porque ese es el gran misterio de nuestra vida, si será mejor, incluso más alto, más guapo, más inteligente, o más bueno, que ese hijo, o hija que deseó tener, fruto de ese gran amor con el que siempre soñó desde que empezó a ser mujer. Tampoco llegará a saber nunca si ese nasciturus no deseado en principio, pero que ahora; por ese sistema establecido unilateralmente y sin consultarnos, faltaría más, por la naturaleza, combinación de amor, pasión, instinto, oportunismo, casualidad, y demás circunstancias necesarias para la ocasión; podrá ser ese personaje cuyo corazón ya está latiendo en su vientre, el que tal vez un día no muy lejano, pudiera ser su mejor apoyo, su mejor compañía, para caminar juntos por el camino de esa vida que; a pesar de que esté comprendida dentro de los casos autorizados por la ley del aborto para que pueda ser eliminada sin riesgos físicos, ni penales, cosa que se agradece; podrán vivirla juntos, si renuncia a ese derecho, siendo muy probable que sea la decisión que más colabore en lograr esa paz, y ese sosiego que normalmente trae consigo el privilegio de la maternidad. Poco podemos hacer con nuestras leyes, ella decidirá, ella sabrá. Podremos ayudarla sí, no con leyes precisamente, pero sí creando un ambiente de comprensión y solidaridad, a su alrededor, para que tenga su hijo en paz, y lo conseguiremos, cuando pueda andar tranquila, y orgullosa de su barriga, paseando por la calle, entre su gente, sin chismes, sin comentarios, eso podemos hacer, pero nunca podremos evitar, con nuestras leyes, que una mujer aborte, para hacerlo, solo necesita una condición (esté o no, recogida en la ley), que ella lo desee de verdad, siempre encontrará quien se lo haga, si no es en un sitio, es en otro. En último caso, nunca podremos evitar, que se tire por el balcón, y de paso, aborte. No podemos hacer demasiadas cosas los humanos para tratar de influir, y ya no digamos imponérselo, en las decisiones que puedan tomar nuestros semejantes sobre temas relacionados con las cuestiones de su vida, y de su muerte. Podemos intentar hacer un mundo mejor para que la gente lo habite, pero no podemos hacer gran cosa tratando de evitar que una persona desesperada lo quiera abandonar, y únicamente intervenimos hipócritamente, montando un número mediático y televisivo, cuando un inválido no puede subirse a la barandilla de un puente, o pegarse un tiro en la cabeza. De la misma forma, tampoco podemos hacer mucho, en sentido contrario, es decir, convencer a los ciudadanos a que se animen a la procreación. En este aspecto, tanto en un sentido, como en el otro, la intervención que pueda hacer la sociedad en estos asuntos, será siempre de forma indirecta, contribuyendo a mejorar el mundo en que vivimos, haciendo la vida más llevadera. La naturaleza se encargará de hacer el resto, pero no seamos tan ingenuos de pretender solucionarlo con imposiciones, ni decretos.

El aborto, siempre será una tragedia, por eso me estallan los oídos, cuando se oye en una entrevista, ¿Es Vd. partidario del aborto? Es como preguntar, ¿Es Vd. partidario de que le arranquen una muela? Nadie puede ser partidario del aborto, en su sano juicio, lo que pasa, es que, en un momento de soledad, porque aquí, ella solo decide y, está sola frente al mundo, no ve otra solución, no encuentra otra forma de salir de esa situación, originada por ese sistema-trampa de reproducción, que le ha designado la naturaleza y que no tiene más remedio que aceptar.

Pero no debemos esperar que nuestras leyes objetivas, nos traigan, por si solas, la solución. Nos empeñamos en regular todo, cosas que han funcionado siempre por inercia, por la costumbre, por la ley natural, que esta funciona siempre, día y noche.

Me estoy temiendo que cualquier día aparezca la ley para asomarse al balcón, me la estoy imaginando, tendría en cuenta, la altura de la barandilla, la distancia hasta la rodilla, si estás así, si estás de la otra forma, si llueve, si es de noche, en fin, al menos, veinte artículos. Pues nada, sin esa ley, que tal vez un día tendremos, la cosa funciona perfectamente, todo el mundo se asoma a un balcón únicamente, hasta la cintura, si te asomas más, campaneas, y la naturaleza te aplicará, irremediablemente su ley de la gravedad, y automáticamente, te mata, sobre todo, si estás más alto del tercer piso, ya sea un niño, o un mayor, un ladrón, o un bombero, te mata, sin compasiones, excepciones, apelaciones, ni recursos.

Pero bueno, este es el verdadero enigma de nuestra vida en el planeta Tierra. Tenemos que organizar lo mejor que podamos nuestra convivencia de alguna manera, y no todo lo hemos hecho mal. Hemos evolucionado, no hay más que fijarnos en nuestros parientes primates que siguen haciendo las mismas monadas, que hace miles y miles de años, hemos avanzado, sabemos que tenemos problemas, que tenemos que ir sorteando obstáculos en el camino de la vida, entre cacos, iluminados, salvadores, salteadores, listos, imbéciles al fin, pero también hemos aprendido a convivir con ellos. Sabemos que los humanos te pueden hacer daño, nos podemos hacer daño, pero también, que es lo único por lo que merece la pena, no morir, eso nunca, porque sino, sería un cabrón, o cabrona, pero sí, cogerte (no en el sentido argentino, aunque también, si llega el caso) un avión, un coche, o un tranvía, y aparecer en ese sitio, en esa casa, en ese hotel, en esa choza, donde te espera esa persona que, al menos en ese instante, es diferente a todas, y darte ese abrazo, que solo los humanos, de cualquier edad, sexo y origen, nos sabemos dar, y si se tercia, echar unos polvos, o unos lloros o, tal vez, las dos cosas, y poder decir, como el chinito (que puede ser de otro sitio) aquel, "yo molil aquí esta noche", pero eso sí, de gusto, que eso es otra cosa.

Pero no debemos olvidar nuestro origen y, sobre todo, la poca diferencia de genes que tenemos con nuestros "parientes" y que en muchos casos, esa diferencia, puede jugar en contra nuestra, no obstante, vamos a darle una oportunidad al optimismo, y pensar que la imbecilidad es recuperable, (y yo soy una prueba de ello, oiga Vd., que me acuerdo perfectamente de los momentos cumbre de imbecillitas que he vivido, como si fuera ayer), y que, salvo en los casos, en los que, como en las enfermedades terminales el, o la imbécil no tiene cura, en la mayoría de las ocasiones, la imbecilidad es pasajera, y casi siempre relacionada con unas circunstancias determinantes, que lo condicionan. De esta forma un señor, o señora, en un ambiente dado, es un perfecto imbécil y en su casa, un buen padre, o madre de familia, o viceversa, en otro, lo es solo, cuando está con fulanito, o con fulanita, en otro, solo cuando conduce, en otro, solo cuando bebe, en otro, solo cuando pierde su equipo, etc.

El problema está, en que la naturaleza, el creador, el hacedor, o quien Vd. crea que dio origen al tinglado éste de nuestra vida, ha hecho las cosas de forma que el, o la imbécil, vaya tan feliz por su casa, por la acera, por su oficina, con su coche, con su moto, por su cátedra, por su club, por su fábrica, por su cuartel, por su juzgado, sin la menor molestia, sin el mínimo síntoma de que ese día, su cuerpo esté invadido por una sobredosis de imbecilidad, que da origen a que ese día, un padre de familia ejemplar, se convierta en un maltratador, un coronel de artillería en un pedófilo, una madre despechada, en una infanticida, un Juez, en un prevaricador, o un ciudadano, o ciudadana cualquiera, en un asesino, o un violador.

Este es el enigma. ¿ Porqué la naturaleza, que todo lo tiene estudiado y previsto, ha permitido, que el imbécil esté en plena forma física, para que ese día de cruce de cables, pueda entrar, sin ningún signo externo que lo delate, dando tiros por doquier en su lugar de trabajo, o en un colegio, o en un supermercado, o se vaya a la búsqueda de un niño, o de una niña porque le "pone", o se empecine en aquel adelantamiento imposible, que se llevó su vida y los de enfrente, o que se tenga que meter, un chute de la mierda que sea, o se le ocurra invadir el país vecino, porque el imbécil de turno, en este caso, manda un ejército?

Sí, de acuerdo son cosas distintas, pero también son muy distintas las circunstancias que hacen que sean muy diferentes las consecuencias de una actuación de un imbécil de a pié, que se ha tomado dos copitas al salir del curro, que la de un imbécil que tenga una pistola, de otro que tenga un camión, o de otro que tenga un tanque, y lo pasee por las avenidas de su ciudad.

Pero, con ser tan importante el hecho de poder descubrir al imbécil de turno y poder llamar a la policía, para que le ponga las esposas o, por lo menos, echarnos a correr rápidamente, para ponernos fuera de su alcance físico y sonoro, la naturaleza, que a un señor que, simplemente, le duelen las muelas, le proporciona una serie de síntomas físicos, señales externas, e internas; fiebre, hinchazón, dolor, que lo retira de la circulación, recluyéndole en su casa, hasta que se le pase, no tiene nada previsto, ningún aviso, ninguna alarma, siendo mucho mas grave, para el, o la imbécil.

Ni lo ha previsto la naturaleza, ni nos ha facilitado los medios, para que nosotros lo pudiéramos hacer, como lo hacemos, por ejemplo, con el tabaco, que le ponemos un letrero, ¡Ojo, puede matar!, (con el tiempo se lo pondremos a los coches, a las motos, a los callos, al botillo, al lacón con grelos...) o que emitiera algún débil efluvio que, como en el caso de las drogas, o en los explosivos, pudieran intervenir los perros que lo detectaran, y descubrirlos, porque el imbécil si puede matar, oiga.

Por el contrario, al que se levanta un día, invadido de imbecilidad hasta las trancas, la naturaleza no le ha proporcionado ni una triste décima de fiebre, ni un ligero dolorcillo en la nariz, ni siquiera un suave picor en una oreja, que le alertara y, sobretodo, que nos alertara, de que Manuel, Margarita, Iñaki, José o Diego, aquella mañana, no está para bromas y que ojo, hay que tomar todas las precauciones, porque en estas circunstancias, el personal se pone muy sensible, y se puede montar la que no está en los escritos, porque esta anomalía, enfermedad, o como le queramos llamar, en principio, no se admite.

Esto indica que la imbecilidad goza de una clara protección por parte de la naturaleza, que nos hace pensar en que algún papel le ha reservado a los imbéciles para mantenerlos pletóricos de facultades físicas, en contraste con cualquier otra molestia, o enfermedad que, a la primera de cambio, lo obligan a meterse en la cama, e incluso hospitalizarse, cuando no lo deja tieso, directamente, tendido en la acera.

Podemos decir, que la naturaleza, que tanto le preocupa que ande por la calle un señor con un dolor de muelas, no le importa lo más mínimo, que se paseen por donde quieran, alegres, distendidos, y en plena forma, y encima, razonando, (porque te explican que no roban, expropian; no matan, ejecutan, no secuestran, nos llevan al paraíso, al suyo, ¡Leche!, No acatan las leyes, pero se sirven de ellas, para dormir tranquilos en sus casas, hasta que los detengan si pueden, andar por las carreteras con sus coches, o llevar a sus hijos al colegio y, a la mínima, poner una denuncia, ante las mismas instancias que desprecian, si les tocan en algo) los, y las imbéciles, sin ningún problema, sin ningún impedimento.

Nunca entenderemos a la naturaleza, a pesar de que exista gente que, pretendidamente, te explique, con un par, y con toda clase de detalles, como funciona el clima, los terremotos y los tsunamis y como nosotros pobres, podemos influir en estos fenómenos, cuando no somos capaces ni de saber el origen, ni el final, ni la solución, de una triste crisis económica que, eso sí, es obra de los humanos, la hemos originado nosotros solitos, y aún así, no sabemos nada de nada.

¿Cómo podemos pretender saber lo más mínimo del funcionamiento de la Tierra, que a su vez, forma parte de un Universo infinito, e inexplorado durante miles de millones de años, y en el que los humanos, apenas llevamos unos miles? ¿Somos tan importantes los humanos en el conjunto del sistema, hasta el punto de poder influir en sus planes, en sus terremotos, en sus volcanes, o en sus vaivenes climáticos?

Si todavía fuéramos hormigas, que llevan trabajando sobre el planeta, millones de años, aún se podía entender, pero nosotros, pobres, que estamos aquí, hace apenas, unos "telediarios" jugando, mientras dure nuestra existencia, en este mundo, que en el más afortunado de los casos, es un suspiro, en las dimensiones planetarias, poco podemos aspirar, si nos queda algo de sensatez, que no sea, a contemplar los acontecimientos que nos va deparando la vida, de cada día, con resignación cristiana, o de la otra, pero, al mismo tiempo, con la alegría de poder vivirla lo más dignamente posible, y tratando de encontrar, alguna respuesta, a tanto desvarío natural, como artificial.

Es increíble que se pueda decir, con ese grado de suficiencia, como se oye alguna vez; " me voy a dedicar, a luchar contra el cambio climático", ¡Toma ya!, que es algo así, como si mi perro, que por otra parte, es muy inteligente, aunque no es el "pancho" ese que lleva las quinielas, comunicara a sus vecinos caninos, que se va a dedicar a solucionar mi crisis económica que, por otra parte, tendría mas probabilidades de conseguirlo, que las que tengamos los humanos, en intentar controlar a la naturaleza.

Ella, la "natur", seguirá "a su bola" con sus big bangs, glaciaciones, y cataclismos de todas clases, como hizo siempre, sin detenerse a pensar si pasaba por allí, o no, el "homo contaminator". De verdad, palabra, le trae sin cuidado. Si quiere limpieza, tiene los ventiladores mas potentes, si quiere contaminación, tiene los volcanes preparados, si quiere agua, nos inundará cuando le parezca, si quiere hielo, o meteoritos, los tiene preparados, si quiere, tostarnos, vuelta y vuelta.

Estamos de acuerdo en que tenemos la obligación de cuidar nuestro habitat, esto no tiene discusión, pero los humanos, nada que nos dejen, tenemos una propensión a la trascendencia, que no se puede aguantar, y una cosa es que estemos de acuerdo en cuidar el planeta en que vivimos, aunque sólo sea por estética y otra, es pretender que nuestra actuación va a ser determinante para influir en la naturaleza, porque, de ser así, ¿Cómo se explicarían todos los cambios climáticos, mucho mas extremos, por otra parte, acaecidos durante miles de años en la Tierra, sin que le puedan culpar a los humanos, por la sencilla razón, de que todavía no existían sobre el planeta?. Estoy de acuerdo con todos los que defienden un planeta más limpio, y que tenemos que hacer todo lo posible para que nuestros cielos estén más descontaminados, faltaría más, lo que pretendo desmarcarme es de esas personas que tienen soluciones para todo, que lo saben todo, que parece que te perdonan la vida con sus argumentos contundentes, y que no tienen la humildad suficiente para reconocer, que lo que podamos aportar los humanos a lo que suceda en la naturaleza, viene a ser igual, a lo que lo que pueda influir un imaginario sindicato de las ratas que puedan habitar en las bodegas de un gigantesco petrolero, que han pensado que sus excrementos son tan importantes, que pueden llegar hasta el extremo de condicionar el rumbo que había marcado el capitán del barco. Parece un argumento exagerado, pero la desproporción de los humanos respecto al Universo, es todavía mayor. Conseguirá más la naturaleza, en todo momento, con cualquier movimiento, con cualquier actuación que se le ocurra, de la que no nos va a dar explicación alguna, en unos segundos, que todo lo que podamos hacer nosotros en muchos años, o siglos.

El hombre de Otzi, que apareció en los Alpes, en la frontera entre Suiza e Italia, en el año 1991 y que se le calcula una antigüedad de 4.000 – 5.000 años, demuestra que había menos nieve en aquella altura, que a día de hoy . ¿También era la contaminación de los escapes, la causa de que hubiera poca nieve hace 4.000 años, ayer, como quien dice, para la contabilidad del Universo?

Yo creo que si nos queda un mínimo de sensatez, que en este caso es sinónimo de humildad, tendremos que reconocer que en este tema, lo único que tenemos claro es que debemos de hacer todo lo posible para controlar las cosas, ensuciar, contaminar lo mínimo, en eso estamos todos de acuerdo, aunque solo sea por estética, pero de ahí, a pensar que nuestra actuación va a condicionar el futuro del universo, va un abismo. En este tema, como en otros muchos, estamos tan perdidos como esa mosca que no deja de revoletear tratando de traspasar el cristal de la ventana, convencida de que al otro lado está la libertad, y es cierto, pero que no es capaz de distinguir la luz de la ventana que está cerrada, de la que está abierta. Y tal vez nosotros, en esta circunstancia, para que no nos siga molestando con sus zumbidos, correremos el cristal para facilitarle la huída, pero en nuestro caso, ningún "mandado" de la naturaleza nos va a abrir ninguna ventana, en tal caso, cogerá el spray, para que no le sigamos incordiando.

Sólo la imaginación, y la inclinación a la trascendencia de los humanos, o tal vez a los negocios, puede explicar esa pretensión de sentarse en esa conferencia, en la que nunca estaremos invitados, en ese G XX (de equis), desde donde se organizan las catástrofes, y que me la estoy imaginando.

"Habla el Jefe supremo, a los distintos responsables de los desastres naturales, (algo así, como una especie de Consejo de Ministros para la destrucción.)

Hemos logrado los objetivos en términos generales, pero hay algunas deficiencias en ciertos sectores.

Por ejemplo, Vd., como responsable de los volcanes, lleva una temporada muy flojo.

Si Jefe, pero estamos preparando una, que me río yo, de la del Vesubio, pero no es fácil. Vd. sabe la energía que hace falta para organizar un volcán como Dios manda, tal como están las cosas, con la crisis, lo único que logramos, son apenas unas fumarolas, jefe. Pero no se preocupe que, cuando tengamos preparado este último trabajito, le juro por Júpiter Jefe, que el amigo Al Gore, se va a enterar de lo que vale un peine, y de paso, le vamos a explicar a este gringo, de que va la vaina ésta de la contaminación, el cambio climático, y el agujero de ozono, todo en el mismo lote. Ja, ja, ja.

Bueno, bueno, no quiero disculpas, es imprescindible llegar a los objetivos, nos estamos dejando comer terreno por los imbéciles, que cada día, tienen unos explosivos más potentes, mas suicidas y mas apoyos. No me explico como lo consiguen.

A ver, Vd., cómo llevamos los tsunamis, los huracanes, los terremotos?

Bueno, no vamos mal, estamos atacando por las zonas más pobladas, hacemos todo lo que podemos Jefe. El último tsunami, ha sido un éxito. Nos hemos llevado por delante, a más de 300.000. de una tacada. No se quejará. Por otro lado los últimos tifones, nos han salido muy bien. Hubo muchas víctimas.

¿Y el encargado de los virus?

Lleva Vd. una temporada muy relajada, desde lo de la peste y el sida, no ha vuelto a preparar nada relevante. No podemos dormirnos en los laureles, hay que investigar y poder contrarrestar las vacunas de los humanos. El Gates, y los Rotarios, están acabando con nuestra polio, que tanto éxito nos había proporcionado durante tantos años en todo el mundo.

Si jefe, estamos probando un nuevo virus que se transmite por el aire, nos ahorramos hasta los mosquitos, va a ser un éxito.

Bueno, bueno, en último caso, siempre nos quedará algún asteroide que podamos desviarle a estos listos.

Sí, de acuerdo es una ficción, pero eso es lo que hay, la naturaleza no nos va a consultar, hará lo que quiera, donde quiera, y como quiera, mientras nosotros seguiremos jugando a las adivinanzas, a las profecías, o a los negocios inspirados en aparentar de que está en nuestras manos el control del universo. La imaginación es una de las características fundamentales de los seres humanos, no tiene límites, desde creerse dioses, hasta tener poderes sobrenaturales, y hacer milagros; pero por mucha imaginación que le pongamos, por mucha fe que tengamos en nuestras posibilidades, no podremos evitar que tengamos que admitir que aquí, la única que juega es ella, como el gato lo hace con el ratón, lo comerá cuando le apetezca poner fin a su entretenimiento. (Por si queda alguna duda, nosotros somos el ratón en un arca sin rendijas) Será siempre la naturaleza la que fije el campo, la fecha, el árbitro, las dimensiones de la cancha, y la duración de la partida, y cuando estemos todos ilusionados pensando que hemos conseguido estar por delante en el marcador, nos pitará un penalti en el último minuto. Nos traerá el frío cuando se le ocurra, y nos calentará cuando le de la gana, sin que nosotros pintemos nada en sus decisiones. Ella será siempre más rápida, más incomprensible, más contundente, más brutal. Los humanos, a través de los siglos, hemos contemplado estos fenómenos con perplejidad, asombro, y resignación cristiana, o de la otra, convencidos de nuestra pequeñez, e insignificancia, en relación con los poderes naturales. Pero a medida que avanza la ciencia, y sobre todo, a medida que lo hace la imaginación e, incluso en algunos casos, la insensatez, cuando no, la ambición, o ya directamente, la caradura, la picaresca, o el dinero; han proliferado los adivinos, profetas, listos, y salvadores de turno, que encuentran siempre la explicación, la clave, el secreto, y con ellos la solución de todos nuestros problemas, ya sean económicos, climáticos, sexuales y, si hiciese falta, hasta espirituales, y todos aquellos que se nos puedan presentar, sin más límites que los que pueda tener nuestra ingenuidad. Tradicionalmente los humanos, han tratado de sobrellevar estos problemas que inevitablemente se presentaban en su vida diaria, de distintas maneras, en función de sus culturas, y religiones.

Los creyentes en algo, tratando de encontrar una explicación; las calamidades siempre era cosas de Dios, dioses, eran una respuesta divina, en castigo de nuestros pecados, y encontraban la solución, mediante el rezo y la resignación cristiana, y los no creyentes, resignación, mucha resignación, simplemente, tratando de sobrellevar, lo mejor posible, su existencia en este sufrido planeta, intentando esquivar, día a día, las leches que le sacuden por todas partes, sin saber de donde vienen, ni a qué hora.

Por eso tampoco comprenderemos, como la naturaleza no nos ha proporcionado la manera de identificar, a primera vista, a un imbécil. Porque del león ya vemos, por la cara que pone, que no hay diálogo que valga, salimos de estampida, del lobo, no digamos, así, casi todos los peligros, avisan, pero, mira por donde, para el imbécil, que este si puede matar, de verdad, no hay alarma alguna, ni natural ni artificial, no solo eso, sino que se nos puede presentar, como un personaje, simpático, simpática, atento, romántico, inteligente, para resultar ser, a la postre, además de un imbécil, un delincuente, o un asesino

Con lo sencillo que le resultaría, entre sus sofisticados sistemas de alarmas, y camuflajes, encontrar uno que nos permitiera identificar a una persona infectada de imbecilitis, proporcionándonos una señal , un testigo, una prueba, que le permitiera a un doctor, dar la baja correspondiente, incluso incapacitarle, en los casos graves, y tranquilamente, enviarle a su casa, o al hospital, si procediera.

Si dispusiéramos de alguno de esos signos externos de alarma (tal vez en la mirada, parece haber un síntoma de haber intentado un tímido reconocimiento del imbécil, pero que no sería prueba contundente) nos sería fácil encontrar una solución a este grave enfermedad, origen de la mayores tragedias de la humanidad, guerras, invasiones, asesinatos, violaciones, estafas, etc.

Por ejemplo, si cuando a uno, una, se encontrara en un estado de imbecilidad más o menos intenso, se le apareciera una alarma , una señal externa , aunque solo fuera, un pequeño grano en la barbilla, o un ligero sarpullido, todo el mundo lo sabría y no habría discusión alguna , como no la hay, cuando estamos aquejados de un dolor de muelas, o tenemos la gripe.

En cualquier centro de trabajo, podríamos escuchar una amable conversación como esta…

Buenos días Don José. ¿Parece que viene Vd. esta mañana, un poco imbécil? Y que te pudiera contestar tranquilamente como lo haría, si le hubieran dicho que aquella mañana lo encontraban fatigado, con ojeras, o con un flemón en su cara.

Buenos días, Carmen, pues sí, el caso es que ayer me acosté perfectamente, pero esta mañana, al afeitarme, observé el dichoso granito ése de la imbecilidad, y si aumenta un poco más, me voy a ver al doctor para que me de la baja, y aquí os dejo.

Si, sí, Don José, no le vaya a pasar lo que a D. Ramón el otro día, que por no pedir la baja, buena la armó.

No se preocupe, yo no tengo ese problema, como Vd. sabe, soy muy prudente, (dando a entender que D. Ramón no lo es, ya empezamos) y, al primer síntoma, voy al doctor, y me pongo en sus manos.

Sería estupendo poder hablar tranquilamente, de esta manera, en cualquier sitio, por ejemplo, en un cuartel, un día, de hace un tiempo…

A sus órdenes mi Teniente Coronel, ya veo que hoy no podemos poner en marcha su gran proyecto de ir a pegar tiros al Parlamento.

Se sienten, ¡Coño!.

O en un Juzgado; Señoría, parece que hoy tampoco se encuentra en condiciones, otra vez, vaya por Dios, menuda temporadita que llevamos, seguimos igual, así no avanzamos. Señoría, tendríamos que solicitar un sustituto.

Considerando.

Sería interesante el hecho de poder sostener una conversación de este tipo, en cualquier ámbito, en cualquier centro de decisión, en cualquier Estado Mayor, de cualquier ejército, de cualquier nación, antes de invadir, antes de bombardear, en la ONU, en la Azores, en la OTAN, pero desgraciadamente, al faltarnos esa prueba, si pronunciamos esa fatídica palabra, lo menos que te pueden decir, es que, imbécil lo será tu padre, si no te pegan una leche, directamente. (Aquí, dependerá mucho de la diferencia de pesos. La física, la naturaleza, siempre están presentes.)

De todas formas, para hacerlo más complicado, no siempre una actuación presidida por un estado de imbecilidad, lleva aparejado el fracaso automático, en principio. Es como el clásico puñetazo en cima de la mesa, en ocasiones, funciona, otras veces, el desastre. Puede ser que una actuación imposible, temeraria, puede terminar con éxito. Por ejemplo, la invasión de las islas Malvinas, en el año 1982, que se le ocurrió, de pronto, a la junta militar argentina, presidida, además de por el General Galtieri, por un grado de imbecilidad, que no quiero imaginarme, podía haber terminado bien, si en aquellos tensos días, mientras llegaba, desde Inglaterra, nada menos, la armada inglesa de la Sra. Tacher, se hubieran retirado las tropas argentinas, que habían ocupado las islas, sin apenas resistencia, y casi sin víctimas, vamos, un verdadero paseo militar. (Algo muy parecido a lo que pasó años después, cuando las tropas de Sadam Hussein, avanzaron alegre e, insensatamente, en su camino hacia Kuwait, el mismo que tuvieron que recorrer, poco tiempo después, en sentido inverso, pero esta vez, convertido en una ratonera, en un infierno, bajo los bombardeos de la aviación americana). Requiem.

En las Malvinas, además de haberse evitado la gran tragedia, (Crucero General Belgrano, Sheffield, Puerto Stanley, etc.) y cientos de víctimas de ambos ejércitos, si se hubieran retirado las, hasta aquel momento, intactas tropas argentinas, ocupantes provisionales de las islas, en aquella acción rápida, sorprendiendo a la escasa guarnición británica, los acontecimientos podrían haber tenido un desenlace totalmente diferente. Fueron unos días decisivos antes del enfrentamiento con la flota británica, que estaba en camino desde sus puertos. Si en aquellos tensos, tremendos, y decisivos momentos de espera, se hubieran retirado a sus bases, evitando el enfrentamiento directo con la armada británica que estaba en camino, hubiesen dejado a los argentinos en unas condiciones óptimas de negociación, que no sería descabellado aventurar que hoy, las Malvinas, pudieran ser argentinas, debido a esa atrevida y osada, primera acción. Pero, lamentablemente, la imbecillitas no remitió, dejándose llevar por la euforia, más bien borrachera, de aquella inicial victoria, que le llevó, en principio, a la fácil ocupación de las islas, y se consumó la tragedia. La vida es así, un tango en este caso, y mucha sangre, sobre todo, de jóvenes argentinos, y británicos, que en este caso su muerte, no se ha debido a su imprudencia, sino a quien los conducía por las frías aguas del Atlántico, (otra vez, Requiem) por una ocurrencia, por una decisión, por una idea, (mala) de unas personas, (tal vez una solo es suficiente) en un día de extrema imbecilidad. En fín, qué fácil es organizar una tragedia, y que difícil encontrar una disculpa para tanto desatino. No nos queda otra salida, ante tanto desastre, que ponernos a llorar, como solo el "homo sapiens" ¿Qué tal, "homo imbécilus"? sabe hacerlo.

Porque todo consiste en esa decisión, que puede ser sublime, o fatídica, según las circunstancias, de esa actuación a cara, o cruz, puede depender tu vida, o la de otras muchas personas. Es como en aquel conocido ejemplo de la gallina que pone un huevo en el vértice de un tejado, depende de la vertiente por donde caiga. En un lado, le puede esperar un mullido lecho de pajas, donde esa célula, puede seguir viviendo, y en el otro lado, le espera la más dura de las piedras, que será su final. Como cada día, esa decisión que tomamos a cualquier hora, y que puede ser definitiva, en un negocio, en un adelantamiento, en una discusión, puede ser la que nos lleve a salir airosos, seguir adelante, tener éxito o, por el contrario, llevarnos hacia el abismo más profundo, independiente de lo que venga detrás nuestra. Si el comandante de un avión, toma la decisión de despegar, lo hará igual, con la misma responsabilidad, y precisión, aunque las consecuencias sean muy diferentes, en el caso de que viaje solo con la tripulación, o cuando el avión vaya lleno, hasta los topes, con cuatrocientos pasajeros.

Desde esta perspectiva, de la personal, tiene mas relevancia, porque le va su vida en ello, la operación de realizar un adelantamiento en cualquier carretera, que la de poner en marcha una revolución, una invasión, o un alzamiento nacional, aunque ello implique, a miles, o millones de personas, porque, aunque fracase, en este caso, puede seguir viviendo, (cada vez se suicidan menos). Y en un adelantamiento en la carretera, tal vez, no

Por otro lado, también tenemos que considerar que una actuación de este tipo, puede tener su origen en un detalle insignificante, que pasa inadvertido para casi todo el mundo. Es algo así como lo del efecto mariposa, que tiene su origen en un punto tal vez lejano. A nuestro ex presidente Aznar, se le va a criticar, durante toda su vida, y más allá, por el apoyo a la guerra de Irak, pero nadie dice, que este apoyo no existiría, al menos con esa intensidad, si antes no se hubiera producido, una pequeña circunstancia, a la que apenas, nadie recuerda y, desde luego, de la que nadie habla, la patética, e inoportuna ocupación, del islote Perejil el 11 de julio de 2002, en aquella desafortunada idea, del Rey de Marruecos, encontrando el Sr. Aznar en los americanos, y en el Sr. Busch, concretamente, el apoyo que no encontró en sus vecinos europeos, cuando no, una posición totalmente en contra, favorable a Marruecos, con un par, como en el caso de nuestra vecina, la Francia de Chirac, que Dios confunda. Lamentable.

Pero volviendo a nuestro tema, lo de imbécil, es tabú. Hay cosas que no se pueden decir. Es peor, que si le nombras la lepra o el cáncer, y esto es lo dramático. porque la imbecilidad es una verdadera enfermedad, pero que no la admitimos, al contrario que, si lo hacemos, resignados, cuando reconocemos que tenemos un tumor o una hepatitis. Y si no la admitimos, no podemos curarla, o intentarlo, al menos.

Necesitaríamos un medidor, algo parecido al tan habitual termómetro clínico que utilizamos para comprobar nuestra temperatura. Una demostración objetiva de que una persona tiene xx grados de fiebre, y poder declararla enferma, y justificar la baja laboral. Es decir, necesitaríamos lo que podíamos denominar un "imbecilímetro" que nos proporcionaría la intensidad que, en esos momentos tiene esa persona y, rebasada la cifra establecida como normal, este señor, o señora, lo podríamos considerar imbécil, en tal o cual grado, hasta que se le pase, sin que nadie se ofendiera. Sería de gran utilidad para todos, empezando por el que la padece, porque es el único caso donde nos da la sensación de que podemos intervenir, pero que al final no somos capaces de hacerlo y entonces, estamos como en el resto de las enfermedades. Es decir, ante un lumbago, o ante un cáncer, nos vemos impotentes de poder intervenir en su desarrollo, nos limitamos a seguir el régimen y la medicación que nos prescriben, pero no podemos hacer nada por evitarlos, por mucha voluntad que le pongamos. Por el contrario, si nuestra enfermedad viene originada por el tabaco, por el alcohol, o por las drogas, o cualquier causa que depende de nuestra voluntad para adquirirla y tomarla, está claro de que está en nuestras manos el hacerlo, o no. Todo dependerá de nuestra voluntad, pero cuando ésta no es suficiente, o no existe, estamos como en el caso del cáncer, o el lumbago, que no podemos hacer nada, con el agravante de que el médico no nos podrá dar la correspondiente baja por enfermedad, cuando la imbecilidad es el origen del problema al no poder basarse en un síntoma reconocido, un dato objetivo homologado, en el que poder justificarla.

Hay quien sostiene que todas las enfermedades tienen una base en nuestra mente pero claro, esto es difícil de entender. Seguirá siendo un enigma, el porqué a uno le toca una muerte súbita, a los veinte años; a otro, un infarto a los treinta, o cincuenta; y a otro, un cáncer a los catorce; mientras que un fumador empedernido de noventa años, se encuentra perfectamente. Lo que si entendemos con claridad, es cuando esa enfermedad, o ese accidente, lo buscamos con todos los medios a nuestro alcance, poniéndonos deliberadamente en una situación de peligro, porque el ser humano es la única especie que habita el planeta que puede realizar actividades que sabe perfectamente, aunque a veces lo pueda disimular, e incluso, y a su manera, razonar, que le van a llevar irremisiblemente a la autodestrucción. Son estos casos en los que se suele comentar, en las ceremonias de despedida, aquello de, estaba visto, se lo iba buscando, tenía que pasar, etc. Es decir, situaciones en las que sus consecuencias dependen casi en exclusiva, de nuestra voluntad. Podemos beber, correr, drogarnos, hacer actividades, o deportes de riesgo, etc. Cantidad de cosas, actitudes, sistemas de vida, que dependen únicamente de nuestra mente, de nuestra voluntad. Comprendemos perfectamente el sufrimiento de las personas a las que la lotería de la genética; con sus virus, bacterias, y demás elementos que contienen esos enigmáticos programas que el ordenador de la naturaleza asigna a cada persona; se haya cebado con ella, adjudicándole toda suerte de enfermedades, y miserias, de las que tiene un variado surtido; sin que los que tienen que padecerlas, hayan hecho otra cosa para merecerlas que nacer, e incorporarse a este mundo de injusticias, e incomprensiones. De la misma forma, aborrecemos a las que no teniendo esa clase de problemas, habiendo nacido, y crecido en un ambiente saludable incluso, en muchos casos, rodeados de toda clase de comodidades, o al menos, con un nivel de salud suficiente para vivir dignamente, se empeñan en originarlos artificialmente, insistiendo en una actitud negativa de autodestrucción, que sabe perfectamente que no le va a conducir a otra cosa, que no sea a un trágico final, con más o menos lentitud, aprovechando al mismo tiempo la oportunidad, para hacer la convivencia imposible a sus vecinos, o familiares. Da igual que sea por un vicio, neura, manía, celos, limpieza, suciedad, belleza, abandono, diligencia, insatisfacción, depresión, afición, o cualquier otra manifestación que termine en ese nivel de intransigencia que hace difícil, cuando no imposible, la vida con sus familiares y vecinos, con el pretexto que sea, porque la vida se hace llevadera, gracias a que la mayoría de la población aporta a la convivencia ciudadana, el nivel de educación, comprensión, tolerancia, respeto, y solidaridad, que le falta a aquellos. Si profundizamos, todos podemos tener motivos cada día para deprimirnos, cabrearnos, encolerizarnos, y a veces, no tendríamos que hacer demasiados esfuerzos para ello, pero que no lo hacemos, porque no creemos que tengamos derecho a permitírnoslo, viendo la cantidad de dolor, y miseria que hay a nuestro alrededor. Porque basta ya de querer igualar a todos, de comprender a todos, de aguantar a todos. No, está claro que unos ayudan, y otros destruyen; unos trabajan, y otros vaguean; unos son solidarios, y otros incordian; unos son educados, y otros insolentes. Estas personas que de una forma egoísta, no son capaces de poner de su parte, ese mínimo de fuerza de voluntad que le permita ver el lado positivo que le ofrece su vida, en muchos casos, rodeada de privilegios, y cuidados; sin enfermedades, ni necesidades, pero que pueden conseguir que una convivencia pacífica, ideal, pueda degenerar en una situación insostenible, cuando la gran mayoría de sus conciudadanos, vecinos, y familiares, en las mismas condiciones, y en su mismo hábitat, no ve problema alguno, no origina ningún conflicto, y es más, se considera que lleva una existencia feliz entre sus vecinos, amigos, compañeros, y familiares.

Son personas fáciles de reconocer en cualquier colectivo, son aquellas en las que su egoísmo florece en todo su esplendor, incapaces de pensar en los demás, que raramente las podrás encontrar en una asociación, club, o reunión solidaria, o de voluntariado, personas que por unos euros, te pueden montar un pollo que pareciera que le va su vida en ello, independiente de que tenga, o no, una economía saneada, es más, teniéndola resuelta, pero que han hecho del dinero su religión; de su intransigencia, el método de lograr sus objetivos; y de su insolidaridad, la forma de comportarse habitualmente en su trabajo, o en su casa, obligando a que los demás que comparten su vida con él, aporten todo el afecto, comprensión, y cariño, que le falta, pero que de esta forma, aunque sea remolcándole, y poniendo todo el esfuerzo de una sola parte, les permite seguir adelante con la vida, eso sí, a costa de los sacrificios y la tolerancia de los demás.

En cuanto a las personas que han elegido, o se han encontrado, con una vida, bien por afición, adicción, o incluso, por profesión, con más riesgos, tenemos que distinguir las distintas situaciones que se presentan. Lo que para unos es mortal de necesidad, para otros, puede ser el camino al éxito, el triunfo, el reconocimiento, la admiración, y la gloria. La diferencia fundamental está en tres factores determinantes. En primer lugar, la preparación, y la capacidad de cada uno. En segundo lugar, la fuerza de voluntad del protagonista en cada caso. Y en tercer lugar, el factor suerte. Los tres elementos son fundamentales en cualquier actividad de la vida, pero sobre todo en aquellas actividades que implican un mayor nivel de riesgo. En cuanto a lo de la capacidad, y fuerza de voluntad, estaremos todos de acuerdo. Cuanto más tengamos de estas cualidades, mejores y más altas metas podremos alcanzar. El elemento que es más discutido es el tema de la suerte. En muchas ocasiones se dice, la suerte no existe, pero no es así. La suerte, está claro que existe, y está presente en nuestra vida en todo momento. No cabe duda de que, como se suele decir, la suerte hay que buscarla, esto también es cierto. El que nos toque la lotería, es cuestión de suerte, el que la compremos, no. El que tengamos una enfermedad, puede ser cuestión de herencia, o de mala suerte, pero el que nos cuidemos y observemos un régimen saludable, dependerá exclusivamente de nuestra fuerza de voluntad Está claro que hace falta la concurrencia de los tres factores. Digamos que a igualdad de preparación, y voluntades, la diferencia estará en la distinta suerte que acompañe a cada uno. Por ejemplo, en un accidente de circulación, incluso de competición, el hecho de que se produzca un accidente, en muy contadas ocasiones, (cuando se produce como consecuencia de una insólita situación, totalmente imprevista, cosa muy poco frecuente) se le puede adjudicar a la existencia, o no de la suerte. Se acostumbra a decir, el accidente se ha producido a causa de la lluvia, del hielo, o se me fue la dirección, el coche patinó, etc., como si la máquina tuviera personalidad propia y de pronto, decidiera la maniobra por su cuenta. Esto, claro está, no es así. La gran mayoría de los accidentes de tráfico, se producen por nuestros errores en la conducción. Es decir, el accidente se produce por nuestra culpa, aunque estamos acostumbrados a escuchar una y otra vez, que se ha producido a causa de la lluvia, o de la nieve, o del hielo, o cualquier circunstancia de este tipo, cuando de ser así, afectaría a todos los que circulan en aquellas horas por esa carretera, es decir, si la causa es el hielo, afectaría a todos los que lo pisan, como si de una intoxicación se tratara. Lo que sí, ya pertenece al campo de la suerte, es que una vez fuera de la pista, nos encontremos con un árbol, con una piedra, o con un colchón de matorrales en un sembrado que amortigüe nuestro golpe.

Hay una increíble persona que nos sirve de ejemplo de lo que estoy exponiendo. Me refiero a mi admirado Fernando Sánchez Dragó. En él se dan claramente estas tres premisas, y en su caso, una más, su visión positiva de la vida. Es la persona más positiva que, sin conocerle más allá de lo que me permite su aparición en los medios de comunicación, se pueda uno encontrar. Por un lado, una preparación a toda prueba, como se suele decir, sabe lo que no está en los escritos. Una voluntad de hierro, que le hace posible alcanzar metas impensables para el común de los mortales, este hombre creo que si hiciera falta, ni come, ni duerme, puede trabajar sin descanso, es de otra galaxia. Ahora bien, no suele referirse al factor suerte, pero yo creo que de "baraka" también está dotado en gran manera, hasta tal punto que en muchas ocasiones al oírle, nos da la sensación de que nos presenta lo que él hace; que se puede hacer esto, que se puede ir a tal sitio, que se puede tomar lo otro, como si se tratara de una cosa normal, sencilla; cuando eso únicamente lo puede hacer una persona con sus extraordinarias cualidades, y sobre todo, con esa gran fuerza de voluntad que yo creo, que puede llegar a vencer hasta la muerte si se lo propone. Porque este hombre, de una operación a pecho abierto, sale entusiasmado de la vida, se lo pasa bomba con las enfermeras, le encanta hasta la anestesia. De sus grandes vivencias por los países más arriesgados, regresa indemne, feliz, y casado.(además rectifica, cuando la idea no es muy afortunada, como en el caso de su proyectado viaje a la India en el absurdo "Hummer", que yo no sé si para la guerra será útil, pero para la carretera, lo veo como un trasto que ni debiera estar homologado, sino como vehículo especial). Se le muere un gato, y escribe un "best seller", y de cualquier contrariedad, saca un impulso para seguir adelante con más entusiasmo. Es un envidiable ejemplo de superación, sobre todo para los que ya estamos en esa edad del júbilo en la que parece, al menos para la gran mayoría, que ya se han terminado todos nuestros proyectos. Claro, una persona así, con esa voluntad, con esa preparación, con ese positivismo, puede hacer todo lo que se le ponga por delante, pero de esas situaciones, los demás, saldríamos en el mejor de los casos, en parihuelas. Es algo así como si un motorista como Pedrosa, o Rossi, nos dicen que se puede derrapar en una moto a 180. Si, es cierto, para ellos, pero si lo hacemos nosotros, nos mataríamos seguro.

El gran problema está en saber hasta que punto podemos controlar nuestras actuaciones. Con las cosas de la mente, nos da la sensación, de que podemos controlarlas a nuestra voluntad, de que podemos hacer el tonto hasta un determinado punto, podemos beber hasta un cierto nivel, y podemos hacer el loco, hasta que lo seamos de verdad. Porque este es el gran enigma, podemos hacernos el imbécil, hasta confundirnos con los auténticos, por el contrario, no podemos jugar, ni imitar, a que padecemos un cáncer, una caries, una hernia, o la diabetes. Digamos que en las cosas de la mente, de la "cabecita", para entendernos, la naturaleza nos ha concedido el don de que podamos administrarlas libremente, que las podamos utilizar a nuestro antojo, en el nivel que cada uno considere oportuno, hasta tal punto que decimos, éste, o ésta, se hace el loco, o el tonto, como una expresión habitual, no se dice, por ejemplo, que se hace el griposo, o el diabético, es más, podemos incluso utilizarlo como defensa en ciertas circunstancias, en determinados casos, y solo ante determinadas personas. El problema está en descubrir ese límite en el que ya no somos dueños de nuestros actos. El momento en que el imitador, ya no está imitando, se ha convertido en el protagonista, directamente. El día en que el superdotado, se ha convertido en un paranoico. El amable, en un déspota. El conquistador, en un violador. El audaz, en un delincuente. La persona, en un individuo, o individua. Y sobre todo, el origen de la gran parte de los conflictos que alteran nuestra convivencia cotidiana: La imbecilidad, esa ruptura del equilibrio que nos indica que hemos rebasado la frontera de la genialidad, la superioridad, la simpatía, o simplemente, la normalidad de la vida diaria, para caer directamente en ese estado en el que, por las causas que sean, con el pretexto que siempre aparece, e incluso, en muchos casos, con el apoyo de algunos, podemos decir tranquilamente que nos hemos convertido en un perfecto imbécil, causa directa de la mayor parte de los problemas que acechan la vida en una comunidad determinada, hasta tal punto que podíamos intentar conseguir un índice estadístico, homologable a los que utilizamos habitualmente para contrastar la riqueza, el bienestar, o la salud de un país, de una región, o una ciudad, y sería el más importante de todos estos índices, ya que el principal problema que surge cuando estás en un país, en una ciudad, o en un stadium de fútbol, no es que estés en París, Barcelona, Vigo, o viendo un partido, en el Bernabeu, Mestalla, o Maracaná, ni que sea elevada, o no, su renta "per cápita", no. Lo que realmente tendrá relevancia, será la cantidad de imbéciles, que nos podamos encontrar en cada uno de estos sitios, y de ello dependerá que al regreso, digas que tal país o tal ciudad, es un lugar maravilloso, o nefasto.

Así podríamos decir que tal país, o tal comunidad, o tal ciudad, tiene una población de tanto, una renta per cápita de tanto, y un índice de imbecilidad de xx.

Es posible que en un futuro, este índice llegue a considerarse, de la misma forma que, al paso que vamos, un ejército no sólo se va a valorar, como se hizo siempre, por el número soldados, de tanques, o de barcos, o aviones que tiene, sino que vamos a tener que empezar a contar también, con el número de suicidas con que cuenta, como si de un arma más se tratara. Tal es el grado de empanada mental, confusión y de imbecilidad, al que nos han arrastrado las nacionalidades, ideologías, y religiones.

Es por esto, que nos sería de mucha utilidad, conseguir esa identificación, aunque solo fuera, como en el caso de la mentira que, curiosamente, suele ser el primer paso en la carrera hacia la imbecilidad, aunque, aquí, tanto la naturaleza, como la ciencia, nos han dotado de ciertos medios detectores, mediante el sonrojo y la incoherencia de la primera, como el detector de mentiras, y el suero de la verdad, de la segunda. Es decir, podemos demostrar que nos han mentido.

Por otro lado, la mentira ya está, de hecho, admitida, y ya sólo nos falta poner en marcha, una operación de marketing, para prestigiarla. El engaño está tan presente en nuestras vidas que, prácticamente, no podríamos vivir sin él; desde que nacemos, de manos, más bien de patas, de la jodida cigüeña, hasta que desaparecemos, sin que se atrevan a decirte, por si te vas deprimido, "tes que morrer, machiño".

Además, de la mentira podemos defendernos, si no somos demasiado ingenuos, porque ya convivimos con ella, ya la tenemos descontada, como dirían en la bolsa. Aparte de que, en muchos casos, estamos tan acostumbrados a ella que, ya, directamente, preferimos que nos mientan.

Así, si nos dicen que el Sr. Xx está reunido, deducimos que no quiere atendernos y, nos sorprendería muchísimo, que nos dijera su secretaria, no quiere hablar con Vd., porque es un plasta, por ejemplo. Si un político nos promete cosas, ya sabemos que está en campaña, que estamos en elecciones, vamos, y si a alguien le duele la cabeza, es que ese día, no toca.

Es tan habitual el engaño en nuestras vidas que, en muchos casos, se da por supuesto. En otros idiomas la palabra engaño no tiene directamente el significado de "poner los cuernos" como pasa en el nuestro. Así decimos que fulanita engaña a fulanito, o que fulanito engaña a fulanita, para dar a entender una infidelidad, sin reparar en la cuestión de que tal vez, los protagonistas, saben la realidad, es decir, pueden estar de acuerdo con la situación, pero se habla siempre de engaño en estos casos en todas las circunstancias. Porque en estos temas tenemos muy distintas reacciones los humanos en función de los diferentes enfoques que le podemos dar a nuestras relaciones afectivas. Es complejo el tema del amor, amistad, afecto, cariño, etc. Le oí decir a Borges, que el amor, se diferencia de la amistad, en que ésta no necesita frecuencia. Esa es la diferencia clave, la frecuencia. Con un amigo, amiga, que no veías desde hacía mucho tiempo, sigue latente esa antigua amistad. En el amor, sería inevitable el reproche. Por otro lado, si una persona a la que quieres mucho, como por ejemplo, tus hijos, ves con agrado que se vayan un fin de semana con unos amigos, porque sabes que los cuidan, lo pasan bien, y vuelven felices, no tiene mucho sentido que no hagas lo mismo con tu pareja, a la que se supone que también quieres, no actuando de la misma forma. En el fondo, todos estos problemas, son por falta de amor, y comprensión y, en último caso, si realmente alcanzáramos un nivel superior de civilización, por falta de diálogo, y de entendimiento.

Es una verdadera tragedia que, en el tema de las relaciones de pareja entre humanos, la inteligencia, no siempre juegue a favor nuestro. Afortunadamente, en la gran mayoría de los casos, la pareja, o parejas de los "sapiens" consiguen tener una vida mas llena y placentera, si es que esto, se pudiera medir, que el resto de las especies, pero con mucha frecuencia, se producen trágicos desenlaces, donde, casi siempre, la mujer es la víctima, porque, una vez más, la naturaleza impone la ley del más fuerte.

Otra vez nos encontramos con el eterno problema de la lucha entre el instinto animal que todos llevamos dentro, y el control al que estamos sometidos, por el sistema de convivencia que, como únicos habitantes racionales del planeta, nos ha llevado a organizar la vida entre los humanos, mediante nuestras leyes y costumbres que, en este aspecto, (en otros son coincidentes) son muy diferentes a las naturales.

La diferencia fundamental, está en el sistema de formación de la pareja y el acuerdo y consentimiento de ambas partes, para llegar al acto sexual. Hasta aquí la diferencia que, nada que pensemos, es abismal. Desde las presentaciones, encuentros, citas, llamadas, e mail, celos, tanteos, copas, fiestas, besos, hasta lo de, "en tu casa o en la mía, amor," o, "te voy a preparar una velada sí, con velas, vida mía, que nada volverá a ser igual" pasa un tiempo, a veces, una eternidad. Esto, comparado con la hembra del ciervo, por poner un ejemplo que, cuando le viene el "momento", se pone en condiciones, de ser cubierta por el macho que pasaba por allí, y que, lo único que le cuenta, si lo cuenta, que a lo mejor, ni eso, es que viene de partirse los cuernos, con un rival que, por cierto, también se la quería beneficiar, no tiene color.

La naturaleza ha organizado este tinglado, como lo hace todo, como los huracanes o los terremotos, a lo bestia, ¡Si es que no tiene medida!, y en esta línea, el macho dominante cubre todas las hembras, ¡Hala!, que se le ponen, por decirlo en lenguaje vulgar, a tiro. Bueno, ya sabemos que este sistema, se fundamenta en la selección natural de las razas, por el que se entiende que se selecciona al macho más fuerte, y así, el macho que mas "funciona", es el que se parte mejor los cuernos con sus rivales en la montanera.

Aquí ya tenemos la gran diferencia, en los humanos también influye el físico, y si eres fuerte, mejor, pero ahora, con matices. En la naturaleza no hay matices, el que más empuja, mas copula. También entre los humanos, no cabe duda, que los guapos y guapas tienen muchísimas mas oportunidades de engendrar, otra cosa es que quieran, que los que no lo son tanto, tienen muchísimas más proposiciones para "tomar una copa esta noche", pero son determinantes otros factores; culturales, morales, sociales, económicos, que son fundamentales en el resultado final.

Debemos de suponer que en el origen de los "sapiens" el sistema era idéntico al resto de las especies, es decir, se apareaba únicamente, el más fuerte de los machos, pero también es fácil de adivinar que, a medida que los hombres fueron adquiriendo sus cualidades innatas, su inteligencia, se fueron dando cuenta de que la astucia, la simpatía, la habilidad, la oportunidad, el "feeling", y más tarde, la economía, podían ser mas importantes para lograr los favores de su dama, que ponerse a pelear, con el jefe de la tribu. Pero con frecuencia, y desgraciadamente parece que en aumento, a medida que disminuyen, sino, desaparecen, los valores morales o religiosos, que han controlado tradicionalmente estos instintos naturales, aunque en muchos casos, con grandes daños colaterales de represión, volviera a renacer en el actual macho humano, el prehistórico instinto del macho dominante, y así, nos encontramos con situaciones aberrantes, que originan verdaderas tragedias, al recurrir a la violencia, para lograr ese acercamiento sexual, al margen de las más elementales reglas de educación, y convivencia que, secularmente, vienen presidiendo la pacífica relación entre las parejas de humanos.

Ese instinto animal del macho dominante, que late en lo más fondo del subconsciente de los hombres, lleva a considerarse (y en muchos casos, también por el sexo femenino), como una demostración positiva, de éxito, de prestigio, del hombre. Así podemos observar, como se escuchan, hasta con admiración y simpatía y, con muchas risas, las declaraciones que, sin rubor alguno, hacen algunos personajes masculinos, presumiendo, de que se han acostado con quinientas, o mil mujeres, cuando es impensable, que esas declaraciones, las hiciera, en ese mismo sentido y, con la misma gracia, una mujer que, por otro lado, lo tiene más fácil, al menos, físicamente.

Tenemos que poner todos los medios en combatir esta auténtica plaga que, por desgracia, afecta cada vez más, a generaciones menos adultas; tal vez, por el mal ejemplo de los mayores, o tal vez, por la pérdida de los valores morales que contenían estos desvaríos; y que da origen a grandes tragedias, incluido violaciones y asesinatos.

Hace falta recurrir a toda la imaginación, e inteligencia de la que somos capaces los seres humanos, para tratar de corregir, esos instintos animales, en los que la naturaleza nos ha equiparado al resto de las especies, sin tener en cuenta que, nuestra inteligencia, aunque pequeña, es suficiente para lograr, mediante procedimientos de los que no disponen las demás especies, que podamos llegar a transformar, los momentos que estaban destinados a ser los más felices de la convivencia con nuestra pareja, en una actuación trágica, en ciertos casos, que supera con creces, a la más violenta que pueda protagonizar el más cruel de los animales que llamamos, irracionales.

A mi no me cabe la menor duda, de que un mono, o similar, cuando se le escapara la hembra, si supiera coger una cuerda, y atarla a un árbol, lo haría, sin dudarlo, y la violaría. Los seres humanos tenemos la posibilidad de utilizar esos aberrantes recursos, no debemos, pero podemos, es como el semáforo en rojo, no debemos pasarlo, pero podemos hacerlo, depende de nuestra voluntad, de nuestro cerebro, que de la orden a nuestro pié, que esté en el freno o en el acelerador. Por eso, aunque podamos tener la capacidad física para hacerlo, todos estamos de acuerdo, en que nuestra razón, nuestra moral, y nuestras leyes, no lo permiten, y por lo tanto, no se nos pasa por la imaginación la posibilidad de hacerlo, y además, coincide precisamente, con nuestra voluntad.

Con la voluntad de todos, menos de los que lo hacen, y se pasan el semáforo, y lo otro, porque, físicamente pueden, por eso a veces, no hay mas remedio, que recurrir a las leyes físicas, que se cumplen siempre, para que nos ayuden a obedecer a nuestras leyes objetivas, que no siempre se observan. De esta forma, añadimos una barrera, para asegurarnos, el respeto al semáforo, y unas esposas, un palo, un tiro, o una castración, al violador. Y así, con la colaboración de la naturaleza, se respetan ambas leyes, las naturales, y las objetivas.

Es lógico pensar en que esto tenemos que controlarlo. Pero el control tiene que ser algo sobrenatural. La naturaleza no tiene, al menos en nuestro sentido, castigos, ni premios, no tiene justicia, ni moral, ni religión, ni cosa que se le parezca, sus leyes, ya sabemos como funcionan, a lo bestia y sin contemplaciones, algo parecido a las que nosotros definiríamos como las del embudo. Para ella, los violadores, son parte del sistema, es más, los aprovecha, no tiene ningún mecanismo, que no le costaba nada tenerlo, cosas más difíciles hace, para impedir un embarazo de una violada. No, aquí se aprovecha todo, lo único que importa, lo que le obsesiona, es la perpetuación de la especie, lo demás no cuenta, que sea deseado, que sea bonito, romántico, que lo haya sentido o no, son mariconadas para la "natur".

Tradicionalmente, se ha tratado de controlar todo esto, mediante la educación y la religión, en último caso, con la represión al infractor, pero, como en toda delincuencia, el que está al margen de la ley, tiene cada día mas campo, con más medios a su alcance, basados en la libertad, masificación, movilidad, comunicación de todas clases, que hacen mas difícil ese control físico, de policía. Tendremos que pensar que la única solución, nos vendrá por el razonamiento, la convicción, la educación, es decir, inculcar esos valores morales, cívicos, religiosos o, como queramos llamarles, que nos diferencian de las especies que llamamos irracionales, a las que los humanos superamos ampliamente en crueldad, y aberración, cuando no actuamos bajo el control de nuestros exclusivos principios.

Pero no podemos pretender, que estos problemas nos lo solucionen, únicamente las administraciones, las autoridades. Cada vez más, tenemos la tendencia de recurrir, a nuestras instancias jurídicas, pensando en encontrar en ellas lo que antes se solucionaba, sobre la marcha, entre la familia, amigos, cuando no, curas o maestros. Esto, claro está, también tenía sus riesgos, pero ahora, con tantas denuncias, con tantas reclamaciones, con tanta legislación, con tanto recurso, se origina un caos, que congestiona el sistema y nuestras leyes objetivas, que requieren de tantos trámites, y tantas pruebas, se bloquean, y no consiguen sus objetivos, como no logran regular el tráfico los semáforos que solo son operativos, cuando la circulación es fluida, pero que cuando está congestionada, ya no sirven para regular la circulación, y cuando llegas a un cruce, sigues parado, al margen de que las luces estén en rojo, o en verde, porque, como siempre, por encima de nuestras leyes, señales, y luces, están las naturales, con sus barreras, y obstáculos, que no hay forma de saltárselos. Cuando estos desaparezcan, después, por ese orden, podrás proseguir, cuando esté en verde.

Estamos en la era del marketing, y el personal toma nota, aunque sabe que nunca hubo tanta mentira como en la publicidad actual y así, llama porque le ofrecen un viaje a París por 20 Euros, alquilar un coche por 10, o comprar un piso por no sé cuanto, y todo podría ser. Intentaré explicarlo, empecemos por cosas fáciles, en principio contribuiría más a no crear aficiones de riesgo, que se oyera, por ejemplo, que un señor se ha hecho mil pajas, (cosa, por otra parte, más higiénica y, sobre todo bastante más lógica, asequible, y sobre todo, más creíble) que oír, que se acostó con mil señoras. No se si me explico. Solo en pensar en los lugares, (porque, aunque cada día somos mas naturales, todavía no tenemos la suficiente confianza, y nos seguimos escondiendo para hacerlo, no como las moscas, por ejemplo, que se lo pueden montar en tu calva, como si nada) dibujos, tiempo y equilibrios necesarios, para poder llevar acabo, semejante número de asaltos sexuales, me entra el pasmo.

Si pensamos en un “spot” televisivo, donde el cachas de turno, después de rociarse con el perfume xx, en lugar de llevarse la consabida “pivona” en su descapotable, se adentra en el servicio y, poniendo esa voz de perdonavidas tan sugerente, se despide con un, “pues yo me masturbo con perfume xx,” nos estaría dando una idea, de algo que realmente estaría al alcance de cualquiera, lo otro, lo del cachas, sabemos que, al menos en circunstancias normales, (es decir, que no se diera el clásico naufragio, en una isla desierta, o similares sueños) no lo conseguiríamos, ni comprándonos todos los botes del perfume xx, que hubiera en las estanterías del supermercado. Cualquier cosa puede ser decisiva, muchas veces la más sencilla, todo depende como lo presentemos, podemos perder la cabeza porque hemos visto una cosa única, hemos sentido la llamada de una mujer, de un hombre, de una secta, de un país, ya nada es igual si no lo tenemos, nuestra vida ya no será la misma, si no conseguimos eso, sólo eso, lo demás no nos interesa, así somos de gilipollas. Puedes tener el mejor trabajo, la mejor novia, o el mejor novio, o ser el ser más desgraciado del planeta, según lo enfoques. Te pueden intentar quitar, levantar, que dirían en Argentina, tu pareja o, hacerte una OPA por tu negocio, siempre y cuando no los ofrezcas. En ese caso, amigo mío, ya no interesan, “pa ti pa siempre”. Hasta tal punto llega la influencia de la “psiquis” en los humanos. Es asombroso el comprobar como todavía, a estas alturas de la civilización, lo que puede dar de sí, un puñetero cruce de esas dichosas piernas femeninas, una clamorosa exclamación, ante una glándula mamaria que accidentalmente se sale de su soporte, ese increíble suspense de que si realmente se la ha visto esto, o lo otro. El interminable desfile de esas robóticas modelos, mostrándonos en sus paseos marciales sobre las pasarelas del mundo, las inverosímiles formas de vestir sus cuerpos con las últimas novedades, buscando las infinitas variaciones a las que pueda llevar la imaginación, sobre el tema de siempre. Seguimos sorprendiéndonos cada día, de los recursos a los que tienen que acudir los creadores de la moda, que ya no saben que excentricidad les queda por descubrir, para seguir llamándonos la atención.

Es increíble, lo que puede influir una idea, una campaña, en cualquier asunto, por más grave que sea. En Madrid, todos los años se suicidaban, tirándose desde lo alto del viaducto de la calle Bailén, un cierto número de personas (habrá estadística por algún lado). Pues bien, ha sido suficiente que se pusieran unas mamparas de cristal, de unos dos metros de altura, para que este número descendiera drásticamente. Esto quiere decir, que antes, ese escenario, esa altura, esas vistas, en la zona monumental, junto al Palacio Real y la catedral de la Almudena, en el centro de Madrid, unido a la facilidad de superar la barandilla, jugaron un papel importante, en la toma de esa postrera, y trágica decisión final. Durante muchos años, constituyeron algo así como una inspiración, una invitación que ayudó a poner punto final a unas vidas que, por los muy variados motivos que podemos tener los humanos, (dicen que a las ballenas, también les pasa) determinan que, en un momento dado, cuando parece que se te cierran todas las salidas, cuando no tienes a quien llamar, cuando has perdido la esperanza y, llegas a la conclusión, de que no merece la pena seguir viviendo, aunque de piernas estés bien, pero eso es lo de menos, eso es solo el soporte, lo de adentro, es lo que no marcha y vas, y te echas a volar, como un medio supermán, porque solo lo imitas a medias, solo en la bajada, tío, porque tu no remontaste, y te vas, amigo, en el silencio de la noche, pero al estilo tradicional, con despedida y documentación en el pretil, sin incordiar, sin molestar, en tu soledad, sin despedidas, porque no esperas paraísos, ni pretendes salvar a nadie, solo morirte. (éstas últimas líneas van dedicadas)

Por eso, no hay que darle tantas vueltas, a lo de la eutanasia, suicidio asistido, y demás disquisiciones mortuorias. Sí, es que no hay que dar ideas, (nombrar la soga en casa del ahorcado, se dice). Las cosas son, a veces, muy complicadas, pero otras, son increíblemente sencillas. De la misma forma que se evitaron drásticamente, muchos suicidios, instalando esas mamparas de cristal de apenas dos metros de altura; se hubieran multiplicado, a buen seguro, celebrando conferencias, dando charlas o, repartiendo octavillas, sobre tan fúnebres cuestiones, en las inmediaciones del viaducto, explicándonos las excelencias de la eutanasia, la muerte digna, y las ayudas al suicidio.

Tenemos que contar, con la gran influencia que los medios de comunicación, tienen en el comportamiento de los ciudadanos, para bien, o para mal, creo que es donde más tenemos que esforzarnos, ya que cada día, llegan a más gente, y con más facilidad. Se trata de buscar buenas ideas, y darlas a conocer, y también aquí, buscar la colaboración ciudadana. Como vimos antes, una buena idea, mejor, una feliz idea, a la vez que, sencilla, en cuanto a su aplicación, puede ser suficiente, para salvar muchas vidas pero, al mismo tiempo, comprobamos lo difícil que es a veces, encontrar esa sencilla solución. En el fondo, es como en el caso de los inventos, necesitando de muchos años, para descubrir una vacuna o, un sistema de comunicación. En este caso, han tenido que transcurrir muchas décadas, contemplando cómo se tiraban desde lo alto del viaducto, sin que a nadie se le ocurriera otra cosa, que no fuera, recoger sus restos en la calle Segovia.

No debemos de profundizar demasiado en estos delicados temas, volvemos a caer en lo de siempre, creemos que tenemos soluciones para todo y, realmente, no las tenemos para nada. Quietos pues, ¡Leñe!. Dejémonos de ordenar, de legislar en los asuntos de la vida, o la muerte. Para los creyentes serán siempre cosas de Dios, y para los demás, el destino, la naturaleza o quien sea, dispondrá. Podemos influir, como hemos visto, para que un señor no se tire de un puente, pero habrá gente, en su pobre afán regulador, que no pare hasta que en todas las barandillas haya un letrero que diga, prohibido suicidarse bajo pena de multa.

Como vemos, cualquier detalle, puede ser decisivo y suficiente, para que se pueda influir en un sentido u otro, aunque sea para una decisión tan trascendente. La más trascendente. Lo que para una persona, es suficiente motivo, causa determinante para no seguir viviendo, para otra, es un revulsivo, un punto de partida, para poner en marcha nuevos proyectos y superarse cada día. Mi recordado paisano y tocayo, Ramón San Pedro, se empeñó en que tenía motivos más que suficientes, para poner fin a sus días. Todo, porque no se podía mover de una cama, en la que estaba confortablemente instalado y perfectamente asistido, en un ambiente de paz y naturaleza idílicos, por una maravillosa familia que lo quería, (motivo más que suficiente para la mayoría de los humanos, para seguir viviendo) cuando lo único que le fallaba es, digamos, el soporte físico, la transmisión. Por el contrario, el cerebro, es decir, todo, le funcionaba perfectamente, dejándonos en sus escritos, muestras de su ingenio y talento. Lo que nunca sabremos, ni él tampoco,- ni se hubiera hecho ninguna película, ni mar adentro, ni mar afuera,- es si, en una situación normal, es decir, sin haber tenido el accidente en aquella playa, que lo dejó paralítico, se hubiera suicidado igualmente, tal vez antes, por cualquier otro motivo, como lo encuentran muchas personas que tienen perfecta movilidad . Si funciona la mente, vale. Es algo así, como si te empeñas en tirar por la ventana, tu ordenador, porque se te han roto las patas de la mesa que lo sostenía. Con mucha más invalidez, el científico e investigador, Stephen Hawking (por poner un ejemplo de un personaje famoso, hay otros muchos), lleva una vida plena de proyectos y, entre ellos, el de viajar al espacio. Leí en algún sitio, que en una época, era costumbre de algunos miembros de la familia del gran poeta Caballero Bonald , cuando llegaban a una cierta edad, se encamaban, es decir, hacían voluntariamente, lo que Ramón Sanpedro tuvo que hacer por su accidente, y ya no se levantaban el resto de vida, aunque físicamente estaban bien, me parece exagerado, pero puede ser. Hay gente "pa tó", como decía aquel torero.

Lo que pretendo, es insistir en lo importante que pueda resultar la investigación, y la imaginación, a la hora de encontrar soluciones, para los distintos problemas, más, o menos importantes, que nos afectan todos los días, y que normalmente combatimos con los sistemas tradicionales. Pero estos sistemas se presentan, cada vez más complicados, porque se basan, en primer lugar, en la reprensión al infractor, siempre que sea posible, es decir, si lo hemos detenido, si no se escapa, que es lo que habitualmente sucede, al menos, en principio. Aún considerando el caso, de que hayamos detenido al responsable de la agresión, robo, crimen, etc. nos encontramos, debido al lógico control, que todo estado de derecho, debe tener, que no podemos utilizar las mismas armas, que este infractor ha utilizado, contra nosotros. Una vez más, nos apartamos de lo que se hace en la naturaleza. Un león, se hartaría de reír, si le decimos, que no puede utilizar sus zarpas, ni sus garras contra un sujeto que, no ya, que quería hacerle daño, sino, que pasaba simplemente por allí, y le molestaba. Todos sabemos, que un señor, que acaba de pegarle dos tiros en la nuca, a su vecino, tiene derecho, a que se le respete su integridad, justo lo contrario, de lo que hizo él, con su víctima.

Lógicamente, ante la dificultad del sistema que, aunque nunca podremos renunciar a seguir utilizándolo, se hace necesario, ampliarlo a otras instancias, que nos puedan ayudar, al menos, de una forma complementaria.

Es complicado, pero es la única esperanza que nos queda, para avanzar un poco más, en el tortuoso camino a un mundo mejor. Investigando, trabajando, innovando. Otro caso, de solución modelo, imaginativa, aunque sea en otro campo, pero al final, todo está conectado. La Puerta de Alcalá, en Madrid, después de muchos años desde que se construyó, en tiempos de Carlos III, salvo en los primeros tiempos, que funcionaría, creo yo, como una verdadera puerta de entrada, y salida a la ciudad, desde que apareció

Por primera vez, la Puerta de Alcalá deja de ser una isla rodeada de coches, y se puede aceder a ella a través del istmo que conecta con el paso de peatones.

la motorización, siempre operó, como una rotonda, como una isla rodeada por los coches, totalmente inaccesible para los peatones. Se hicieron varias remodelaciones, unas veces, la rodeaban por la derecha, otras veces, por la izquierda, pero siempre aislada. Hasta que alguien se le encendió una luz, hace sólo unos años, y encontró la manera de que dejara de ser esa isla rodeada por el intenso tráfico, haciéndola accesible a los viandantes, conectándola con el paso de peatones que cruza la calle de Alcalá, permitiendo, de esta forma, que los turistas y ciudadanos en general pueden pasear, hacerse fotos, disfrutarla, en fin, por primera vez. Todo, porque un día, después de tanto tiempo, surgió una buena idea, merece la pena comprobarlo. Está Vd. invitado, invitada. Es gratis.

Se trata de intentar encontrar soluciones que vemos, pueden resolver viejos problemas, a través de ideas, en muchos casos sencillas, como ésta de la Puerta de Alcalá. Otras veces, la solución ya requiere, además del estudio, una gran inversión. Es el caso de la M 30, puede ser una buena idea, y de suyo lo es, que ayuda a solucionar los grandes problemas de circulación de una ciudad como Madrid, pero cuesta un riñón y sino, que se lo pregunten al Sr. Alcalde, el Sr, Ruiz Gallardón. Y esto, ya es otra historia.

Pero el gran reto nos viene dado por aquellas actuaciones que no están únicamente vinculadas a la inversión material, sino las que su principal éxito está originado por el estudio y el análisis en profundidad de la obra. Es decir, la parte intelectual, que al final, es la que hace que una actuación, una obra, permanezca vigente, útil, y necesaria, auque hayan pasado muchos años, y otra, por el contrario, por esa falta de estudio, de planificación, la tengamos que corregir, incluso que deshacer, al cabo de poco tiempo. No hay que esforzarse demasiado, para encontrar múltiples y variados ejemplos que confirmen esto. Sin ir más lejos, en Madrid, desde pasos elevados desechados, túneles reconstruidos, viales corregidos, cambios de dirección etc. podemos encontrar sobradas demostraciones de lo que afirmamos, llevándonos a cuestionar, si realmente hay personas dedicadas al estudio de estas cosas, o que simplemente se realizan, por los impulsos, o la inspiración que en un momento dado, pueda tener la persona que decide. Es desmoralizador el comprobar cómo seguimos cayendo en los mismos errores. Por citar un problema fundamental en las grandes ciudades, el tráfico. Da la sensación de que seguimos dando palos de ciego a la hora de afrontar soluciones a este gran problema. Desde la organización de las corrientes circulatorias más habituales, los sistemas de control, las infracciones, etc. Volviendo a Madrid, que es lo que más conozco, el sistema de las multas de tráfico de nuestro Ayuntamiento, es demencial. Empezando que para cualquier reclamación, han centralizado todos los recursos en la zona más conflictiva, y congestionada de Madrid, aunque no esté en el centro, en la calle Albarracín, en la zona de Arturo Soria, sin aparcamientos públicos, ni privados, por no tener, ni tiene zona de regulación, que hay que reconocer, que para gestiones de poco tiempo, ha sido una gran solución en muchos barrios de la ciudad.

Pues bien, en estas dependencias municipales, donde se van a tratar asuntos relacionados con el automóvil, lo lógico es que vayas conduciendo, habida cuenta de que el metro más próximo, tampoco está muy cercano, por lo que una persona que piense un poco, lo primero que haría es ubicarlo en una zona que, por lo menos, se pudiera a aparcar. Cuando por fin llegas, lo primero que te encuentras, es con un despejado aparcamiento pero, ojo, solo para los funcionarios. Es decir, es algo así, como si vas a un supermercado, y cuando llegas, ves que el aparcamiento es para los empleados, y tú tienes que buscarte la vida. Esto es una clara demostración de las reminiscencias del pasado, donde a los ciudadanos se les sigue considerando, y tratando, sin el más mínimo respeto, sin darle explicaciones de ninguna clase, y sin hacer el menor esfuerzo en avanzar hacia un sistema más acorde con los tiempos que corren o que, al menos, pensamos muchos, que deberían correr, pero que por desgracia, comprobamos que no es así.

Para facilitar las gestiones (es broma), el horario de atención al penitente, (esperemos que algún día, podamos llamarle ciudadano) es sumamente restringido, de lunes a viernes, de nueve a trece horas, no sea. Para colmo, descubres que la mayoría de las gestiones se podrían solventar telefónicamente, pero que también por este medio, la desatención es total. Después compruebas que las sanciones, lejos de estar encaminadas, a solucionar los problemas de tráfico, y a mejorar las cosas, lo están fundamentalmente, a ser una fuente de recaudación, con el mayor descaro. Un ejemplo. Cuando recibes una primera notificación de sanción por una falta leve, por ejemplo, por rebasar la hora en una zona de estacionamiento regulado, y confirmas que el importe de la misma es, por ejemplo, de veinticinco euros, y como quiera que estás de acuerdo con la sanción, y estás dispuesto a pagarlos, para solucionar de una vez el problema, te encuentras que esa misma notificación, de una forma clara, y explícita, te indica: "Este documento no es válido para el pago". Con esta primera notificación, únicamente puedes identificar al conductor de la infracción, y tu piensas ingenuamente. ¿Porqué lo harán de esta forma, cuando al ser una sanción por una infracción leve, no tiene relevancia la identificación del conductor, para cuestiones de responsabilidad, puntos, etc. y que, permitiendo el pago en la primera notificación, quedaría zanjado el expediente con una sola correspondencia, sin obligarte a contestar, y que posteriormente, tengan que volverla a enviar ahora ya, directamente al conductor identificado, por el mismo importe, que ya podías haber abonado? Esta misma primera notificación, si no fuera porque de esta forma, es una perfecta prueba de que lo que se persigue, es otra cosa más sofisticada, que el cobro de la infracción cometida, podría decir simplemente"Este documento no es válido para el pago, a no ser que la infracción sea de carácter leve, y no necesite identificación del conductor" En ese caso, se podría pagar directamente, y se ahorrarían trámites, y tiempo. Pero se ve que las intenciones que persiguen, van en otra dirección no tan ingenua. La respuesta es muy sencilla, a la par que maquiavélica. Esta misma sanción, de veinticinco, o treinta euros, es muy probable, pero que muy probable, que se pueda convertir en otra, de ¡Trescientos euros¡, esta vez, por no "haber notificado en tiempo y forma al conductor", cuando en ciertos casos (estoy convencido de que muy numerosos, ellos seguro que tienen los porcentajes exactos) por problemas en la identificación, (con un simple error en el número de identidad, ya no admiten el recurso) ausencia, olvido, correos, no le hayas contestado al primer aviso, o lo hayas hecho mal, o fuera de plazo. Es decir, tienes muchas posibilidades de que te toque el premio. Sé que hace falta financiación, sé que hay muchos problemas, pero no podemos perder, lo que se decía antes, el norte. No es posible renunciar a que las relaciones entre las administraciones, y los ciudadanos estén presididas por el respeto y la cordura, porque en ese caso, nos iremos deslizando por la pendiente del desorden, y del caos.

Entonces podemos decir, que aquí, no se trata de aquello de la imaginación al poder no, aquí es la imaginación, a la picaresca, al fraude, cuando no, al delito directamente, cuando se puede probar perfectamente, las claras intenciones dolosas del sistema, consiguiendo unos ingresos tan atípicos y suculentos, cuando no, cobrando conscientemente impuestos, sobre todo de circulación de vehículos, por duplicado, amparándose en la misma legalidad que le pueda quedar a una pirámide financiera, o al timo de la estampita. En todo lo relacionado con el control de los automóviles, al menos en Madrid, sigue presidido por la chapuza, la negligencia, y la falta de respeto a los ciudadanos que hemos heredado de los tiempos de Franco. Por si fuera poco el desbarajuste, en el tema de las multas de los Ayuntamientos, la autonomía es total, es decir, cada uno lo organiza a su aire. Lo que comentaba anteriormente de pedir primero la identificación del conductor, es lo que hace, por lo menos, en el de Madrid. Pero en otros, es totalmente distinto. Aquí hay para todos los gustos. Por ejemplo, en el de L`Hospitalet, (Barcelona) aunque se trate de una multa sobre un vehículo de empresa, no piden identificar al conductor, al menos cuando se trata de una infracción de aparcamiento, envían con la primera notificación, la orden de pago, sin más. Parece bastante más lógico, entre otras cosas, se simplifican los trámites. De todas formas, es un verdadero desastre la organización de estos asuntos. Multas, transferencias, impuestos municipales, etc. es una calamidad. La inseguridad que se produce con los cambios de titularidad en los vehículos usados, es de auténtica paranoia. Todos los años se producen miles de contenciosos debido a que los vehículos siguen circulando a nombre de los anteriores titulares, con gravísimas consecuencias, sobre todo en casos de multas, accidentes, etc. Con lo fácil que sería darles el tratamiento que se le da a los nuevos, con el cambio de placas, como se hace en otros países. Hay todas las pruebas que hagan falta para avalar estas afirmaciones, denuncia, o como le queramos llamar, sobre el desastroso funcionamiento de la Administración (s) en este apartado. (me pongo a disposición de quien lo solicite) Un caso concreto, reciente, habrá cientos, supongo yo, una grúa municipal retira por error, porque había estado denunciado por robo, pero ya se había retirado la denuncia, un coche. Se lo llevan a un parking que tienen en una zona inhóspita, rodeado de chabolas habitadas en su mayoría por drogadictos que, cuando se ven esas imágines, tercermundistas, que se han ido a buscarlas a miles de kilómetros, de gente deambulando en busca de su dosis, piensa uno, y cualquiera puede comprobarlo cualquier día, (por la noche ni se le ocurra) que ese reportaje se puede hacer perfectamente aquí al lado, sin tener que realizar tan largo viaje. Estoy hablando de la zona de las Barranquillas, justo detrás de Mercamadrid. Pues bien, ahí está desde hace años, un centro de recogida de vehículos de la grúa municipal, (sería interesante llegar a saber, como en su día, con que apaño, con que concejal, con qué alcalde, se eligió ese descampado, para situar esta triste, e impresentable, dependencia municipal, vaya imagen para la ciudad) a donde se llevan preferentemente, los denunciados por sustraídos, y recuperados posteriormente. Por allí hemos pasado todos los que nos hemos encontrado en esa situación durante todos estos años. Es absolutamente demencial, y eso que hace poco lo asfaltaron, antes había unos baches lunares tipo Paris-Dakar increíbles. Ya por teléfono te avisan de que no se te ocurra ir solo, que es una zona peligrosa, muchos taxistas se niegan rotundamente a llevarte hasta ese destino. Bien, pues ese lugar existe, en el Madrid de las olimpiadas, aquí cerquita, pegado a la M-40, no hay que ir muy lejos para buscar imágines tercermundistas, hay otros, claro está, pero no tienes que ir a ellos, pero a este sí, necesariamente, cuando quieres recuperar tu vehículo, porque aunque, como en éste caso, se trate de un error de la policía municipal, que ellos mismo han reconocido, no tienen habilitado otro sistema para poder recuperarlo, tal es la falta de respeto que inspira a todo lo relacionado con el servicio a los ciudadanos.

En otro orden de cosas, pero continuando con el grave problema del tráfico en nuestras ciudades, seguimos sin ponerle, no ya imaginación, sino seguimos sin estudiar la asignatura, sin planificar las cosas. Tenemos las ciudades congestionadas de coches y autobuses, y al máximo, la tan recurrida contaminación, cuando resulta propicia traerla a cuento. Los vehículos públicos y privados, prácticamente parados en las horas punta, llevando a pasajeros, que en muchos, tienen que retroceder a lugares por los que han pasado pero que no tiene parada el tren o el autobús. Por ejemplo, en Madrid, un viajero que venga del sur, en tren o autobús, con destino a Getafe, Leganés, etc. se encuentra que tiene que ir hasta Atocha, o a la estación de autobuses de Méndez Alvaro, para después, por tren, taxi, u otro autobús, volver a los lugares por lo que ha pasado con anterioridad, pero con el agravante de que, sobre todo cuando se trata de horas punta, este retroceso, puede representar más de dos horas de viaje. El porcentaje de los viajeros obligados a realizar el viaje de vuelta, desde el centro de Madrid, a sus casas, puede ser del orden de un 20%. Si para rebajar un punto la contaminación de la ciudad, si se logra, que eso es otra, hay que gastarse cantidades ingentes, estamos metiendo tráfico superfluo a la ciudad, para crear otro tráfico de vuelta a sus destinos. Reconozco que la falta de previsión, ha hecho ya imposible, el que se puedan hacer aparcamientos disuasorios que admitan paradas de trenes o autobuses, en la periferia, que evitarían estos dobles viajes, y de esta forma, en localidades estratégicas donde se evitarían muchos kilómetros, y horas de viaje, al tener que desandar el camino, como en Villalba, Las Rozas, Coslada, Móstoles, etc, . Pero en algún caso todavía se puede intentar y, que yo sepa, no hay nada previsto al respeto, porque aquí lo de la colaboración ciudadana no existe. Se exige una información pública para abrir un bar, o una tienda, pero para una estación de tren o autobuses, todo depende de la ocurrencia de los técnicos de turno, sin explicaciones, ni consultas y, lo que es más grave, con actuaciones inexplicablemente negativas, como hechas a propósito para perjudicar a todos. Por ejemplo, el no conectar el Metro Norte con el tren de cercanías, es negativo para el metro, y para el tren. Incomprensible.

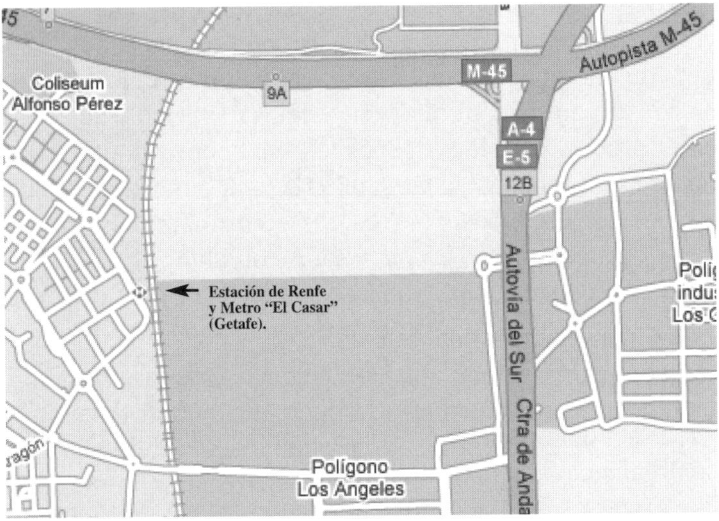

Plano de situación de la zona de la estación de El Casar (Getafe) el mayor nudo de comunicaciones de la zona Sur de Madrid, donde todavía se puede hacer lo que ya no es posible realizarlo en Alcobendas, Coslada, Las Rozas, etc.

Queda una oportunidad para poder hacer algo bien. En la zona sur, en la estación de El Casar, en Getafe, el gran nudo de comunicación ferroviario y de metro de la zona sur, donde confluye la línea de cercanías que va a Aranjuez, el metrosur, y la prevista llegada de la línea 3 de metro, que en la actualidad llega hasta Villaverde Alto (solo faltan dos kilómetros, hasta el Casar, que no están hechos por temas político-dinerarios, ya sabe, lo de “tonto de los cojones”, y demás) hay todo el espacio que se quiera para hacer, aparte del aparcamiento previsto, una pequeña, pero inteligente, obra que mediante un intercambiador conectado con la estación de metro y tren, evite que los miles y miles de viajeros que vienen del sur, entren todos los días hasta el centro de la ciudad, para después volver a Getafe, Leganés, Fuenlabrada, incluso Alcorcón, Móstoles etc. cuando en la estación de el Casar, podrían ya conectar con esa maravilla que es el metro sur, porque hay mucha gente que sigue sin saber que esta línea de metro, sin parangón con ninguna otra ciudad, y ya no digamos si tenemos en cuenta el precio, une en tiempo real, más rápido que cualquier vehículo, poblaciones tan importantes, en cuanto al número de habitantes se refiere, como Alcorcón, (150.000) Fuenlabrada, (180.000) Getafe, (153.000) Leganés, (175.000) Móstoles, (200.000) y por cercanías, Aranjuez (41.000) Parla (80.000) Pinto (31.000). Pues bien, toda esta población de la zona sur, estamos hablando de aproximadamente, un millón de habitantes, cuando viaja a Madrid en transporte público de larga distancia, tiene que hacer un viaje de vuelta, desandando el camino que, cuando se trata de horas punta, puede suponer tranquilamente, dos horas. porque tenemos que tener en cuenta que, cuando entran los autobuses de larga distancia a Madrid, tardan, en ocasiones, en los últimos doce, o quince kilómetros, tanto como lo hicieron en los últimos cien, y a veces, muchos más, cuando hay atasco. Tenemos que aprovechar el transporte subterráneo que es el único que prácticamente no se congestiona, ni contamina. El metro, salvo avería, no se para, como sí lo tienen que hacer habitualmente los autobuses interurbanos en las horas punta, entrando en las ciudades, compitiendo con los demás vehículos en las congestionadas calles. Tiempo perdido, consumo, contaminación. Es un poco de locos ¿No? Hay cosas difíciles, costosas, que exigen grandes estructuras, y hay otras que lo que hace falta únicamente, es tener buenas ideas. Vemos esos anuncios del metro de Madrid diciendo que es el mejor, pero no hay ninguno que explique, por ejemplo, que de Leganés, a Móstoles, se tardan quince minutos, cuando en coche, puedes tardar media hora, o más, según el tráfico. Que desde Parla, puedes ir directamente a Chamartíun, o a Alcobendas, que desde Getafe, puedes ir al aeropuerto, a la T4, más rápido que en un taxi. Nunca he visto una publicidad en este sentido, siempre con escenas exóticas, apariciones, y cosas raras, con cabra incluída. ¡Meeeh!.

En todas las circunstancias de la vida, nos encontramos con los mismos problemas, y con la misma ausencia de soluciones adecuadas. Imaginación, investigación, y trabajo, tenemos que dedicarle, de la misma forma al triste tema de la violencia machista o, incluso, en cosas tan diferentes, como los accidentes de tráfico, y otros dramas cotidianos, no debemos descartar actuaciones que se alejan de las soluciones que aplicamos tradicionalmente, basadas, únicamente, en el castigo y la represión, consecuencia directa de nuestros instintos naturales, que nos llevan a utilizar los únicos sistemas que tiene la naturaleza, es decir, a leches, para corregir los desvíos, pero no tenemos en cuenta que ella, no hace excepciones, ni admite recursos, ni tiene indultos, las leyes naturales se cumplen siempre, su acatamiento es incuestionable, y si no la cumples, o te rindes, o mueres. Cualquier parecido, es pura coincidencia. Claro, así también funcionaría aquí, como funcionó en otros tiempos, de los que no tenemos añoranza alguna, porque los humanos, cuando jugamos a ser leones, además de ser más bestias y sanguinarios que ellos, somos además, imbéciles, y preferimos sufrir las inseguridades que puedan generar las garantías que exigen los sistemas democráticos, que el orden que pueda imponer cualquier régimen totalitario. Por lo que, al tener muy limitado el uso de la fuerza, por los que tienen las armas, y están legitimados para usarlas en nuestra defensa, hacen que, en muchos casos, resulten inoperantes, cuando no, totalmente negativas, siendo más recomendable, olvidándonos de nuestros instintos cavernarios, recurrir a lo característico de los humanos, y que nos distingue del resto de las especies; nuestra inteligencia, nuestro ingenio, nuestra astucia, nuestros inventos.

De esto, la "natur", no sabe, es muy bruta . Tiene menos imaginación que una trucha.

De esta forma, tendremos que esforzarnos en encontrar las soluciones para los problemas, por muy trágicos que sean, por la vía de las ideas, del diálogo, del convencimiento y, aunque sigamos con las amenazas, y con los castigos, no debemos descartar otros caminos, con más imaginación, con más investigación. Muchas veces, es como lo del huevo de Colón. Tendremos que hacer campañas pidiéndolo, hasta, por favor. Sea Vd. tan amable de no robar, no mate, no incendie el bosque, no ensucie, conduzca bien, no se emborrache, sea bueno, por favor, porque, llegará el momento en que no haya policías, ni cárceles, ni pulseras con GPS, suficientes.

Tendremos que recurrir a nuevas ideas, a nuevas soluciones, pequeñas iniciativas que puedan lograr mejores resultados, que las procedimientos tradicionales basados, únicamente, en las amenazas y en el castigo. Tendremos que tratar de encontrar alguna solución, para mejorar las relaciones con nuestras parejas, que nos resultan cada vez más difíciles, cosa, por otro lado, bastante explicable, porque el nivel de exigencia, es cada día mas alto, en todos los órdenes de la vida, y de esta forma, lo que antes era un chiste, unan gracia, ahora es una grosería. Lo que antes era un piropo, un requiebro, (qué bonito y que antiguo, un requiebro, ¡leche!) ahora, puede ser el primer paso, para un acoso sexual, con denuncia y todo. Y lo que podía ser una inolvidable noche loca de pasión, (pensé que le gustaba así) puede degenerar en una violación delictiva. Tenemos, por tanto, que recurrir a todos nuestros recursos intelectuales, imaginativos e ingeniosos, que puedan colaborar, en lograr un ambiente menos tenso, menos competitivo, más distendido, de la vida en pareja. No pretendo alcanzar la libertad sexual y la falta de prejuicios, de los espartanos, y no digamos, de las espartanas, que tenían hace más de 2.500 años, pero tenemos que terminar con esta barbarie que nos ha hecho retroceder en nuestro camino hacia la civilización. Tal vez, (ojo, puede herir sensibilidades) podríamos mejorar el ambiente, o por lo menos, calmaría los ánimos y algo más, recurriendo, mediante una operación de marketing que la prestigie, a la masturbación, (Dios me perdone si peco, como decía mi abuela Aurora) para la cual, la naturaleza que, como sabemos, es sabia, se ha encargado de hacerla tan asequible, para los humanos de ambos sexos, (no tenemos más que fijarnos lo difícil que se lo ha puesto, a los de las pezuñas y otros animalitos) tal vez, para contrarrestar el entusiasmo sexual, de que nos ha dotado, como un camino hacia la relajación, el respeto y el sosiego y, tal vez, la confianza y comprensión, en las relaciones de pareja. Curiosamente, y aún por machotes de "pelo en pecho", se acepta, aunque sea como consuelo, si te la hacen, "sic". Cosa que, siendo el único acto sexual que, por antonomasia, podemos realizar, y que es, verdaderamente íntimo, no tiene explicación alguna, excepto la psicológica, que tengamos que recurrir a una ayuda exterior, para semejante tarea.

Por lo tanto, como el componente psicológico, también exclusivo de nuestra especie, es tan importante para nosotros, que hace que una persona , vuele al otro lado del mundo, si es necesario, en busca de esa única pareja que ha idealizado, y que no existe otra, que pueda sustituirla, entre las miles combinaciones que, entusiasmos pasionales aparte, podían realizar los mismos cometidos, tal vez, sin desplazamientos, en su misma ciudad, o en su misma calle, hace que el comportamiento sexual de los humanos sea tan complicado, como sublime y exclusivo, que nos puede llevar a toda clase de sensaciones, desde las más románticas, hasta las más trágicas. Por lo que debemos incidir en la psiquis, como la parte que mas tenemos que cuidar, para tratar, de que nuestras relaciones, puedan desarrollarse por unos cauces más relajados, evitando, en todo lo posible, situaciones que, con frecuencia, generan grandes conflictos, cuando no, casos de violencia extrema.

Si pensamos con un poco de calma, observamos que la mayoría de los dramas que han tenido al amor como protagonista, tanto en la literatura, como en la vida real, podían haber tenido una solución pacífica y un resultado feliz, y se hubieran cansado de copular el resto de sus vidas, dándole un pequeño giro a los acontecimientos, otro enfoque, tal vez una negociación. Por ejemplo, en el caso típico del clásico triángulo, en el que la, o el amante, se esconden dentro del armario cuando llega de improviso la otra parte contratante. En lugar del tradicional, trágico, e irreversible final, es decir, a tiros, que podemos convenir en llamar (Plan A). Se impone; máximo a estas alturas donde estamos dispuestos al diálogo con todo Dios, aunque el sonido de las palabras en la mesa de negociación, apenas se pueda percibir entre los de las bombas y disparos de los oponentes; que encontremos una solución mas en la línea de las corrientes modernas, es decir un (Plan B) basado en la negociación, un desenlace que no lleve al acostumbrado drama. Un cambio total en los esquemas tradicionales, sobre todo ibéricos. El dinero, (aquí también los anglosajones siempre han sabido encontrar fórmulas de solucionar problemas mediante el pago en "casch", que en nuestra cultura se resolvían con recomendaciones, favores, o mamporros. Un ejemplo de ello, son las subastas de las cosas más inverosímiles, como por ejemplo, las personalizadas matrículas de coches, hasta tal punto que estas licitaciones, ya sea en el campo de las obras de arte, maquinaria, automóviles, etc. nos las vienen a organizar a nuestro país, y hasta que no le dejemos que lo hagan también en nuestros juzgados, nunca funcionarán nuestros sistemas) sobre todo si lo tiene alguna de las partes, y aunque no lo tenga, en la mayoría de los casos, ya no es tuyo, tuya; puede ser una salida para esa embarazosa, que también, situación. Bueno, vamos a ver, Vd. caballero, o Vd. Sra. (quitando hierro al máximo) Encantado. Veo que se encuentra Vd. muy a gusto con mi pareja. Bien, bien, bien, pues eso se arregla con tanto, y todos contentos. Sí, difícil, dirán unos, aberrante, hasta ahí podíamos llegar, dirán los clásicos estirados, antes morir, dirán los dignos, al paredón, el resto, y rasgado típico de vestiduras por doquier, sobre todo, de los encargados de velar por la moral, y las buenas costumbres. Lo entiendo perfectamente, en todos los problemas, en todas las circunstancias, estamos mas preparados para el drama, para los tiros o, para las bombas, (Plan A) que para la posible, eso sí, difícil de antemano, negociación, (Plan B) Es el tributo a nuestros orígenes naturales. Pero que también aquí, lo hacemos peor, porque en la naturaleza, no hay negociación, desde luego, pero cuando no lo ven claro, no se enfrentan, se rinden, escapan, no como en nuestro caso, donde, con frecuencia, ya sea, porque estén dispuestos a suicidarse, porque estén borrachos, o porque, simplemente, son incapaces de medir sus fuerzas, se enfrentan con situaciones que no tienen otra salida que la muerte. Todos los años, se producen víctimas de personas que se ponen a desafiar, delante de un vehículo, a un conductor, que tiene en sus manos, mejor dicho, en su pié, llevarte por delante. El resultado suele ser, el que establece la extraordinaria diferencia de las masas enfrentadas. Que yo recuerde, la única excepción a este resultado, fue la del chino aquel, de la plaza de Tian´anmen, cuando en el año 1989, se enfrentó, e hizo parar, a una columna de tanques, pero esto fue debido a ese impulso sentimental que a veces, aparece en las reacciones humanas, pero eso fue una excepción, una casualidad, una lotería. En los demás casos, la naturaleza, la física, imponen su ley. De todas formas, como norma general, hay que ponerse de lado, nunca delante, por si acaso, pero siempre aparece la figura del alucinado, del que se cree superior hasta el punto de enfrentarse con mil quinientos, o dos mil kilos, más la velocidad del vehículo, del que piensa que con él, no va la física, y se pone delante, y si se tercia amenazando, insultando, o lo que haga falta, rompiendo todas las reglas, sobre todo físicas, y pierde, lógicamente.

Los humanos con ser la única especie dotada de inteligencia es, al mismo tiempo, la única que no es capaz de saber medir sus fuerzas o, aunque lo sepa, llega un momento en que no le importa demasiado, porque está dispuesto a morir, cosa que los otros no se plantean. Ningún animal se enfrenta a otro, al menos voluntariamente, si no tiene posibilidades de ganar, o al menos de luchar, en un plano de relativa igualdad. Pues bien, aquí aparece una especie única, el ser humano, que aparte de valorar sus posibilidades de supervivencia como el resto de los animales, también es capaz de tirarle piedras a un tanque, o de enfrentarse a pelo, a una carga de caballería, porque tiene unas características especiales que solo tienen los humanos, la dignidad, el honor, la justicia, o la venganza, que hacen que esas valoraciones puedan quedar en un segundo plano y que esté dispuesto a entregar su vida, por un ideal, o por un sentimiento. El hombre, —porque tiene mucha dignidad, o porque ya no le queda ninguna— prefiere morir en ciertas circunstancias, aunque sea ésta, la última actuación de su vida. La segunda parte de la historia es saber, si esta muerte era necesaria, si se podía haber evitado o, simplemente, si se trató de una equivocación, de un error, que también es muy humano.

Hoy, el drama de Romeo y Julieta, no se podría escribir, porque todo el lío se originó por la falta de comunicación que tenían. Ahora, con el móvil en el bolsillo, todos le gritaríamos. ¡Romeo! dale una perdida, porfa, dale una perdida, Romeo. (hay que ver lo que entendíamos en la "antigüedad", ayer, con la expresión "hazme una perdida, Manolo") Le llamaría. Aló, pronto, y se iría Romeo raudo, con su escalera, y se la llevaría lejos, muy lejos, (otra vez la distancia, además de que pueda traer el olvido, puede traer también, la solución) en busca de la felicidad, dejando a los Capuletos y los Montesco, con sus guerras y sus plastas, porque hay sitios y gente, que no merecen la pena insistir, y tendrían muchos hijos, si no se separaban.

Con las comunicaciones que tenemos y lo que vamos evolucionando, por ejemplo, hasta hace bien poco, se organizaban duelos por un quítame allá, unos cuernos, o un insulto, cosa que ahora, no se lleva, tenemos que insistir en que la negociación es el arma por excelencia que tenemos los humanos para solucionar los conflictos, de todo tipo, con que nos encontramos cada día. Hay que tratar de negociar siempre, aunque tengamos pocas posibilidades de salir airosos. La primera condición, además de tener voluntad para ello, es que tengamos un idioma en común, que podamos entender las propuestas. Es triste ver esta guerra que nos traemos en España, de que si tenemos que falar, parlar, hablar, en este o aquél idioma. Nunca olvidaré un pequeño discurso que Salvador Serviá nos hacía en el Palacio de Pedralves, en Barcelona, en la salida que, con Julio de Santiago, Carlos Quiroga y otros, hacíamos de un Rally de Montecarlo, hace muchos años, y que lo hacía en castellano, en catalán y en francés, sucesivamente. Muy bonito, pero supérfluo. Es algo así como explicar, que te puedes comer un solomillo, una merluza, o un cocido. Pues muy bien. El problema surge, cuando tienes hambre, y no hay nada en la cazuela. La pena de la comunicación, es cuando la tienes que hacer por señas, cuando no te entienden, entonces, lejos de ser los reyes de la creación, somos los más gilipollas, porque mi perro, macho él, (perdone que no se lo presente) logra comunicarse mejor y, sobre todo más directo, y efectivo, mediante el movimiento de sus apéndices, con la perrita de mi vecina, que yo, a veces, con mi Maribel e hijos o, en la junta de vecinos, con todos los medios orales y escritos, que pueda tener a mi disposición.

No podemos referirnos a estos temas con frivolidad, es como presumir de tener dinero delante de mendigos, son tristes estas discusiones sobre la lengua que debemos utilizar, cuando nos da igual el mensaje que queremos trasmitir, como las tristes escenas que se producen con frecuencia en nuestro Parlamento, cuando en esas estúpidas exhibiciones de domino de lenguajes en circunstancias en las que da igual lo que digan, porque no lo entenderíamos en ninguno de los idiomas. No es el caso, como cuando realmente necesitamos que nos entiendan, ya veríamos como el problema desaparece rápidamente y nos felicitaremos de poder hablar una lengua, en la que podamos expresar nuestros sentimientos, nuestras necesidades, nuestras inquietudes.

El idioma es un invento más de los humanos y, como todos los inventos, algunos son buenos, otros mejores y otros, francamente malos, y nos podemos encontrar, con que se da por hecho, que tenemos que aceptar una serie de inventos que hicieron nuestros antepasados, hace cientos, tal vez, miles de años, que se han transformado en lo que hoy llamamos, herencia cultural, ya sean fiestas, costumbres, incluso, idiomas que, por la mera circunstancia de que se vienen trasmitiendo desde muchas generaciones atrás, hay que admitirlas, adoptarlas y asimilarlas, como sea, y a costa de lo que sea, sin pararnos a pensar, si está bien o mal, si son interesantes o no, o si es, simplemente, una chorrada. Hay que defenderlas automáticamente sin valorar, sin juzgar, sin razonar, la conveniencia o no, del asunto, cuando en algunos casos, son una auténtica desgracia. Es algo así, como si tuviéramos que defender contra viento y marea y, además estar orgullosos, de la diabetes que podamos sufrir, por el mero hecho de que es una tradición en nuestra familia, y que ya la padecían nuestros ancestros desde muchas generaciones atrás. Basta con hacer una simple comparación, y comprobar los diferentes caracteres, dibujos, palitos, incluso jeroglíficos, a los que necesita recurrir un ser humano, en función del idioma que utilice, para lograr emitir una expresión que consiga enviar un sentimiento tan elemental como decirle, te quiero, a su pareja. Por eso no debemos jugar con estas cosas de la comunicación y darnos, como se suele decir, con un canto en los dientes, ya que no estamos para exhibiciones, no tenemos más que ver las veces que, utilizando el mismo idioma, tenemos que añadir al final de la frase, aquello tan socorrido (y que yo utilizo profusamente, hasta haber pensado, en ponerla como título) de "no sé si me explico". También lo muy típico de añadir, al término de la conversación, aquello de "no sé si me entiendes"o también, esta otra de, " ¿Escuchas lo que te quiero decir?". Tal es el grado de inseguridad que tenemos en la comunicación, dentro de nuestro propio idioma. Como para andarnos con coñas. No digamos en temas amorosos, y relaciones en cualquier nivel, de pareja, desde las presentaciones, hasta el final de la película, cuando cualquier animal, nos da sopas con onda, con el simple movimiento de su cola, para lograr esa tan deseada comunicación.

Tenemos que tomar todas las precauciones, a la hora de tratar estos temas sobre nuestra herencia cultural ya sea, si se trata de un idioma, de una costumbre o de una tradición, examinarlas sin pasión y, como en todas las circunstancias, tratar de elegir las que consideremos más interesantes. Hay costumbres, tradiciones y herencias, que lo mejor que podemos hacer, es olvidarlas cuanto antes. La tradición más antigua que tendríamos que observar, puestos a ponernos dignos con nuestras herencias, es la de subirnos y bajarnos ágilmente de los árboles, rascarnos los sobacos y darnos golpes en el pecho y, podemos comprobar que ya no se practica, aunque en algunos lugares, y en algunas ocasiones, se hagan cosas peores.

Como en todas las circunstancias que afectan a la actividad humana, sin que podamos percibirlo de momento, pero sí con el paso del tiempo, comprobamos que siempre tenemos sobrevolándonos encima de nuestras cabezas, esa actuación supervisora e invisible, que todo lo controla y todo lo vigila, sin tener en cuenta los aspectos locales, los intereses y esfuerzos que en un momento dado, pueda estar haciendo el dictador, el jefazo, el jefecillo, o el cacique de turno, que esté al frente de la parcela en ese momento, empeñado en meter con calzador, su gran idea, sus grandes principios, por muy fundamentales que le parezcan, sus grandes proyectos, sus grandes sueños, ya sean políticos, comerciales, o culturales. Al final aparecerá siempre la Sra. Naturaleza, y pondrá las cosas en su sitio. Aquí no valen los Decretos, las imposiciones, las multas, ni las recomendaciones. Las ideas buenas, los inventos interesantes, las cosas prácticas y realizables, ya sean culturales, políticas, comerciales, deportivas, tecnológicas o, de cualquier otra faceta humana, las impondrá, las defenderá y las extenderá por doquier. De esta forma, un idioma lo convierte en universal, sin necesidad de Decretos que lo obliguen, y lo impongan. Un deporte se practica en todo el mundo, sin ninguna campaña publicitaria, que diga que es divertido. Se abren escuelas de un baile regional, en países de culturas totalmente diferentes, sin que los gobiernos de las comunidades de donde son originarios, los tengan que subvencionar. Un plato de una región, una comida típica de un país, se solicita en cualquier restaurante del mundo, porque es digestiva, alimenta, y está rica, rica, sin saber, en muchos casos, de donde procede su receta, ni quien fue su descubridor, ni falta que le hace, al que se la come.

De esta forma, vamos imitando y asimilando las cosas interesantes que nos gustan, nos divierten, y nos hacen la vida un poco más feliz. Son costumbres, aficiones, idiomas, bailes, fiestas que nos gustan, vengan de donde vengan, y que las adoptamos y las practicamos y las consideramos como nuestras, no porque nos las anuncien, nos las recomiendan y, menos que nos las traten de imponer sino, porque nos encontramos a gusto con ellas, nos divierten y lo pasamos bien. Es así de simple. La principal característica de los seres humanos y que nos distingue del resto de las especies, es nuestro afán de aprender. Esta es la base de nuestra evolución, por eso nuestra vida actual, es tan diferente de la que teníamos miles de años atrás, mientras que los demás siguen haciendo las mismas cosas. Y aprender es copiar, imitar lo que consideramos interesante, práctico, apropiarnos de lo que consideramos que nos va a servir para nuestra vida de cada día. Por eso, cuando los descubridores de un nuevo mundo, ven las patatas, los tomates, el café, se lo traen, como un turista se lleva un abanico, o se instala una sauna en su casa porque la vió en un viaje a un país nórdico, y le pareció una buena idea para su confort y para su salud. Se traerían incluso su sistema de vida, su cultura, sus canciones, si las consideran mejores que las suyas. Se lo traen, se lo apropian pero, al mismo tiempo lo seleccionan. Es decir, se traen el tabaco, o los tomates, pero no el vudú. Tal vez se traigan parte de su cultura, de sus costumbres, pero no de sus rituales, de sus sacrificios aberrantes. Lo que pasa es que la naturaleza selecciona y al final, impone poco a poco, sin prisas, pero avanzando siempre en la misma dirección, lo que le parece mejor, lo más acertado, que suele coincidir también con lo que más nos gusta. En una especie de camino sin retorno, tratando de completar esa evolución hacia esa meta de superación, sigue su marcha lentamente aunque a veces, su avance sea imperceptible para nosotros e incluso, en ciertas épocas, nos parezca que retrocede, pero que inexorablemente no se detiene y sigue su marcha, buscando por medio de esa constante selección natural, mediante ese sistema de evaluación continua, las mejores puntuaciones para que se imponga sobre las demás en esa carrera que no vemos, pero en la que participamos y en la que se impondrá la, las, mejor cultura, la mejor raza, el mejor idioma, la mejor canción, sin tener en cuenta de donde procede, ni los intereses que puedan defender unos y otros en un momento y en una parcela determinada.

En esta continua búsqueda de la superación, que lleva a los humanos a tratar de conseguir metas más altas cada día, no desperdiciamos la ocasión para aprender cosas nuevas. Somos como una esponja que va absorbiendo todo lo que se le pone a su alcance, y si le llama su atención, le gusta, y se lo puede llevar a su casa, no lo dudará. Nos imaginamos la sorpresa, cuando los descubridores españoles se encuentran con aquellos indios del Caribe fumándose sus puros y descubriendo ese nuevo producto totalmente desconocido para ellos. Se trajeron el tabaco, pero no la forma de vida de aquellas gentes que lo fumaban. Es decir, viviendo como ellos, y en aquella época, y en aquellas circunstancias, el tabaco tenía sentido. Es como sacar las cosas de un contexto. En las mismas circunstancias de aquellos indios, yo seguiría fumando, porque lo vería muy práctico, primero por la vida sosegada y al aire libre, sin atisbos de contaminación por ningún lado, sin estrés, llega un momento, en que agradeces un poco de humo, pero también lo consideraría interesante, para conservar el fuego, sin tener que volver al coñazo de tener que frotar los palitos otra vez para conseguirlo de nuevo. Hoy, con estos encendedores tan rápidos, descartado, obviamente. Pero en aquellas circunstancias, era imprescindible, porque el fuego, hasta para comunicarse, por medio de las consabidas señales de humo, era vital para aquella gente. Ni que decir tiene, que con los móviles de ahora, no es que estemos mejor comunicados, pero lo que se dice hablar, hablamos más. Es decir, ya no quedan razones objetivas para fumar, al margen de que no sea recomendable para la salud, ya que, como sabemos, te puede matar, que es lo máximo que te pueden hacer.

El fútbol, la sauna, el golf, las sevillanas, la paella, las hamburguesas, las pizzas, los baños turcos, el tenis, el baloncesto, el ajedrez, y otras muchas actividades y facetas que se han hecho universales y que vemos en directo, o por televisión o, practicamos si nos es posible, y que nos ayudan a vivir, sin que tengamos en cuenta para nada de donde proceden, ni quien las inventó, sin que nadie nos haya tratado de imponerlas, eso sí, al menos directamente, sin contar con el componente de la publicidad, que eso ya es otra historia, pero que, por mucha publicidad que le hagamos, por mucho amor que tengamos a nuestras tradiciones, por mucho que nos empeñemos en revestirlas de ropajes culturales, nos encontraremos que las comidas que afecten directamente a nuestra salud, (aunque de momento no le pongan ninguna calavera con las dos tibias), ni los acontecimientos más o menos folclórico- patéticos, que se basen en arrojar cabras desde un campanario, echar ceniza con hormigas cabreadas, eso sí, con mucha risa o, lancear toros por el campo, entre otras machadas, no tendrán futuro, a no ser que los defensores que le puedan quedar, a estos "festejos" traten de hacerle unos cambios, una especie de "restyling", para que la naturaleza y los ciudadanos podamos hacer un poco la vista gorda, y seguir soportándolos, como lo seguimos haciendo con esos chistes malos que nos cuentan cada día, con la mejor intención, eso sí, por lo que en el fondo, lo comprendemos, y valoramos, en lo que respeta a su buena voluntad.

Así que, cuando tengas un idioma, sea el que sea, pero si es bueno, sencillo, e internacional y, que lo hablen muchas personas, mejor, en el que puedas expresar tus sentimientos, tus propuestas, felicítate, utilízalo, y habla. No esperes a que solo sea un tema de negocio que, eso sí, "la pela es la pela", el o, la misma persona que antes no quería utilizarlo, se desvive ahora, para hacerse entender por el mayor número de interlocutores que puedan comprarle su producto. Debemos cuidar y felicitarnos de nuestro lenguaje y no abusar, ni hacer gratuitas exhibiciones, porque al final, cuantos más idiomas estudiemos, más necesitaremos el inglés.

De esta forma, si tienes ese idioma común en el que te puedas expresar sin trabas y sin problemas, que puedas entenderte con tus semejantes, en cualquier situación, aunque sea en circunstancias adversas, incluso en épocas de conflicto, hay que intentar encontrar una ocasión, un lugar de acercamiento, hay que encontrar un momento de para poder dialogar, aunque sea difícil, aunque estés en guerra. Tal vez, hubiéramos evitado la de Cuba, vete tú a saber, vendiéndosela a lo americanos, (¿Qué sería de Fidel, chico?) que la hubieran comprado encantados, como lo habían hecho anteriormente comprando Alaska, a Rusia en el año 1867, o como la venta por España de las islas Carolinas, a Alemania, por veinticinco millones de pesetas del año 1899. Todo depende del color del cristal con que se mira, como diría Campoamor. Todo depende del enfoque que en un momento dado le demos a una situación. Siempre estamos en el filo de la navaja. De un gran negocio, a una estafa, apenas pueda mediar una sutil sugerencia, una información sesgada. Una sonrisa, una copa, o un "que tonto eres" puede ser la diferencia entre una noche loca de pasión, y una tragedia, como un pequeño despiste, una imprudencia o un cocido, pueden convertir, un viaje placentero, en tu último viaje. Las penas, pasan muy cerca de las alegrías y viceversa. Depende del prisma. Es como la Semana Santa de mi niñez, en Galicia, un auténtico drama, una tristeza, oiga Vd. Todos los Viernes Santo se muere Cristo, igual en Orense, que en Sevilla, pero no tiene color. Es como si en Andalucía se muriera menos, no sé si me explico.

Todo depende de las circunstancias, de las de nuestro amigo Ortega, de lo que se lleve, de lo que esté de moda en un momento determinado. Hubo una época, en nuestro país que, en lugar de elecciones, se organizó una guerra. En otros tiempos, un insulto llevaba a un duelo. Si te pillaban robando y pertenecías a un cierto estrato social, el suicidio era inevitable. Hoy ya te pueden coger con las manos en la masa, que no pasa nada. Por eso, no entiendo como alguna gente tiene tan claro, lo de ser de izquierdas, o de derechas. Yo soy rojo, dice alguno con orgullo, que me recuerda un poco aquello de, "yo soy de Bilbao, oiga". Hay una tirantez, un considerarse superior, un indignarse con cualquier comparación, que se asemeja a los casos de racismo, o nacionalismo, este es de allí, este es derechas, tío, que corte, sabiendo perfectamente que las diferencias entre los humanos, no consisten en que seas de allí, o que votes de una determinada forma, la diferencia está en que hay gente educada, y gente maleducada, gente fanática, y gente moderada, hay gente que roba, y otra que reparte lo que tiene. Gente que mata, y otra que muere por defenderte. Ahí está la diferencia. Porque, vamos a ver, cristiano, por poner un ejemplo entre los cientos que podríamos poner. El Sr. Roldán, rojo de toda la vida, de izquierdas, por la gloria de su madre, que a poco que le hubieran dejado, privatiza hasta la Guardia Civil. ¿Qué haría, o qué no haría, si llega a pertenecer a la derechona esa, origen de todos los males? Lo mismo podemos decir de todas los casos de corrupción en Ayuntamientos, de un signo u otro, que ya no nos sorprende. Y seguimos diciendo que nosotros somas la leche, la culpa la tienen ellos, pero, ¿Hasta cuando? ¿Cómo se puede seguir sosteniendo, que los que votan a la derecha, (aproximadamente, como siempre, la mitad) son unos tal, y los que votan a la izquierda, son unos cual? ¿Porqué tanta simplicidad e ignorancia? ¿Porqué llamamos asesino, con tanta facilidad, al que sabemos perfectamente, que no ha matado, al menos directamente, mientras no se lo llamamos, al que sí, sabemos que lo ha hecho, de verdad y, además directamente? La respuesta es muy fácil, el que lo ha hecho de verdad, te puede matar y, el otro no, sabes perfectamente que no mata. Aquí el miedo, como cosa natural que es, (lo tienen todos los animales,) en el caso de los humanos, hay que tener en cuenta, su estado de imbecilidad, su intensidad, y que sea temporal, o definitivo.

Bien, al menos ahora ya nadie se ofende, ahora se venden exclusivas. Se recorren los platós de las televisiones. Hoy Judas, en lugar de ahorcarse, daría ruedas de prensa, contándonos lo mal que se habían portado con él, que estaba marginado, que siempre le gastaban bromas, que nunca le reían sus chistes, y que todos le querían mandar, y que le tenían manía. Nos contaría con todos los detalles, como había cobrado las treinta monedas de plata, y en lo que las iba a gastar. Cuando pensamos que un ingeniero de Madrid, a mediados del siglo pasado, se suicidó, por que se le cayó una estructura que había proyectado, vemos lo diferente que son los resultados, en función del enfoque que, en cada ocasión, le podamos haber dado.

Lo que si está claro es que hay personas que son de una forma, y otros, de otra, como los hay educados, o groseros, altos o bajos y, sobre todo, los que controlan mejor o peor, la imbecilidad, pero ello es independiente del partido al que se apunten o del equipo al que apoyen. Porque de lo que sí estamos seguros es de la gran variedad, fisica, y sobre todo intelectual, de los humanos. Por eso, cuando se oye aquello de que, han creado una oveja clónica, te dan ganas de decir, ¿pero es que las hay que no son clónicas?. Lo siguiente será la mosca. Aunque se consiguiera hacer en humanos, serían iguales en cuanto al físico, pero desde que uno fuera en un coche, y el otro en un avión, y ya no digamos cuando tengan su respectiva pareja, sus vidas no se parecerían en nada. Con las ovejas y las moscas, es más fácil, porque hacen todas lo mismo, andan siempre juntas y hacen las mismas cosas, aunque no sean clónicas.

Lo nuestro siempre es mas complejo, sabemos que nos tenemos que enfrentar todos los días con situaciones distintas, nos seguimos sorprendiendo con cosas que ya no tenían que hacerlo, tendríamos que tenerlo "descontado" , como dicen en la bolsa, como es el caso de la mentira que ya solo le falta una operación de marketing para que la aceptemos directamente, y no sea un motivo de enfrentamiento tan habitual.

"Pues Vd. me dijo que no me cobraba las comisiones, pues el folleto dice que es gratis, pues aquí dice que tengo regalo seguro, pues por teléfono me dijeron…" y poder contestar tranquilamente, sí, pero es que es mentira, además de tarde, señora. Sin tener que pasarse horas y horas, tratando de explicar lo inexplicable, dando rodeos, y tratando de que comulguemos con las consabidas ruedas de molino. Porque en la mentira está la base del fracaso del sistema financiero que ha desembocado en la gran crisis del año 2008 . El comercio en el sistema capitalista funciona por el intercambio de productos de los que, en principio, tenemos una aproximación de sus valores, con esa aproximación, con ese diferencial, con ese margen, juega el comerciante o industrial, para obtener el beneficio que permita la supervivencia de su empresa y de sus asalariados. Este margen, este beneficio, aunque en un sistema de economía de libre mercado, no está sujeto a ningún control, digamos jurídico, si lo está indirectamente, por el sentido ético que tradicionalmente, desde hace muchas generaciones, había presidido las relaciones comerciales. Con el descenso de estos valores en la sociedad moderna, en lugar de tratar de conseguir esos beneficios digamos estables, regulares y asequibles, en los que se basaba la supervivencia y continuación de las empresas, y sus puestos de trabajo, se ha pasado a la búsqueda, por todos los medios, sean o no éticos, sean o no, legales, del pelotazo, ya sea financiero, inmobiliario, o de cualquier otro producto, donde las valoraciones no estén sometidas a más control, que el de la imaginación y la falta de escrúpulos que tenga el gestor que nos propone la operación, si no es una cantidad, es otra, da igual. Al final, a cambio de tu dinero, (que si sabías perfectamente lo que valía porque, como bien fungible por excelencia, podías invertirlo en multitud de otros productos que si tenían un valor real) te van a dar unos simples papeles, y estos pueden convertirse en nada, como le pasa a los billetes de papel moneda, emitidos por los bancos centrales de países que en un momento dado, no tienen el respaldo financiero necesario.

Como en todos los casos, donde la ingenuidad juega un papel predominante, siempre nos encontraremos con personas predispuestas a creerse en todos los bálsamos de Fierabrás, secretos y milagros que estén de moda en un tiempo determinado y, de este modo no se conforman con los rendimientos habituales de su trabajo o de su capital que, por el contrario, aceptan la mayoría sensata de sus conciudadanos, y en la búsqueda de esos supuestos beneficios extraordinarios, de ese pelotazo, a menudo lo que se encuentran es con la cruda realidad de una estafa. No existe crisis en ningún país del mundo capitalista para las personas que tenían dinero (exceptuando la que indirectamente le haya afectado por la crisis en su empresa) y que se han conformado con el modesto, en principio, que luego resultó ser la mejor inversión, rendimiento de su capital invertido, en letras del Tesoro de su país, o en una cuenta de plazo fijo de cualquier banco solvente o, simplemente, guardando su dinero en el cajón.

Es decir, como casi siempre, el prudente tiene su recompensa. Es como en la circulación, se puede tener un accidente, pero entendemos más, el que lo sufre porque circulaba imprudentemente a exceso de velocidad y, no digamos si no estaba en condiciones de hacerlo. En esto pasa igual, el que busca el pelotazo, el listo, el ingenuo de turno, el que se ha creído el engaño, la mentira, el secreto, el milagro, el imprudente de siempre, el que busca el 12%, el 15% cuando los demás se conforman con mucho menos, es lo que ha generado el problema, y como en la autopista, las consecuencias del accidente, las crisis, las víctimas, los heridos y los muertos, las padecemos todos.

Por eso que con la mentira, no debemos tener demasiado problema, debemos contar con ella, debemos saber que la tenemos ahí, a nuestro lado, pero no debemos darle mayor importancia, solamente procurar no caer en la ingenuidad en la que se fundamenta su funcionamiento.

Porque no deja de ser asombroso de que nos sigan poniendo esos anuncios- trampa todos los días, de que si esto es gratis, de si viajas a tal sitio por nada. Tendríamos que llegar al entendimiento, al acuerdo, de rechazar este tipo de publicidad, de la misma forma que rechazamos la que se basa en pornografía, violencia, o cualquier otra imagen negativa. Porque es un poco, como pasa con el timo de la estampita, que se consigue por la colaboración del timado, del ingenuo, que se creía haber encontrado el chollo. De esta forma cuando vemos un anuncio de un regalo de esto, de lo otro, de cero costo, de gratis, debiéramos mentalizarnos a que nuestra reacción fuera de rechazo, porque ya está bien de tantas tomaduras de pelo, de tanto engaño, de tanta mentira, nunca hubo tanta publicidad que parece inspirada como si su destino fueran personas que no estuvieran intelectualmente desarrolladas, pero por otro lado, comprobamos como todos los días se repiten los fraudes y las estafas, inspirados en este tipo de publicidad, sin que ello sea suficiente motivo para que siga habiendo ingenuos que sigan sosteniendo y alimentando estas prácticas. No habría mentirosos, si no hubiera ingenuos que se creen las mentiras de los secretos, de los prodigios, de los misterios, y de los milagros. Y no habría negocios inspirados en estas prácticas, si no hubiera incautos que todos los días andan a la caza del tesoro soñado. De ese viaje regalado al Caribe, o de ese coche que era una ganga, y que después incluso pretenda que el hotel sea confortable, y que el coche tenga documentación, y garantía. Generalmente resultará, que la agencia de viajes, ya no exista, y que el coche era robado. Normal, por otro lado. Debemos insistir en que la mentira no debiera causarnos problema, si no tenemos vocación de ingenuos. Más complicado lo tenemos con la imbecilidad, aquí no hay sistema de defensa alguno, porque no los podemos identificar, no disponemos de un sistema, de una alarma, de un aviso, que nos permitiera acudir a nuestro médico, como con cualquier otra molestia, como en cualquier enfermedad, y poder decirle tranquilamente, incluso afectuosamente, como cuando vamos a nuestro médico de cabecera que ya es, al mismo tiempo, nuestro confidente.

Buenos días Doctor, me parece que me estoy poniendo un poco imbécil esta mañana.

Buenos días Genaro, que alegría volver a verte. ¿Qué te pasa?

A ver, a ver, siéntate, respira hondo,.. pero.. vaya, vaya como me vienes hoy .

Pero si tienes ¡Siete grados! de imbecilitis (en la hipotética escala, del 1 al 10, del Profesor Bentrahuer, investigador sobre el tema, y creador del "imbecilímetro)

Tenías que haber venido antes.

No, si ya me notaba yo que…

Bueno, pues yo creo que si te cuidas y tomas las pastillitas esas, que también te sentaron de la otra vez, en unos días estarás en plena forma, vete y no se te ocurra salir de casa, al menos, en tres días.

Te doy la baja hasta el Lunes. Cuídate, Genaro.

Lo haré. Gracias doctor. Le llamaré para contarle como me encuentro.

Adiós Genaro.

Este sí que sería un mundo mejor pero, por desgracia, es una utopía.

La cosa viene de atrás, de muy atrás, el primer síntoma de imbecilidad conocida, se produjo en el paraíso, en el terrenal, con la manzanita esa de los cojones, Eva, ya se sabe, dándole la matraca a Adán, consiguió que la mordiera, a la manzana, sabiendo que estaba prohibido, otra cosa es la explicación de porqué estaba prohibida, precisamente la manzana dichosa, sabiendo que es la más sana y la mas digestiva de todas las frutas, si fuera un plátano, lo entenderíamos, sería por el azúcar, diríamos, pero no, era precisamente la manzana, y este desliz, le costó a la parejita la expulsión fulminante de aquel Edén y el comienzo de las penalidades por este valle de lágrimas, como antes llamábamos a este mundo cruel, condenados a vivir "in eternum" con el pecado original que para mí, no es otra cosa que vivir, por siempre jamás, con la "imbecillitas" sin posibilidad de un bautismo redentor.

Estos eran castigos, y no los de nuestro ordenamiento jurídico, no quiero ni pensar en la pena que le pondrían, si se hubieran dedicado a atracar, a lo Bonnie and Clyde. Como eran, hay que ver lo que armaban por un que si me comes, o no me comes. Realmente debieron ser tiempos felices aquellos, en los que no debían de tener ningún problema importante, cuando por una manzana de nada, se montaban este número.

Pero bueno, aún admitiendo el error cometido por nuestra parejita, tendríamos que convenir en que este caso, podríamos considerarlo como el prototipo de un acto de imbecilidad puro, pero, al mismo tiempo, leve. El profesor Bentrahuer, (si busca en internet sale, quizás quiso Vd. decir, no se qué, pues no, Bentrahuer) define el acto de imbecilidad como " aquella actuación negativa que, teniendo otras alternativas, realiza el ser humano y que determina unas consecuencias perjudiciales y, muchas veces dramáticas, para la sociedad y en muchos casos, para el mismo"

Es decir, lo determinante de esta definición, es que es un acto gratuito , que la persona que actúa así, tiene otras alternativas. Si no hubiera otras frutas, y tuvieran hambre, estaríamos de acuerdo en que Adán y Eva, comieran la manzana, y no lo consideraríamos un acto de imbecilidad, aunque en este caso, tenemos que reconocer, que es un acto poco relevante, pongamos que se trata de un grado tres, en la escala de la especialidad, que va del uno, al diez.

Lo que caracteriza al acto de imbecilidad es que, habiendo otras alternativas, (podemos beber, o no beber, podemos fumar o no fumar, podemos, etc, o no.) el hombre y la mujer (dentro del reino animal ya mencionábamos a la cabra, como única candidata, ya que muchas veces se empeña, incomprensiblemente, en subirse a un tejado buscando unas hierbas, despreciando las que tiene accesibles en el suelo. No en vano existe la expresión "estás como una cabra" no se dice, por ejemplo, "estás como una oveja", por citar un animal de tamaño parecido, pero de un comportamiento digamos, ejemplar) se comportan, en un momento determinado de una forma inadecuada, arriesgada, ofensiva , imprudente o peligrosa, sin un motivo que lo pudiera justificar, ocasionando, en mayor o menor intensidad, un perjuicio a sus semejantes y, tal vez, a si mismo.

La historia está llena de personajes que en un momento determinado, invadidos por una dosis letal de imbecilidad, llevaron a cabo actuaciones dramáticas que dieron origen a grandes catástrofes humanitarias. Invasiones, guerras, represiones, atentados, etc. que han dado origen a tantos y tantos miles y millones de víctimas que solo tiene parangón con los que consigue llevar a cabo, por su cuenta ella solita, la naturaleza, con sus sistemas de destrucción masiva, mediante su maquinaria propia, que no tiene cañones, ni cazas, ni bombarderos, pero que intermitentemente pone en marcha sus ciclones, terremotos, tsunamis, volcanes, mosquitos transportando virus, enfermedades viejas y nuevas, o lo que haga falta, (porque, a medida que inventemos vacunas, la naturaleza inventará otros "sidas", u otras "gripes") para conseguir sus objetivos de eliminación de habitantes sobre este sufrido planeta.

Tal vez aquí podríamos entrever una posible explicación de porqué la naturaleza protege descaradamente a los imbéciles. En primer lugar, impidiéndonos su identificación, para que podamos evitarlos y, al menos, poder salir corriendo y, en segundo lugar, protegiéndolos abiertamente, ya que, con demasiada frecuencia, comprobamos que es muy difícil que nos veamos privados de un imbécil de una forma digamos, natural, por medio de un infarto fulminante o un accidente fortuito, cosa que, por el contrario, reserva habitualmente para la "buena gente". Cuando asistimos a un funeral de una persona joven, ya sea por accidente o por lo que llamamos eufemísticamente, muerte natural, siempre oímos aquello de que, "solo se mueren los buenos" y, casi siempre, es cierto. Viene a mi memoria, a este respecto, la muerte de nuestra añorada, y recordada, cantautora Cecilia. ¡Que no nos hubiera cantado esta mujer!, en todo estos años desde que nos dejó, cuando a los veintisiete, ya nos había dicho cosas tan bonitas, si la muerte en trágico accidente, no la callara para siempre, en el año de 1976. De la misma forma que, unos años antes lo hacía, también en accidente de carretera, con Nino Bravo, y tantas otras víctimas de prometedores jóvenes desaparecidas en el esplendor de sus carreras artísticas, deportistas, o intelectuales.

Pues eso, en esta ruleta de la vida y la muerte, da la sensación de que alguien, de cuyo nombre no quiero, ni puedo acordarme, porque no lo sé, de verdad, ha organizado una siniestra partida, en la que se juega, ni más, ni menos, quien es el campeón de la destrucción, y de la muerte. Como en todas las competiciones, la cosa está muy reñida y si una parte, pone sobre la mesa los últimos y sofisticados sistemas de armamento, terrorismo, drogas, delincuencia, etc, que producen millones de víctimas, la otra parte, pone los huracanes, tsunamis, terremotos, virus, epidemias etc, para poder contrarrestarlo, y seguir jugando esta trágica partida.

Sólo nos falta que nos ofrezcan un balance anual que nos anuncie el resultado, y de la misma forma que nos dan los datos económicos, o las víctimas de los accidentes de tráfico, o las cifras del paro del último año, y la diferencia con el anterior, podríamos disponer de un marcador, donde quedarían reflejados estos datos:

Víctimas producidas por la imbecilidad humana, xxx.

Víctimas producidas por los desastres naturales, xxx.

Si hacemos un recuento, a groso modo, en un período determinado, podemos llegar a la conclusión de que estas cifras van, mas o menos, parejas y con una trayectoria ascendente y esto también tiene su lógica ya que, a pesar de tantos " avances", por uno u otro lado, en los sistemas de eliminación de vida sobre el planeta, a pesar de tantas calamidades naturales y "artificiales", la población humana, se duplica en unas cuantas décadas.

¿Van por ahí los tiros? Nunca mejor dicho. ¿Que sería de la superpoblación sin terremotos, ni imbéciles?

Vamos a dejar claro que lo de morirse está mal, muy mal, pero no dramaticemos, y tratemos de comprender que, viendo el panorama, las calamidades de uno u otro origen, son inevitables y con perdón, necesarias. Ya sabemos que el tabaco es malo, que el alcohol, no digamos, que las mil y una forma de extinguirse, son innumerables, sin tener que añadir ninguna fórmula nueva, como la eutanasia, suicidio asistido, u otras, pero, sin ánimo de animar a nadie en ningún sentido, tendremos que admitir que la realidad de las cifras, son estas:

La evolución de la población humana sobre el planeta, ha sido, en los últimos siglos, para no meternos en tiempos remotos, al principio eran dos, ya sabemos, la siguiente:

Los primeros 1.000 millones de habitantes sobre la tierra, se alcanzaron en el año 1800. Los 2.000 millones, en el año 1927. Es decir, hicieron falta que hubieran transcurrido 127 años, para que viéramos duplicada la población mundial. Los 3.000 millones de habitantes se consiguieron en el año 1960, y los 4.000 millones, en el año 1974. Esto quiere decir, que se volvió a duplicar la población, pero esta vez pasó, de 2.000 a 4.000 millones, en tan solo 47 años, frente a los 127 de la anterior duplicación. Los 5.000 millones se alcanzaron en el año 1987, y comenzamos el recién nacido Siglo XXI, rebasando la cifra de los 6.000 millones de seres humanos. En España, teníamos 11 millones de habitantes en el año 1800, en el año 1900 alcanzamos los 18.600.000. A pesar de todas las calamidades, epidemias, guerras, y demás desgracias padecidas durante el siglo XX, comenzamos el nuevo siglo, rondando los 40.000.000 de habitantes en nuestro país.

Esta es la realidad de los números, y ya sabemos que la estadística es muy fría. Si pensamos en las calamidades de todo tipo que han asolado el planeta en estas épocas que, sobre todo las mas recientes, todavía están frescas en nuestra memoria, con imágenes dramáticas y en los tiempos modernos, televisándolas en directo, toda clase de atrocidades, buscando el mayor número de victimas posibles, con guerras mundiales, civiles, étnicas, con actos terroristas cada vez mas sofisticados y cada vez con mas víctimas y, rivalizando con estos actos producidos por la imbecilidad humana , entran en acción los llamados "desastres naturales" con sus, cada vez, más graves y mortíferas, inundaciones, terremotos, huracanes, tsunamis, epidemias, virus etc., surge la inevitable pregunta.

¿Cuál sería la población de nuestro planeta, sin tantos desastres naturales y "artificiales"?

Si pensamos en los millones de víctimas mortales producidas solo por las dos grandes guerras mundiales del siglo pasado, las enfermedades y el hambre en los años posteriores, y en los descendientes que estas víctimas hubieran tenido, nos encontraríamos con unas cifras inconmensurables. Pues bien, a finales del siglo pasado, y a pesar de tantos desastres, alcanzamos la cifra de los 6.000 millones de habitantes. Es decir, comenzamos el año 2.000, superando ampliamente esa cifra, y subiendo.

La clave está en el fantástico sistema reproductor que ha proporcionado a los humanos la naturaleza, mediante la trampa sexual del mete-saca, que ha logrado que, a pesar de todos los sistemas de control de la natalidad, preservativos, abortos, " oginos", píldoras, etc, unido a las calamidades de todo tipo, desastres, guerras, epidemias; la población humana, siga aumentando descontrolada, día tras día, con ligeras variaciones, en distintas zonas del planeta.

Y digo trampa, porque consigue un fin, la creación de un nuevo ser, cuando, en la mayoría de los casos, únicamente, buscabas otro, la satisfacción del deseo, simplemente o, tal vez, la culminación de ese gran amor, por el que acaso, hayas suspirado siempre, y que por fin, lo has, lo habeís, conseguido, fundiéndoos y mezclándoos en ese abrazo, con la persona que habíais soñado, pero que, en aquel preciso instante, en aquel momento, lo único que buscabais, lo único que queríais, era ser feliz, eso sí, inmensamente feliz, y fundiros en ese abrazo intercambiador , pero lo de la procreación, es otra historia, o eso creísteis, que era otra historia, sí, sí, pero el que organizó el sistema, no sabe de historias. Le da igual, que sea un encuentro romántico o, que sea una chapuza, para la conservación de la especie, le vale todo.

No tengo más remedio que ser muy crítico con la naturaleza. Hay que tener muy mala idea. No es normal que los humanos, con nuestra inteligencia, con nuestros ordenadores, con nuestros coches, con nuestros móviles.., tengamos el mismo sistema de reproducción que los perros , los caballos o las cabras. No el mismo, diría que peor, ya que los humanos que, en cuanto a la realización del acto sexual tenemos, fundamentalmente, los mismos objetivos: la pasión, el placer, para que nos vamos a engañar, y en cuanto a la "mecánica", la introducción de un órgano masculino en el femenino, es exactamente igual, dejando a un lado los sentimientos, tamaños, prolegómenos, posturas, explicaciones, duración, sincronización, y sobre todo, el hecho de que nosotros sabemos las posibles consecuencias de lo que estamos haciendo, no tenemos por el contrario, los controles que ha puesto la naturaleza a disposición del resto de las especies que utilizan la penetración para reproducirse.

En primer lugar, las hembras de casi todas las especies, únicamente, tienen ganas de "brincadeira", cuando están en condiciones de concebir. De esta forma es increíble comprobar que, por poner un ejemplo, una yegua solo admite al macho cuando está en condiciones de fertilidad y que, una vez fertilizada, ya no lo admite, por eso en los sementales que tienen un gran valor, no los acercan a la yegua en la duda de que esté fecundada, ya que puede reaccionar , y de suyo lo hace, automáticamente, en el caso de que ya lo esté, de una forma violenta, dándole una coz, y perjudicando al semental, por lo que le acercaban un caballo cualquiera, incluso un burro, (en el ambiente se le llamaba "el recela", como me informa mi amigo JR. Parrilla que sabe mucho del tema) para observar su reacción, y sólo, en el caso de que esté receptiva, le ponían el semental para que la cubriera. Ahora este procedimiento casi no se usa ya que los criadores recurren a una ecografía para comprobar si están preñadas.

Por eso no hay derecho, Señoría, de que se nos iguale, únicamente, en el tramo final, en el trasvase. Señoría, es que nosotros tenemos sentimientos, nosotros hablamos, nosotros nos enamoramos, sabe Vd., nosotros tratamos de que no siempre se impongan los mas fuertes y, algunas veces, lo conseguimos. Nosotros tratamos de razonar, de arreglar las cosas, nosotros evolucionamos, Señoría, si, de acuerdo, cuando empezamos hacíamos lo mismo que el resto de los animales, luchábamos con ellos, aullábamos como ellos, y solo engendraba el más fuerte, nosotros fuimos cambiando, fuimos evolucionando, no sé si me explico, Señoría.

Existen en la naturaleza múltiples y variados juegos sexuales, desde el conocido, dramático, único, y postrer, acto sexual del macho de la mantis (me fastidia llamarla religiosa) en la que encima se lo zampa, ella, la sor mantis, ¡Tiene cojones! Pasando por el interminable, acto sexual de algunos animalitos en los que se "tiran" horas de éxtasis, hasta la impresentable, incómoda, y antiestética montura, con un contacto instantáneo, visto y no visto, del gallo, jefe del corral, que no hay quien lo aguante, de chulo y de creído, y que al final se pone a cantar. Si todavía fumara, aún.

También comprobamos fácilmente la "sinceridad" de las hembras cuando están en condiciones de fecundar, que no lo disimulan, así una gata, o una perra están, por así decirlo, orgullosas de permanecer en "stand by" a la espera de encontrar el macho que las cubra, con toda naturalidad, no digamos, el caso espectacular de la vaca que decimos, está salida, porque, literalmente, se sale en deseos maternales, montándose sobre su compañero en una exhibición, que se percibe a distancia en el rebaño y que destaca, sobre todas las demás que no se encuentran en esa situación.

Por eso, viendo esa gran diferencia en los sistemas de apareamiento, ya no digamos de " presentaciones" e inicio de las relaciones, con demostraciones acústicas, florales, exhibicionistas, en unos casos, dramáticas, ridículas o patéticas en otros, no es lógico que precisamente, coincidamos de pleno, únicamente, en lo de la penetración, que por otro lado, es lo más importante, y para la reproducción, lo único importante.

Es decir, no tenemos que partirnos los cuernos, aunque a veces, es peor, para selección natural del macho, no tenemos que hacer los “dibujos”, aunque a veces, lo superamos, para atraer la atención de la hembra , como bien nos mostraba nuestro añorado profesor, el Sr. Rodríguez de la Fuente. Sí, lo hacemos todo diferente, somos diferentes, menos a la hora de la verdad, a la hora de engendrar un nuevo ser, ahí nos quedamos “trasconejados”, como todos los eyaculadores del reino animal, en esos instantes de éxtasis que dura el trasvase del esperma, en esa trampa sexual que nos han preparado para que perpetuemos la especie y que, al menos en los humanos, ha dado tan buen resultado. En lo linces, parece ser que no tanto, tendremos que darles unas clases.

Como sabemos, la naturaleza tiene distintos, y muy variados sistemas para la reproducción de los seres vivos que habitamos el planeta Tierra pero, básicamente tiene dos, totalmente distintos, aunque en los dos, es imprescindible la participación activa de los elementos masculino, y femenino, es decir del macho, y de la hembra. En el primer caso, el nuevo ser, es consecuencia directa del acto sexual. Como creo que se le dice a los niños ahora, papá pone la semilla en la barriguita de mamá, y ya está. Sin entrar en demasiados detalles de cómo realmente se realiza, lo que hace que los niños no se terminen de quedar completamente convencidos. En el otro sistema de reproducción, el acto sexual que realiza la pareja, no lleva directamente a la creación de un nuevo ser, como en el nuestro, en una especie de “aquí te pillo”, sino que ese acto, únicamente consigue la fecundación de la hembra, y ésta, pone un número variable de huevos que, posteriormente, mediante una lenta operación, (aquí si que estamos ante una verdadera paternidad responsable), incubando lentamente los huevos, dan origen a nuevos individuos.

Digamos que este es un sistema serio de reproducción, reservado únicamente a especies responsables, capaces de empollar durante largos períodos de tiempo sus huevos, alternándose, en muchos casos, en esta sufrida labor, el macho y la hembra, sin estar motivados, por éxtasis, ni frenesí sexual alguno, únicamente por su instinto de paternidad. Si pensamos que el tiempo necesario para empollar un huevo, oscila entre veinte a treinta días, según las especies, hay que reconocer lo sacrificado del sistema de reproducción asignado para las aves, en contraste con el tiempo adjudicado a los eyaculadores que, presentaciones, carantoñas, y otros posibles dibujos aparte; si hay completo acuerdo de los protagonistas, puede solucionarse en unos segundos. En un pis, pas. Ya está, ahora a esperar.

Tengo motivos para pensar, que este sistema, es el que tenía reservado la naturaleza, para todos los seres vivos, en la creencia de que tendrían, tendríamos, la suficiente responsabilidad, para poder llevarlo a cabo, y asegurar la perpetuación de las especies, pero tuvo un gran fracaso. Mira que es raro que la naturaleza tenga un fracaso, pero, en este caso, lo tuvo, y muy gordo, nadie es perfecto, la cosa iba bien, hasta que llegaron los dinosaurios, con ellos, llegó el escándalo, y el fracaso del sistema.

Lleva mucho tiempo el personal tratando de averiguar el porqué se extinguieron, yo creo que la respuesta es muy sencilla, (siento no poder citar bibliografía) eran unos cachondos , no eran serios, o al menos, no lo eran lo suficiente, como para proteger sus huevos en este sistema donde hace falta una dosis muy alta de seriedad y responsabilidad y, por lo tanto comprometerse a cuidarlos en unas condiciones de garantía y seguridad, que permitan su supervivencia, y continuidad de la especie, como lo hacen las aves de una forma responsable. De ahí la gran cantidad de huevos abandonados, fosilizados, de dinosaurio, que se han encontrado. Esto no quiere decir que no los comprenda, a los “dino”, ya que si para un simple polluelo de una gallina, hacen falta veinte días de incubación, no quiero imaginarme la tarea que la naturaleza tenía asignada a estas criaturas gigantes. Lógicamente desistieron. No cabe duda que fue un gran error de planteamiento. Ya ves, todos nos equivocamos.

No tenemos más que observar la maravilla del funcionamiento de un nido, por ejemplo, de perdices, donde se alternan el macho y la hembra en el calentamiento de la puesta, hasta provocar la eclosión de los polluelos y posteriormente, proporcionarles el alimento directamente a cada uno de los polluelos hasta que se van acostumbrando por el campo, guiándolos en esa increíble fila india, y protegiéndolos en todo momento, si es necesario, con su propia vida. Hay que ser muy serios, y muy responsables, para perpetuar una especie, con este sistema.

Este sí es un ejemplo de paternidad responsable, tendremos que reconocer que sería inviable en nuestro caso, (Marta, mañana no puedo incubar, tengo que irme a Barcelona, volveré el Jueves. Vaya, otra vez, siempre estás igual, pues yo mañana, no veas el lío que tengo en la oficina, no, si te digo yo que, así no podemos seguir, Carlos, bueno, tu verás, tendremos que encontrar alguna solución...) y nuestra especie se hubiera extinguido hace tiempo, como la de los dinosaurios .

Es una pena que no haya sido posible, sería un sistema mucho mas perfecto, sin partos, mas higiénico, con regulación automática de la natalidad, sin tener que recurrir a los polémicos y traumáticos sistemas de control, limitándonos a empollar los huevos que, responsablemente, podríamos criar.

Ahora bien, nos podíamos encontrar con un problema, si el huevo ya es un ser, o todavía no lo es. Como pasa siempre, aproximadamente, el cincuenta por cien, opinará que todavía no lo es, y que por lo tanto, nos podemos hacer una tortilla con él, y el otro cincuenta por cien, opinará que es un aborto, un crimen, y que tenemos que empollar todos los huevos que nos mande el Señor.

Parece como si en este sistema, la naturaleza le otorgara a los progenitores, dada su responsabilidad, una total autonomía y discrecionalidad. Es como si, en este caso, donde la reproducción no se basa en el "aquí te pillo" del acto sexual de los humanos, la naturaleza, haya otorgado, en prueba de confianza, dada su seriedad,(de nuestra especie parece que no se fía demasiado) a los progenitores, el control, dejándolo todo, a la libre disposición de los padres, de cuya responsabilidad, dependerá la perpetuación de su especie. Es como si, en este sistema, no hubiera querido darle tanta importancia, ni trascendencia, a la figura del "nasciturus" en forma de huevo, y nos encontramos con gallinas que bien podíamos llamar, abortistas, que se los comen, sin más. Bueno, incluso nosotros, lo tenemos tan independizado que, cuando nos vamos, por ejemplo, al restaurante de nuestro amigo Lucio (un abrazo) y nos metemos "pal" cuerpo, esos divinos huevos revueltos con patatas, que no se puede aguantar la alegría que nos dan, en ningún momento lo relacionamos, con el hecho de que realmente nos estamos cargando un proyecto de unas futuras vidas de unos juguetones polluelos, que podrían salir de esos increíbles huevos que tan ricamente nos estamos zampando y que ya nunca verán la luz, por habernos dado nosotros la fiesta. En fin, nunca hay felicidad completa. Pero bueno, no le demos más vueltas, dejémoslo en que es un sistema más, de los múltiples que tiene la naturaleza, para regular la vida sobre el planeta, sobre cuyo funcionamiento, como en el del clima, tampoco se ha celebrado conferencia alguna, en la que los humanos hayamos sido invitados a participar, y lo único que podemos hacer, es contemplar, como los acontecimientos se van desarrollando, con la misma humildad que lo hacen el resto de las especies. Incluso, al margen de este sistema de reproducción, que exige tanta responsabilidad a la pareja reproductora, tiene la otra variante, la de los peces, que precisamente lo organiza de la forma contraria, esto es, sin que los progenitores tengan que preocuparse del resultado, basando la eficacia del sistema, en el gran número de huevos que suelta la hembra para que de esta forma, un pequeño número de ellos siga adelante, por sus propios medios sin ayuda de nadie. En fin, como vemos, hay para todos los gustos.

Es fácil de adivinar, que lo primero que se les ocurrió a los primitivos pobladores de la tierra, llevados por esa característica intrínseca de los humanos, la curiosidad, la misma que nos inspira a tratar de conocer el funcionamiento de cualquier máquina es, averiguar como se desarrolla nuestro sistema y, ante la magnitud de la pretensión, y la imposibilidad de encontrar la más mínima explicación, del cómo y porqué funciona este tinglado, y tal vez, desde la cima de la primera colina que encontraron, confusos y resignados, se pusieron a rezar, tal vez, mirando al cielo, y ahí comienza otro camino, en busca de esa luz, de esa verdad, que de respuesta a tantas incógnitas, recurriendo a Dioses, mitos, chamanes, hechiceros, en la creencia de que por ahí, podían venir la respuestas a tantas preguntas, por ese camino llegó a las religiones que, unas veces ha traído bienestar, cultura y progreso y, otras veces, le han llevado a la barbarie, al retroceso, a la violencia, y a las guerras.

Otra característica exclusiva de los humanos, porque a ninguna otra especie se le ocurrió, levantar templos a su Dios, dioses, organizar procesiones más o menos folklóricas, vestirse con ropajes deslumbrantes, realizar ceremonias y rituales, con sacrificios humanos, no se conformaban con los cabritos, (siempre es lo primero que se le ocurre al "homo" de base, joder al prójimo) y con toda clase de aberraciones, producto de esa imbecilidad original que, la naturaleza ha proporcionado en grandes dosis, al hombre, y señora.

Las religiones vienen a representar un sistema de organización más de nuestra convivencia y de paso, la forma de intentar encontrar respuestas a tantas incógnitas y, en caso de duda, doctores habrá, que nos lo sabrán explicar. Bien, en principio funciona, oiga vd., porque en general, consiguen establecer un sistema que, al contrario de lo que pasa en la naturaleza, que le trae al pairo, lo que hagamos, aunque fumemos en pipa, (ella hará lo que tenga que hacer). En la naturaleza, no hay premios, ni castigos, ni venganzas, únicamente rige la política de los hechos consumados, no hay vuelta atrás, ningún animal, va a devolver su presa, si no se la quitan por la fuerza. Aquí, por el contrario, la base fundamental, es que se premia al que hace las cosas bien, y se castiga, pero no veas como, al que las hace mal, pero si ese premio, o castigo, no se pudiera llevar a cabo en esta vida, se espera a que lo puedas hacer en la otra, en el más allá, después de la muerte física con la que te despides de este mundo, de este valle de lágrimas como antes le llamaban.

Esta es la principal característica de las religiones, y donde más se diferencian. En unas, lo que viene después, es la reencarnación en otro ser, o que la muerte se considera como un tránsito a otra vida mejor, para lo que tenías que llevarte todos los enseres y manjares posibles para lo que, si podías, deberías construirte una pirámide, un mausoleo, cuanto más grande mejor, donde los pudieras esconder. En otras religiones o creencias, el premio a los buenos, es un paraíso lleno de placeres, más o menos exóticos, con variadísimos y pintorescos matices según los casos, sexos y categorías, donde se pasa dabuti. Para los malos, el fuego eterno en los infiernos, con el purgatorio para los intermedios. Increíblemente, esto no ha evolucionado demasiado, incluso en la nuestra, que tanto lo ha hecho en otros aspectos, pero lo hará, como lo hizo, por ejemplo, en el caso del limbo que, curiosamente, al menos para mí, era la "estancia" que mejor entendía, y que por fin, después de tantas centurias, ha desaparecido de un plumazo.

Lo fundamental del sistema, se basa en la consideración de nuestra especie, como algo totalmente distinto al resto de los pobladores del planeta, por el mero hecho de que, al haber tenido una evolución tan importante, nos hemos despegado tanto, que nos ha llevado a convertirnos en algo totalmente diferente y por lo tanto, a pesar de que los genes nos sigan insistiendo de que sí, somos diferentes, pero que no hay que exagerar, los humanos, nos empeñamos en considerarnos los únicos que, aunque compartimos los mismos estadios decisivos con todos ellos, es decir, nacemos, vivimos, y morimos, igual, y en algunos casos, peor, como suicidándonos, cosa que no hacen ellos, pero eso no quita, de que nos consideremos en exclusiva, como el único que tiene el poder de la trascendencia, de puro importantes que somos, faltaba más, tanto, que no nos parece suficiente, la plasta que hayamos podido dar, durante toda nuestra vida en este mundo, que necesitamos seguir dándola, y parece ser que por siempre, en el más allá. Somos unos creídos. Solamente en pensar, en que nos podamos encontrar "in eternum" a xx (ponga aquí sus personajes plastas, preferidos), de los que, en principio, nos tendríamos que esconder, nos entran verdaderas dudas del sentido, y viabilidad, del proyecto.

Al margen de estas consideraciones, tenemos que reconocer que la religión, al menos la nuestra, ha sido fundamental en el desarrollo de nuestra civilización, aún admitiendo que, en muchos casos, sobre todo en épocas del fundamentalismo, ha contribuido a ralentizar, cuando no retroceder, el avance en nuestra evolución, desarrollo, e higiene física, y mental. Pero con todo, debemos de considerar positiva su influencia en nuestra civilización, aún admitiendo que esta idea se considerará retrógada para mucha gente. Para estos, retiro todo lo escrito, sin ningún problema. Para mí, el razonamiento es muy sencillo. Sabemos que hasta donde ha llegado la discutida cultura occidental que se inspira en los principios cristianos, ha tenido muchos problemas pero, ¿En que otras culturas, en las que se fundamenta la convivencia entre humanos, han tenido mejores resultados? Es decir, dándoles la razón a los que no opinen así. Nuestro sistema es malo, es nefasto, de acuerdo, pero si partimos de la base de que, de alguna forma nos tenemos que valer para hacer posible la convivencia. ¿Qué fórmula escogeríamos? Pensemos, tan poco es tan difícil, solo hay cinco continentes. Donde no había llegado nuestro sistema ¿Eran mejores sus dioses, sus sacrificios humanos y de toda índole, sus rituales, sus hechiceros, sus chamanes? Porque otra cosa no habría, pero "come-cocos" ya tenían suficientes como para tener, en la mayoría de las antiguas civilizaciones, basándose en sus creencias, espíritus, prodigios y milagros, aterrorizados a sus conciudadanos. Es decir, el esfuerzo del ser humano en su desvío de apartarse del sistema natural en el que está integrado, en la mayoría de estas ancestrales culturas, consistía en ritos y sacrificios aberrantes, que en ningún caso, sirvieron como ejemplo de sistema de convivencia. Quiero decir, que si su sistema de organización, leyes, idiomas y otras características, fueran mejores que las que pretendían imponer los colonizadores, la selección natural se hubiera encargado de que nos las apropiáramos como lo hicimos con el tabaco, las patatas, los tomates, o del folclore y otras expresiones.

Comparando las distintas ideologías y creencias, de los países que expandieron sus dominios a costa de otros, los países que llamamos colonizadores, ya sean romanos, ingleses, franceses, belgas, alemanes, o españoles, entre otros. ¿Podemos decir que fueron mejores las que únicamente lo hicieron por motivos puramente económicos, en contraste con los que, como en el caso español, que además de hacerlo igualmente, por los intereses crematísticos, llevaban al mismo tiempo, una misión evangelizadora, en la que ellos creían a su vez ciegamente, para lo que estaban dispuestos a sacrificar su vida, y que así mismo, estaban igualmente seguros de que esa cruzada, era también salvadora, y redentora, para los indígenas?

Desde el principio de la historia, la posibilidad de que un pueblo invadiera a otro, se regía por las leyes naturales más elementales es decir, un país más fuerte, invadía a otro más débil y se lo apropiaba. Esto fue así, desde que el mundo que conocemos, empezó a desarrollarse, guiado únicamente por las directrices que emanaban del ambiente que les rodeaba que es como decir, por la ley natural que compartían con las demás especies con las que convivían. De esta forma, los leones paseaban por donde les apetecía, las gacelas, hasta donde les dejaban los leones, las ovejas, hasta donde le dejaban los lobos, y los conejos, hasta donde se lo permitían los zorros. Pues los humanos hacían lo mismo. La fuerza era el único límite a sus desmanes invasores. Ahora bien, aquí aparece un elemento sobrenatural, exclusivo del "homo sapiens", su autocontrol, que a su vez, tiene dos variantes. La primera, basada en su inteligencia, y a su vez, en su egoísmo, si liquido a todos los que colonizo, me quedo sin gente que haga funcionar el territorio conquistado, y mataba los imprescindibles, los más revoltosos, o los más feos, según le petara. Y la segunda, por su instinto racional y por su moral que, en muchos casos; antiguamente diría que en todos, iva unido a sus creencias y a su religión. Tanto es así que en países, como España, donde la religión que la mayoría de la población, (al menos oficialmente, ya que la practiquen, es otra cosa), confiesa profesar, la Católica, y de hecho, esta Iglesia nuestra, que monopolizó prácticamente, durante tantos años los sistemas en los que se ha basado la educación, la familia, y las buenas costumbres, e incluso, interviniendo directamente a través de sus conexiones con el poder político, en decisiones que nada tenían que ver con temas religiosos, sino más bien, con la economía, y demás asuntos intrínsicamente civiles; todavía hoy en día, al menos por una gran parte de sus más altos representantes, no son capaces de asumir el hecho de que los ciudadanos que no quieren seguir las directrices de sus evangelios, y de sus preceptos, es decir, los no creyentes, los laicos, los seglares de cualquier condición, no van a ser capaces, si no es bajo la tutela de la Iglesia, de poder alcanzar un nivel suficiente de educación; no van a saber constituir una familia respetable y respetada, y no van a ser capaces de lograr una vida digna, y civilizada. Lo mismo que muchos padres no se terminan de creer, que sus hijos van a poder ser capaces de emprender una vida independiente, lejos de su manto protector.

La evolución, la cultura, y la educación, inexorablemente siguen su curso hacia un mundo mejor, y más justo; aunque a veces, en vista de los dramáticos acontecimientos que los medios de comunicación nos meten en nuestras casas todos los días, parece como si, en lugar de seguir avanzando por el camino del progreso en nuestra evolución, desde los tiempos de las cavernas que históricamente venimos recorriendo, entraríamos, sobre todo en ciertas épocas, donde la capacidad de raciocinio de los humanos, parece haber tocado techo; en una fase de franco retroceso en este lento y sinuoso caminar hacia esa civilización que todos habíamos soñado poder alcanzar algún día. De todas formas, estas aparentes recaídas en este proceso, debemos considerarlas como una pausa, como un alto en el camino, para reponer fuerzas y realizar las reparaciones necesarias que en todo viaje se presentan máxime, como en este caso, en que es muy largo el recorrido, y que está lleno de dificultades de todo tipo. Es fácil comprobar que cada día son más el número de ciudadanos que no son creyentes, que no quieren pertenecer a ninguna religión, pero que pueden competir y en muchos casos superar ampliamente, los niveles de responsabilidad, cultura y educación, que pueden alcanzar para ellos, como para las personas que estén a su lado. Eso sí, dispuestos a respetar e, incluso admirar, en su caso, a las personas que puedan tener en la religión que practique, su máximo objetivo. Lo único que piden es que sea recíproco este respeto. Por si fuera necesario abundar en el razonamiento, no hay más que comprobar la gran cantidad de seglares dedicados a las misiones, que antes eran realizadas exclusivamente por religiosos de las distintas órdenes; esa moral no basada en principios religiosos, se va abriendo camino de la mano de ese ejército de voluntarios, de las innumerables ONG que se dedican a llevar la ayuda imprescindible, a los más necesitados del planeta, sin necesidad de convertirlos, ni catequizarlos en sus religiones, ni en sus creencias, ni en sus sentimientos.

Para mí, un ejemplo de evolución en este aspecto, lo representa mi admirado Vicente Ferrer (y con él incluyo esa gran cantidad de gente, la única a la que personalmente, admiro y le doy relevancia; religiosos o laicos, los demás; de una u otra forma, estamos a lo mismo; que dedican su vida, a la ayuda a los demás, ya sea en la India, como en Africa, América, o en tu ciudad, pero sobre todo, a los que no tienen la justificación de salvarse, ni de salvar a nadie para sus creencias, o para su religión, simplemente llenan su vida, tratando de conseguir un mundo mejor, que no es poco y, para ellos y, para mí, más que suficiente) que habiendo tenido una gran formación religiosa, llegando a ordenarse jesuita, dejó todo, incluido, al menos externamente sus creencias, para dedicarse a los más necesitados en esa increíble fundación que atiende a cerca de dos millones de personas en la India. Porque ese enfoque es lo que tiene sentido. La religión, si la hay, la que sea, debiera ser una cosa íntima, sin aspavientos, sin exhibiciones, sin esa obsesión de expandirlas por todo el orbe, y el caso de Vicente Ferrer es un gran ejemplo. Ese si es un verdadero milagro, los verdaderos milagros de hoy en día, lo que ha conseguido este hombre, y muchos como él que tienen los mismos objetivos. Su antecesor y paisano y también tocayo, pero del siglo XIV, San Vicente Ferrer, ha pasado a la historia, aparte de otros méritos, por el de ser un Santo muy milagroso. Es posible pero, con todos los respetos, la época de los milagros, de los misterios, y de los secretos, ya ha pasado. Como han pasado las maldiciones, los males de ojo, y los castigos divinos. Bastante tenemos ya con los problemas diarios, tan claros, tan contundentes, y tan dramáticos, como para que le tengamos que añadir, los espirituales, misteriosos, y vengativos, con los que se han nutridos las creencias y religiones de todo tipo.

Pero antes no era así, y esta moral moderna, no vinculada a ninguna religión, (tal vez por el rechazo a las calamidades que han ocasionando, y ocasionan, los fanáticos de turno, ya sean de una religión, de una secta, o de un club) se puede decir, que prácticamente, no existía. Por eso en el descubrimiento y colonización de América por los españoles, esta moral estuvo unida en todo momento, al sentimiento religioso de los innumerables misioneros, sobre todo franciscanos, que protagonizaron y controlaron todo el proceso, muy identificados y unidos a las fuerzas militares de ocupación de aquellos vastos territorios.

Ahora bien, como es lógico, teniendo en cuenta lo difícil que es lograr que un ser humano renuncie tranquilamente al poder que la naturaleza le otorga, en una situación de superioridad manifiesta, sin ningún control, ni físico, ni moral, que se lo limite, (es algo así como si a un conductor, le pones un Porsche en una autopista sin tráfico y sin radar, y le pides que circule despacio) los sentimientos religiosos, no han evitado los desmanes y abusos que, sin lugar a dudas fueron abundantes. Pero ahí estaba la pregunta de antes. ¿Cómo se desarrollarían los acontecimientos, en la misma situación, con otros principios, con otros sentimientos? Más directamente ¿Han dejado con vida, han matado menos, han abusado menos, los colonizadores que no llevaban a sus confesores castrenses en sus ejércitos? ¿Qué harían esas mismas víctimas, o mejor, que hicieron, cuando la fuerza cambió de manos? Como no se trata de abrir polémica alguna, prefiero dejar la respuesta a las estadísticas que puedan tener los historiadores.

No cabe duda de que la civilización, aunque lentamente, va avanzando, y salvo algún iluminado que aparece de vez en cuando, a nadie se le ocurre ya, invadir ni colonizar, pero, transcurridos más de ¡Cuatrocientos años! desde el descubrimiento y colonización de América, y ya en el siglo XX, ayer, como quien dice, se han llevado a cabo, las más despiadadas conquistas y ocupaciones de extensos territorios de África y Asia, que hicieron buenos a los conquistadores españoles de cuatro siglos atrás. Por citar el caso más significativo de estas actuaciones, guiadas exclusivamente por el afán de conseguir riquezas, y materias primas, (aquí las almas no contaban), solamente en el territorio que hemos conocido siempre como el Congo belga, de los tiempos de su rey Leopoldo II, a finales del siglo XIX y comienzos del XX, se calcula en una cifra cercana a los ocho millones, las bajas producidas entre la población indígena. Un auténtico safari humano, un verdadero genocidio en pleno siglo XX, con la colaboración de gran parte de las "civilizadas" potencias europeas. Es difícil pensar, que eso se hubiera podido llevar a cabo, si los soldados de aquellos ejércitos invasores, y colonizadores, se tuvieran que pasar por el confesionario de Fray Bartolomé de las Casas, o Junípero Serra, por citar los ejemplos de los más conocidos misioneros, entre otros muchos, que en todo momento acompañaban a los ejércitos de aquellas campañas exploradoras.. Por eso es lógico, y comprensible pensar que, para muchas personas, la religión cristiana, que ha presidido durante tantos siglos, nuestra vida, nuestros actos, desde la mañana hasta la noche, todos los días, sea la única forma de protegernos de nuestra inclinación hacia la barbarie, hacia la sinrazón, hacia la imbecilidad, que consigue que el ser humano, pase de ser la figura más sublime de la creación, la única que puede lograr nuestra felicidad, la única que puede darnos un sentido a nuestra vida, por la que estamos dispuestos a los mayores sacrificios; a ser la especie más aberrante y despreciable de las que habitan esta tierra que todos compartimos.

No tenemos otra solución que confiar en que, a pesar de que en muchas ocasiones, tengamos que realizar un tremendo esfuerzo, sigamos por el camino de la superación, y esperar que nuestra capacidad de razonamiento, nos permita soñar con que, un mundo mejor, y más justo, si es posible.

El problema es que el razonamiento humano es muy complicado y nada que escarbemos, lo hacemos todavía más, y por si fuera poco, las personas con capacidad, con conocimientos, con inteligencia, que nos podían servir de ayuda, de guía, no solo lo consiguen, sino que en muchos casos, tienen efectos negativos. Pongamos un ejemplo. Una persona tan significativa y tan influyente en muchos campos, como Bertolt Brech, te puede decir unas cosas que, dices tu, este tío lo entiendo, sé lo que me quiere decir, he captado su mensaje. Por ejemplo, a propósito de la indiferencia de los humanos, parece que dijo aquello tan bonito de:

"Primero vinieron a por los comunistas,
y yo no los defendí, porque no soy comunista.
Después vinieron a por los judíos,
y yo no los defendí, porque no soy judío.
Entonces vinieron a por los católicos,
y yo no los defendí, porque no soy católico.
Finalmente vinieron a por mí,
y para entonces, ya no quedaba nadie para defenderme."

Entonces, vas y dices, que bueno tío, lo entiendo todo, se está refiriendo a esa situación tan común en nuestro tiempo, donde cada uno va a lo suyo, y si hace falta mira para otro lado cuando ve que hay algún problema. Es el miedo por bandera que hace tan valientes a esa gente, que sabe lo que puede lograr, con esa indiferencia. Amigo Bertolt, ¡Contigo a muerte!

Pero ves que este mismo señor, te suelta un día, así, de pronto.

"Desde el punto de vista moral, tan delito es atracar un banco, como fundarlo" y se queda tan pancho. Esto pasa por razonar, tío. Este es el gran problema de los humanos que llegas a la conclusión, de que esto de razonar entre nosotros, no se puede dar por conseguido, y entonces prefieres hacerlo directamente con tu perro, porque al menos, no te dice cosas como éstas.

Porque muchas veces, los razonamientos humanos son los que terminan por romperte los esquemas. Es como si unos lobos que acabaran de matar a veinte ovejas, se presentaran encapuchados ante unas cámaras en una hipotética conferencia de prensa, y nos razonaran diciéndonos que habían procedido a la ejecución de aquellos pacíficos animales que estaban pastando tranquilamente, porque no estaban conformes con el equilibrio ecológico de aquel monte. Bueno, pues algo parecido tenemos que escuchar de vez en cuando, a algunos humanos encapuchados, para explicarnos una serie de acciones, y exigencias, que nunca sabremos de que van, pero que, en último caso, entenderíamos mejor a los lobos.

Porque mire Vd. Sr. Brech, fundar un banco, es como fundar una zapatería para vender zapatos. Dependerá de los medios de que dispongas. Es una actividad más que, en el sistema de libre comercio que los humanos hemos adoptado desde hace miles de años, permite poner en marcha una serie de establecimientos, donde ofertan sus productos a los vecinos. Da igual que sean zapatos, camisas, máquinas, o dinero. Dependerá del capital de que se disponga, y de las ambiciones que tenga el empresario, el que monte un bar, una fábrica, o un banco. El principio es el mismo para cualquier empresa. Como esto es muy complicado, y ocasiona muchos problemas, hay sitios donde este sistema capitalista, no se permite, como en los países comunistas y eso, a su vez, origina otros problemas que, en muchos casos se ha demostrado que son peores.

Pero una vez establecidas estas diferencias, lo que no podemos es confundir a los ciudadanos. Es muy típico recurrir a estos razonamientos para justificar una determinada acción. Incluso se mira con simpatía cuando un atracador se hace con el botín de un banco, o de un furgón blindado, y hasta no falta quien le componga una canción, pero eso, lo único que consigue, es la confusión, (no se la compondría si en el furgón fuera su dinero, no, no lo mío es distinto, dirá) la excusa, la empanada mental donde se suelen esconder los que no aceptan el sistema pero que, al mismo tiempo, quieren vivir con él. Una empresa, un banco, una fábrica, nunca pueden calificarse de una manera despectiva como se suele hacer con frecuencia, tratándolos de aprovechados, usureros, explotadores, cuando empresario, lo puede ser cualquiera, la mayoría se puede decir, que empezó sin un duro, el problema es que cada día vamos a tener a menos aprovechados, a menos explotadores, a menos usureros; el problema es que se van, se piran, a su casa, a su país, ya no quieren explotarnos más, ya no se quieren aprovechar más de nosotros, y entonces, ya no vamos a tener a quien robar, a quien apedrear, a quien insultar. Lógicamente, tenemos unos derechos que nos ha costado muchos años alcanzar, y a los que no vamos nunca a renunciar, pero no olvidemos que la vida es como es, y que al final, lo que de verdad sabemos que van a funcionar siempre, son las leyes naturales, como ya hemos mencionado, y cuando hay problemas, nos vamos a refugiar en ellas. Todos. Sabemos que cuando un empresario nos contrata, tenemos unos derechos, esto está claro, y se los vamos a exigir, pero todavía no se nos ha ocurrido promulgar una ley que le obligue a contratarnos, ahí está el problema. Es como si nos ponemos a hacer el auto-stop. Si nos para, y nos recogen, podemos colaborar en hacer el viaje juntos, agradable, y divertido, y darle las gracias por el trayecto que nos ha llevado, aún cuando nuestro camino prosiguiera más adelante; o por el contrario, aprovechando que nos ha subido a su coche, conminarle a que continúe el viaje hasta que lleguemos a nuestro destino, insultarle, y si hiciera falta, atracarle por capitalista. Lógicamente, si sale de ésta, ya no va se va a parar más a recoger a nadie. No podemos obligarle a que lo haga, en último caso, si se intentara hacer, por algún sistema legal, terminaría por no tener coche, y punto. Ha entrado en vigor la ley natural. Nuestras leyes, con sus indemnizaciones, despidos, y demás, tendrán que esperar a mejores tiempos para que podamos servirnos de ellas. Tenemos que tener presente estas consideraciones. Todo es relativo, tenemos muchos derechos, pero al final, las cosas, en algunas circunstancias, funcionan como cuando no teníamos ninguno. Más importante que la regulación de un contrato laboral, podría ser, sobre todo en ciertas edades, el poder regular nuestras relaciones personales, pero hasta ahí, no han llegado nuestras pretensiones legislativas. Si tienes una pareja, un amigo, amiga, que estás feliz con ella, o con él, y la cosa dura un día, dos, o un año, no se te ocurre obligarla a que te firme un contrato por un tiempo determinado, ni lo puedes llevar ante ningún juez, reclamando el que te hayan dejado, si no hay vínculos reconocidos, aunque esa persona sea lo más importante de tu vida.

Ante tantos problemas que surgen, nada que escarbemos en el razonamiento humano, no es de extrañar que, a lo largo de la historia, el ser humano se haya refugiado en instancias sobrenaturales para encontrar alguna explicación a sus inquietudes. Ese instinto natural de los seres humanos que le lleva a querer encontrar el funcionamiento de las cosas que ve a su alrededor, tratar de arreglarlas si no funcionan, y si no puede él solo, pedir ayuda a sus vecinos, para poder hacerlo conjuntamente, creando clubs, asociaciones, o instituciones, para poder realizar los proyectos.

La ciudad de Orense tuvo su origen, cuando los romanos se encontraron con una increíble fuente de agua casi hirviendo (68°) y que, ininterrumpidamente sigue manando, nada menos, que a razón de 300 litros por minuto, desde tiempos inmemoriales. Los romanos fueron los únicos que le sacaron partido, con sus baños y sus termas. Increíblemente en épocas de penuria, y con los oscuros y fríos días y, sobre todo noches, de invierno, esas fuentes (As Burgas) han estado siglos de espaldas a la ciudad, con lo fácil que resultaría tener, aunque solo fuera una pequeña charca, para lavarse, ¡Coño!, también, con ese fantástico manantial de agua caliente, constante, eterno, sin costo alguno, hasta sin contaminar, ¡Leche!, pero que resultó incompatible con el dichoso, y obsesivo peligro cristiano, de la puta carne ésta, de nuestros pecados que, no cabe duda, tendría en la cálida temperatura de aquel agua, una aliada perfecta, para llevar a cabo, cosas mas prácticas y, sobre todo, más agradables, y placenteras, que ir a rezar rosarios, y novenas, a la fría Catedral que está a dos pasos.

Es fácil de adivinar que, si estas extraordinarias fuentes, surgieran en otras latitudes o, al menos, en otras ciudades, que no tuvieran tan cercana, las influencias de la Catedral, sus ciudadanos, seguro que le habrían sacado un provecho, en la línea de lo que habían hecho los romanos tiempos atrás. Tal vez alguno, o alguna, tendría que hacer penitencia por sus pecados, pero de lo que estoy seguro, es que gozarían de una existencia más feliz, más saludable, y sobre todo, más limpia.

Es lógico que, si tienes un colonizador encima, ya sea un romano, un vikingo, un chino o, un español, te lo intentes retirar lo antes que puedas, como lo harías con una sanguijuela, que tuvieras en la barriga, aunque te estuviera purificando la sangre, y ayudándote a vivir, pero hay que admitir, la cantidad de cosas que hicieron los romanos, mejor dicho, que hicimos nosotros, bajo su dirección, hasta que Viriato y compañía lograron echarlos. Hicimos el único puente sobre el río Miño, en tiempos del emperador Augusto y tuvieron que pasar, casi dos mil años, para que, a principios del Siglo XX, en la dictadura de Primo de Rivera, se construyera el siguiente, el puente de hierro.

De todas formas, y volviendo al tema, las religiones, en general, mientras no sean excluyentes, mientras respeten a los que no participen en sus preceptos, y en sus creencias, mientras no se traten de imponer, es decir, como en el caso de los piquetes de una huelga, si de verdad, solo te informan, exponen el tema , te explican las soluciones acordadas, bien venidas sean. Lo que pasa es que se suelen apoyar con pedradas, no sé si me explico. Afortunadamente, muchas religiones que, en sus orígenes, fueron excluyentes y fanáticas, en cuanto a la imposición de sus creencias, milagros, y profecías, a todo el que se le pusiera por delante, con el tiempo, han ido evolucionando, aunque a veces, con desesperante lentitud, y ya no tratan de imponer sus creencias, ni de matar, a los que las rechazan. Lamentablemente, a estas alturas de la evolución humana, sigue habiendo fanáticos religiosos, que siguen matando y muriendo, sobre todo matando, en cuanto pueden, en defensa de sus creencias. Es en esta materia de la religión, donde nos cuesta más entender el porqué, sobre todo en ciertas latitudes, ha habido tan poca evolución, y que sus rezos y plegarias, se sigan haciendo de la misma forma que se hacían siglos atrás, cuando las demás cosas de la vida cotidiana ha variado tanto. Porque esas mismas personas, ahora van en coche o avión, no van a pié, como antes, llevan un móvil en su bolsillo, no hacen señales de humo. La religión, o por lo menos, la forma de entender sus creencias, debe estar sometida a todos los cambios que la evolución natural, aplica a todos los campos, a todas las facetas que ocupan nuestra vida. En nuestro caso, esta evolución, aunque lenta, es manifiesta. Hoy no soportaríamos un sermón de aquellos tremebundos que te espetaba cualquier cura un Domingo por la mañana, en ayunas, que te deprimías para todo el día. Diríamos que está desfasado, o que simplemente, se le fue la olla. Afortunadamente el camino de la evolución, puede sufrir imponderables, pero sabemos en que dirección va, el problema que nos queda por resolver, es saber la velocidad a la que avanza.

No puedo evitar el que venga a mi memoria, hablando de sermones, los del Señor Cura de Barbadás (Orense) Muy conocido en la comarca, sobre todo porque tenía un "Biscuter" un pequeño utilitario descapotable de aquella época.. Don Serafín López Fernández, tío mío, hermano de mi madre, que allá por los años cincuenta, tenía unos feligreses muy originales que, cuando la misa era en latín, y no se sabía lo que decía el cura, la cosa iba estupendamente, pero cuando se disponía a dar el sermón, que es lo único que podían entender, los hombres que normalmente se quedaban en la parte de atrás, se salían tranquilamente, un poco cafres si que eran, al atrio, a fumar un cigarrillo, hasta que terminaba la charla, porque aquellos parroquianos, lo que se entendía, no querían escucharlo, bastante tenían con sobrevivir.

Esto era ya un signo de la tolerancia, e intransigencia, máxime en aquellos años de rigidez, con el que la Iglesia mostraba su disposición, supongo que con una buena dosis de resignación, permitiendo semejante desplante, no imaginable en otras asambleas, ni en otros cultos; a seguir contando con esas ovejas un tanto descarriadas, logrando con ello que la gran mayoría de los habitantes de nuestro país, se declarasen abiertamente católicos, aunque los compromisos con su religión, en muchos casos, no fueran más allá de su bautismo, tal vez matrimonio, y funerales. No cabe duda de que esta tolerancia, y respeto, que lamentablemente, no siempre existieron; para los que se consideran católicos, pero no practicantes; es ahora un gran ejemplo para otras confesiones, donde el mero hecho de aceptar sus preceptos, lleva aparejada una estricta observancia de sus normas, ofrendas, y rituales, caldo de cultivo de paranoias, y fanatismos, abundantes en todos los que viven con demasiada intensidad, cualquier religión. Conducta que se hace extensible a otros sentimientos, ya sean de índole política, nacionalista, regionalista, futbolera, amorosa, alcohólica, o inyectable.

En nuestro caso, aunque la mayoría tenemos una religión, al menos oficialmente, católica, resultado de nuestra herencia, (siempre se hereda, si no es una cosa, es otra, si no es la religión, es la diabetes) como hemos heredado la cultura, la educación, el idioma, y que hemos aceptado, orgullosos de nuestras raíces, de nuestra cultura, y de nuestras costumbres, pero que tenemos la suficiente claridad mental, para admitir que, rezaríamos otras oraciones, e iríamos a otras misas, y adoraríamos a otros santos, otros chamanes, otros Dioses, si hubiéramos nacido en otras latitudes. Pero si desde pequeñito te dicen, o te cantan, todas las noches, que cuatro esquinitas tiene mi cama, con cuatro angelitos que me la guardan, pues, ya está, seguimos.

Después, empiezas a pensar, y decía Agustín, el Santo por los pelos, que si pienso, dudo, y entonces, la mayoría de conciudadanos penitentes, siguiendo la tradición de nuestros mayores y, sobre todo, para no discutir, y teniendo en cuenta que las cosas han ido evolucionando, gracias a Dios, a los hombres, a la cultura y a la democracia, y viendo que ahora es compatible con la libertad, no dudamos en declararnos católicos, pero sin necesidad de orgullos, fanatismos, ni pasiones, es decir, de base, sin exhibiciones, ni espavientos, pero nos "apuntamos", como habrá hecho, en su día, el agnóstico, cachondo, vividor, y sin embargo, amigo, y premio Nóbel, Don Camilo José Cela que, por si acaso, se retiró para siempre, al atrio de la Iglesia de su niñez, en Padrón, retornando a sus orígenes, a sus recuerdos, y a sus pimientos.

Porque aquí también, como en la política, y en tantas otras facetas que afectan a los humanos, funciona lo de los listos, (que no siempre tiene que coincidir con los inteligentes). Sin ir más lejos, va hacer ahora dos mil años, cuando tres reos crucificados, (los romanos no se andaban con coñas) uno de ellos inocente, porque la justicia humana, tienen estas cosas, además de lenta y laboriosa, se equivoca muchas veces, bueno, como decía, el inocente estaba entre los dos ladrones que, en principio, debemos suponer, que lo eran del mismo nivel, es decir, compañeros. Bien, pues uno de ellos, mira tú por donde, se salvó, se "apuntó" a última hora. Mañana estarás conmigo en el paraíso, Dimas, como lo lee. Eran dos ladrones, del otro, nunca más se supo.

Hasta hace bien poco, en nuestra religión, los ricos tenían muy difícil el poder alcanzar la salvación. ¿Se acuerdan? Hay pasajes de la Biblia, que caen en desgracia, no están de moda, y apenas se citan. Hay que ser mayor para recordar, que era más fácil pasar un camello por el ojo de una aguja, que un rico entrara en el reino de los cielos, como lo oye. Pues bien, sigue habiendo camellos, agujas, y ricos, a pesar de la crisis, y ahora, en cambio, no se habla del problema que tienen, o tenían, los ricos, cuando le llegaba su hora del tránsito al más allá. Tal vez, haya tenido que ver en este asunto, la manito que le tendió el Opus Dei, a los ricos, para conseguir que se allanara su camino hacia el Edén y, de esta forma, conseguir que los que han podido alcanzar en este mundo, una vida terrenal, plena de satisfacciones y felicidad, puedan seguir gozando de ese privilegio, en la otra.

Se cuenta que un día, San Pedro, que por lo visto, es el que se encarga de clasificar a las almas que van llegando, una vez que han abandonado este mundo, pidió unas vacaciones, después de tantas eternidades sin descanso. Le explicó a su sustituto temporal, mientras no regresaba de su merecido descanso, que el sistema que tenía para decidir el destino de los que iban al infierno, y los que lo hacían al cielo, era muy sencillo. Parece ser, que estaba sentado delante de una gran mesa, en la que ponía, en los extremos de la misma, a derecha o izquierda (parece que este detalle, no contaba) en una esquina, una Biblia, y en la otra, bien visible, un billete de aquellos fantásticos, de 10.000 Pts.¿Recuerda? (nada que ver con los 60 euros de ahora, al cambio). A medida que iban llegando las almas de los que dejaban el mundo de los vivos, San Pedro observaba a donde se dirigían; la que iba a la Biblia, al cielo, y la que iba al billete de 10.000, al infierno, directamente.

Bien, el sustituto de San Pedro, comprobó que, en efecto, la cosa era muy sencilla, el que se dirigía a la Biblia, cielo, y el que iba al billete, infierno. A su regreso, pregunta San Pedro, ¿Cómo te ha ido? Muy bien, jefe, todo ha ido como su Santidad me dijo. He enviado tantos y tantos, al cielo y, tantos y tantos, al infierno. (yo supongo que, como pasa en todo, la cosa andará, por el 50%) Bien, todo perfecto, pero tengo un problema, tengo uno pendiente, que se fue a la Biblia directamente pero, al mismo tiempo, alcanzó rápidamente el billete, y me dijo, esto para marcar las páginas de la Biblia. Se llama, José María Escrivá, lo tengo en "stand by". A partir de aquel momento, al demostrar la simbiosis que puede existir, entre el capital, y la fe; la salvación, también alcanza a los ricos, sin que tengan que dejar su patrimonio a la congregación de su confesor, y de esta forma, desde ese día, tienen abiertas, de par en par, las puertas del paraíso.

Lógicamente, es broma, porque si hay una persona merecedora de estar en ese sitio, que los creyentes llaman cielo, es él. No puedo entender como hay tanta gente que lo pone a parir, a él y a su gran obra, el Opus Dei. Vaya por delante que soy totalmente ajeno al tema. Ni tengo la más mínima conexión con esa comunidad, pero tengo admiración por las personas que trabajan, sean de un sitio, sean de otro, sean del partido tal, sean del partido cual. Porque al final, lo que hace falta, es gente responsable, que responda, que trabaja, que sabe, que estudia, gente seria, ¡leche¡ . Porque es muy bonito decir: el que no está colocado, que se coloque, recordando a nuestro añorado Tierno Galván, pero seguidamente, el mismo Sr. Alcade, Don Enrique, necesita tener policías, bomberos, funcionarios, conductores, que estén en forma, despiertos, es decir, nada colocados. Y hay comunidades, congregaciones, asociaciones, o como queramos llamarle, que no puedo entender que se les censure con tanto entusiasmo, ya que lo que persiguen, es la ayuda a los demás. Es curioso observar, como los mendigos se ponen en las iglesias, y no lo hacen, por ejemplo, a la salida de los bancos, que es por donde más circula el dinero. La explicación es muy sencilla, la caridad, es un invento de los humanos, ningún animal, por muy necesitado que esté, se le ocurre pedirle nada a su vecino. Lo que sí, está dispuesto, cualquier animal, desde luego, a pillar, a coger, a robar, en una palabra, lo primero que encuentre, sea de quien sea, y llevárselo si puede. Por eso la caridad, no es natural, es una característica más, exclusiva de los humanos, pero, lo de pillar, (la forma más simpática de decir, robar), sí, esto es muy natural, por eso, los que se ponen junto a los bancos, o dentro de ellos, son los atracadores, dispuestos a llevarse todo lo que puedan, porque es la naturaleza en todo su esplendor. Esto es el instinto de supervivencia al que los humanos no renunciamos, por su puesto, pero solo en circunstancias extremas y de emergencia, podemos reaccionar de la misma forma que lo hacen, las aves rapaces, o los lobos.

Respecto al Opus Dei, o cualquier otra organización, sea política, religiosa, (de cualquiera), deportiva, o social, cuyo principal objetivo, sea buscar alguna forma de poder ayudar a la comunidad, no puedo más que expresarle mis simpatías. Ahora bien, para esto es imprescindible que, al mismo tiempo, estas asociaciones, órdenes, clubs, grupos, o lo que sean, tienen que tener muy claro, que la época del apostolado, de la salvación obligatoria, del proselitismo, de los prodigios, de los milagros, de los secretos, de los juramentos épicos, y de los aspavientos, ha pasado. Que no digo que no se puedan tener esta clase de sentimientos, y creencias. Sí, por supuesto, allá cada uno, con sus cadaunadas pero que, por favor, que no nos lo vendan, que no nos lo expliquen, que no nos quieran convencer de las excelencias de sus credos, de la felicidad de sus paraísos, ni de los horrores de sus infiernos. Y así, de esta forma, con respeto mutuo, e incluso, con simpatía, cuando proceda, podríamos convivir sin problemas, entre las distintas razas, y religiones. Puedo afirmar que mi reconocimiento es total, hacia las personas que he conocido pertenecientes, o simpatizantes, de organizaciones como el Opus, entre otras. Lo único que puedo decir es que hacían cosas que yo no podría, aunque lo pretendiera, al margen de si eran interesantes, o no, yo era incapaz de hacerlas, tampoco subo a una montaña. Nunca olvidaré a mi amigo, J. Ramón, que habíamos quedado a las 9 de la mañana en el aeropuerto de Santiago de Compostela, llega puntual el vuelo de Madrid, y ya, ¡Había ido a misa, en Madrid! Buscando por toda la ciudad, algún sitio que dijeran una misa, a las seis de la mañana, para que le diera tiempo, increíble, como diría el pasota, demasiado para el cuerpo. Yo no digo, si esto es bueno o malo, simplemente que me siento incapaz de hacer algo así, como tampoco sería capaz de hacer otras muchas cosas. Por eso, cuando veo a personas con esa voluntad, me da igual, que sea para subir una montaña, como irse de misionero, o cualquier otro nombre que le podamos dar a esas personas que entregan su vida, en la ayuda a los demás, no encuentro explicación alguna, para que se les pueda criticar, al menos, en la faceta del sacrificio, de la voluntad, de la entrega, cuando es de verdad, cuando no es una pose, incluso de una forma íntima, sin exhibiciones.

Lo que pasa es que, en muchos casos, estas personas que observan las obligaciones que le imponen sus creencias, y su Orden; al mismo tiempo, coincide, que esas mismas cualidades, esa misma responsabilidad, necesaria para cumplir con su congregación, sirve también, mira tú por donde, para triunfar, en el mundo éste de las "pelas", (es decir, el que tiene la fuerza de voluntad para levantarse a las cinco de la mañana, para buscar una misa, porque, por lo visto, solo hay una, a tan temprana hora, en todo Madrid, también lo está, para "cazar" cualquier negocio, cualquier oportunidad, que se le presente, mientras los demás dormimos, no sé si me explico) y entonces, es inevitable que no entre en acción, esa otra característica exclusiva también, de los humanos, la envidia esa cochina que, por mucho que lo disimulemos, llevamos en nuestros instintos, cosa que no les pasa a las demás especies que, no tienen envidia, ni complejos. Un gato de Vallecas, o del más allá, de Fuenlabrada, no tiene el más mínimo corte, a la hora de tirarle los tejos a una gata de la lujosa urbanización de la Moraleja. Por ejemplo.

Nunca entenderé como se puede criticar a asociaciones, reuniones, clubs, o como se les quiera llamar, que se constituyen para ayudar a los demás. Me da igual que pertenezcan a una religión, a un ayuntamiento, a un club, o cualquier otro colectivo. Porque está claro una cosa. Hay gente que se reúne para ayudar, tratando de encontrar soluciones a los problemas cotidianos de su comunidad, y otra que lo hace para matar, robar, secuestrar, o estafar. Una vez establecida esta importante diferencia, aunque en ciertas circunstancias, cuando la confusión de las ideas pueda llevar hasta la paranoia, apareciendo siempre "fans" que no tienen ningún reparo, en convertir en héroes, a mafiosos, asesinos, secuestradores, o atracadores , sobre todo, cuando se pueden refugiar bajo esa manta protectora de la sublime libertad, principal objetivo de todo país democrático. Los que se reúnen con fines delictivos, también quieren que se les respete, faltaría más, al fin y al cabo, es su profesión, y no descartan encontrar una justificación para sus actuaciones, revistiéndolas de algún tipo de camuflaje ideológico, para el que siempre aparecerá algún grupo de voluntarios dispuestos a prestarles ayuda, para después, echar las cuentas Por eso que se hace imprescindible tener meridianamente claro, aunque en épocas de confusión, hasta los conceptos básicos se cuestionan, cuando estamos ante una asociación, club, o cualquier otra reunión de personas, que su principal objetivo es ayudar a los demás, o por lo menos, no molestarlos. Ante estos no debemos preocuparnos, ni criticarlos. Lo que pasa, y esto viene de nuestros heredados instintos animales, es que cuando se reúnen unos cuantos elementos de cualquier especie, es inevitable que los semejantes de la misma, que pasen por allí, lo hagan con un cierto recelo, tomando todas las precauciones, mirando de reojo, las orejas orientadas, y con el rabo, en el caso de que lo tengan, en posición de alerta máxima. Por tanto, no es de extrañar estas reacciones frente a cualquier tipo de reuniones, ya sean políticas, religiosas, o deportivas, siguiendo aquella máxima de, o estás conmigo, o estás contra mí, que es lo que lleva a cualquier dictadura que se precie, y como primera medida, a prohibir el derecho de reunión. Ante cualquier situación de emergencia, nuestro instinto animal, es el primero que se presenta. Siempre está latente, y al acecho, detrás de cualquier actuación humana. Por eso cuando hay un incendio, o un bombardeo, te refugias, directamente, intentas llevarte, si puedes, a quien está más cerca, por supuesto, pero tu primera reacción, es salir corriendo, escaparte, protegerte, es decir, lo que hace cualquier animal, suspendes de momento, tus instintos racionales, tus cualidades humanas, tus buenas intenciones, tu predisposición a la ayuda a los demás que, por el contrario, es lo primero que aflora cuando estás relajado, dando un paseo por el parque. El control de ese instinto animal, es el que consigue que podamos tener una convivencia civilizada. Todos los días nos encontramos con situaciones en las que nuestra primera reacción, es solucionar el conflicto que se nos pueda presentar, como lo resuelven cualquiera de las especies animales con las que compartimos el planeta, es decir, llevándonos por delante, si le podemos, todo lo que pueda representar un obstáculo en nuestro camino. Pero precisamente, nuestra instinto racional, nuestra condición humana, se impone sobre el instinto animal que está latente en nuestro interior, y de esta forma, no solo renunciamos, llegado el caso que juzguemos necesario, a imponernos en las situaciones en las que nuestra superioridad física es manifiesta, sino que estamos dispuestos, en esas circunstancias, no solo a ceder en nuestros derechos, sino incluso, a salir rápidamente, automáticamente, sin sopesar la oportunidad, ni a veces, el riesgo que podamos asumir, en ayuda de quien la necesite, o reunirnos con otras personas, para aunar esfuerzos y juntos, poder conseguir proyectos de ayuda a la parte de la comunidad necesitada.

Tengo el privilegio de pertenecer al Club Rotario de Pozuelo (Madrid), desde hace algunos años y para mi, es un ejemplo de convivencia entre personas de muy distintas clases sociales, incluso intelectuales, con muy distintas visiones políticas, sociales, o religiosas. En estos cinco años que lleva funcionando el club, nunca he visto una mala palabra, un mal gesto, y no digamos, cualquier tipo de enfrentamiento tan corriente en otros grupos, lo que demuestra que es suficiente la educación, y el respeto, para que sea posible la convivencia entre los humanos de distintas procedencias, credos, y culturas, sin que tengamos que recurrir a ninguna tutela de un ideal, de una religión, o de una patria. Es posible que en algunos casos existan conflictos puntuales, porque nuestra susceptibilidad humana, aflora rápidamente, por muy buenas intenciones que tengas, y por muy educado que seas, y pueden originarse, en ocasiones, pequeñas discusiones por motivos intrascendentes, como en cualquier otra reunión, pero en todo caso, será la excepción de cualquier regla. Todas las reuniones rotarias dan comienzo con un saludo a todos los pueblos del mundo. Esto no es casualidad, es consecuencia del espíritu de universalidad que inspiró desde los comienzos a sus fundadores. Habría que profundizar más en esta filosofía basada en la libertad, el respeto, y la solidaridad, que tanto contribuiría a mitigar, los problemas que surgen por todas partes del mundo, debido a que sus principios son justamente los contrarios de los que preconizan los ideales Rotarios, es decir, la imposición de las ideas, el fanatismo religioso, o nacional, y la ausencia total de libertad, respeto y ayuda a los demás. Hay cosas irrebatibles, Rotary Internacional, mediante la inversión de muchos millones de dólares, de acuerdo con la O.M.S., (últimamente en colaboración con la fundación de Bill Gates, aportó, cuatrocientos millones) se ha propuesto eliminar la polio en el mundo, vacunando a millones y millones de niños, sobre todo en los países emergentes. Esto es una realidad, podían patrocinar vacaciones en el Caribe, para sus socios, por ejemplo, y nadie podría objetar nada, estarían en su derecho. Por eso cuando algo es positivo, llámese Rotary, Cáritas, voluntarios, ONG, etc. no debemos buscarle tres pies al gato. El problema es que hay más gente dedicada a destruir, o no hacer nada, que dedicada a ayudar, y sobre todo, la desgracia de que lo negativo, matar, destruir, siempre resultará una cosa sencilla. Se pueden tardar cincuenta, cien años en que crear un bosque, pero bastará unas horas, para que un loco pirómano lo calcine.

He estado en pocas reuniones, porque como siempre digo, yo soy un rotario de base, he conocido a pocos clubs, únicamente el del Prat, (Barcelona) Colmenar Viejo, Majadahonda, o en la fiesta de la matanza, que con una paciencia infinita organiza en Enero, nuestro amigo, y Doctor, José María Díaz, (Chema para los rotarios) en su finca próxima a Cuenca, y algún otro viaje, o reunión, pero nunca he visto otra cosa, que no fuera gente servicial, educada, y con disposición a participar en cualquier idea positiva en beneficio de la comunidad. La característica principal, al menos para mi, es que estas reuniones semanales, casi siempre, a la hora de cenar, en algún establecimiento de la localidad, en nuestro caso, en el Hotel Pozuelo, no se distinguen en absoluto, de cualquier otra reunión entre un grupo de amigos en torno a una mesa. Aquí no hay uniformes, ni mandiles, ni juramentos, ni rituales. Reconozco que si el hecho de participar en una reunión de este tipo, fuera asociada a una serie de requisitos exclusivos con capirotes, guantes, delantales, espadas, sogas, calaveras, juramentos solemnes, ritos, o parafernalia de cualquier tipo, residuos del pasado, yo no podría pertenecer. Aunque también supongo que no me invitarían, por lo que estaríamos empatados. No obstante, comprendo y respeto, a los que sí lo hacen, y para ellos, todo mi reconocimiento y, en cierto modo, admiración. Hay que reconocer que tienen mérito, y sobre todo, huevos. Desde luego hay que tenerlos, y muy grandes, para fotografiarse a estas alturas, con el mandil, los tirantes, la calavera, y demás utensilios requeridos, para la ocasión masónica, en pleno siglo XXI, en el recién estrenado año 2009, pero ojo, después de Cristo, que incluso en la era anterior, habría algún faraón, que se lo cuestionaría.

Es muy típico de los humanos, el interés en distinguirse a primera vista, cuando su actuación, rango, o afán

Foto de un Masón
con el traje de faena
(Foto de Wikipedia).

de notoriedad, lo requieren, de los demás ciudadanos de su tribu. Con este fin, los atuendos, uniformes, o distintivos, van aumentando sus atributos, brillo, signos, estrellas, o galones, a medida que lo va haciendo su categoría, nivel, o rango. Aquí, no alcanzamos la perfección que tienen en sus sistemas de organización, muchos animales que, automáticamente, como en el caso de las bandadas de aves, se disponen a seguir ciegamente a su líder, que las va a guiar en su travesía, sin necesidad de que lleve una gorra de plato en la cabeza. En nuestro caso, sería inconcebible que pudiéramos seguir a alguien que no llevara al menos, un bastón, un estandarte, un pendón, una bandera, o una tiara, y aún así, sería difícil que no apareciera algún listillo, o listilla, con una propuesta de una mejor ruta alternativa. A la medida en que van avanzando los niveles de libertad, cultura, bienestar, educación, etc. en cualquier país, se hacen menos necesarios los uniformes. No tenemos más que recordar las épocas en que los relucientes uniformes militares, flechas, sotanas, insignias, y coches oficiales, con banderines y estrellas, que lucían por las calles, y en las puertas de las oficinas, y restaurantes de Madrid, y otras ciudades de la España de Franco, de sus falangistas, y de sus curias. Hoy nos parecería una cosa extraña, no su trabajo, no su profesión, (sigue habiendo militares, sigue habiendo curas, sigue habiendo jueces), pero sí nos parecería raro, raro, y tal vez, sospechoso, verlos con sus uniformes, fuera de su ámbito de actuación. La evolución es imprescindible, e inevitable, en todos los aspectos de la vida. Lo que, en una época puede resultar normal, llevar una distinción, o un uniforme, (incluso necesario, para evitar aquello de "de Vd. no sabe con quien está hablando"), en otro momento, ese mismo distintivo, ese mismo signo, ese mismo uniforme, puede resultar patético, insultante, grotesco, o fraudulento. Si una persona, una asociación, o un club, tienen por objetivo el dedicarse a proyectos humanitarios, no tienen, a estas alturas de la civilización que; desafiando al sentido del ridículo; recurrir a ningún disfraz, y menos con indumentaria tenebrosa, patética, y de mal gusto. Con rituales trascendentes, juramentos solemnes, misterios, y secretos, que tal vez, en otros tiempos, pudieron impresionar, por no decir, acojonar al personal, que supongo eran lo que pretendían, pero que a día de hoy, resultan ridículos, y patéticos, fuera de lugar, y de época.

Cualquier acto en nuestras vidas, puede tener la intensidad que le queramos dar. El célebre ejemplo de aquellos canteros que estaban puliendo las piedras de una catedral, y que para uno, aquello, no era más que una puta piedra dura, que no sabía ni donde iba, ni que para que servía, y el otro, por el contrario, estaba ilusionado con lo que hacía, porque sabía que estaba trabajando en una gárgola que iría colocada en un lugar privilegiado, de aquella gran catedral. Con esto pasa igual. Cualquier cosa, en función de cómo la enfoques, puede ser algo extraordinario, algo susceptible de ilusionarte, de apasionarte, incluso de que sea lo más importante de tu vida, hasta el punto de que las demás cosas, se queden en un segundo plano. Puedes hacer que para ti, sea el único centro sobre el que has conseguido, que gire toda tu existencia. Puede ser en torno a un club, a una patria, a una religión, a unas piernas, a una afición, a un vicio o, a varias cosas a la vez. Da igual por lo que sea. Es indiferente morir por la patria, que morir por una curva, por el colesterol, o por la tensión, ninguna de estas razones te lo va a agradecer, el resultado es el mismo, aunque los que te entierren, te podrán justificar, o censurar, en función de su causa, pero ya todo será irrelevante. Dependerán los acontecimientos que se vayan a producir en tu vida, de la intensidad de tu entrega, y del equilibrio que te impongas, porque si no controlas, si no te pones límites, si te dejas llevar por el desvarío, cualquiera de ellas te puede conducir al fanatismo, a la amargura, o a la fatalidad. Por cualquiera de ellas, si te empeñas, podrás encontrar razones, y justificaciones para pelear, matar, o morir. Dependerá de la dosis, de la luna, de la pasión, o de la desesperación. Todo podrá suceder cuando, por el contrario, si haces tu viaje por esta vida, acompañado por la cordura, el respeto, y la educación, estas mismas cosas, que desde el otro prisma, te pueden traer la tragedia; pueden ser ahora, la salvación, la forma de que puedas encontrar el mejor camino en la dirección correcta que te ayude a conseguir una vida más completa, más tranquila, y más feliz.

Ahora bien, cada uno da la orientación a sus actos, en la forma que considera más conveniente. Leo en internet, las declaraciones de una persona que acaba de hacerse Masón. Dice textualmente lo siguiente. "En el seno de la masonería, he aprendido a ser bueno, leal y feliz. He descubierto la senda de amar a Dios pero no por el temor al castigo, o el interés de recibir el premio. Amarle sí, pero con la pureza del desprendimiento y la abnegación de una vida limpia de falsas teorías, y vergonzosos fanatismos. En la masonería he aprendido a vivir siempre sonriente y tranquilo, que es gozar de la sublimidad y exquisita belleza de la vida. Soy masón porque soy hombre honrado, libre, y de buenas costumbres". Ya ves, hay que ver hasta donde puede llegar la diferente apreciación, las distintas visiones de un mismo planteamiento, incluso la ocultación total de la parte negativa, la confusión total, pero bueno, no hay que extrañarse, ya hace tiempo de lo de la Torre de Babel. Está claro que estos principios lo suscribiría cualquier persona de las que llamamos de bien, de cualquier país, y de cualquier tendencia. Si a esto añadimos, que fueron masones, personajes tan destacados, y tan diferentes, entre otros muchos, como Kant, (el que ponía en el frente de su casa, para empezar, la inscripción "atrévete a pensar" ¡Qué cachondo!) Newton, Rousseau, Víctor Hugo, Walt Disney, o Cantinflas, y en nuestro país, gente de tanta relevancia como, Joaquín Sorolla, Azaña, Antonio Machado, Ortega y Gasset, Cea Bermúdez, Espartero, Ramón y Cajal, Casares Quiroga, Blas Infante, Blasco Ibáñez y tantos otros, llegas a la conclusión de que esto no puede ser negativo. Ahora bien, yo dudo de que estas mismas personas, en el momento actual, estuvieran dispuestas a tener que aceptar los mismos rituales, disfraces, y juramentos, que aceptaron en su tiempo. De la misma forma que hoy viajarían en avión, y utilizarían el coche, en lugar del caballo, o la diligencia, que eran lo que utilizaban la mayoría, cuando eran masones, para desplazarse. Creo que estas personas inteligentes y preparadas, exigirían al día de hoy, el nivel de evolución que inevitablemente afecta a todas las actividades de nuestra vida, y que elimina ciertas prácticas que no se corresponde con los tiempos, y que en la actualidad resultan, en el mejor de los casos, patéticas, cuando no ridículas, o lo que sería peor, sospechosas de perseguir oscuros intereses. Tampoco podemos admitir, como justificación de que se sigan practicando estos anacrónicos, y aberrantes rituales, el recurso a la fidelidad de herencias y tradiciones recibidas del pasado, transmitidas de generación, en generación porque, de este modo, también habría quien desearía, incluso con un poco más de lógica, y aprovechamiento, que se restituyera la esclavitud, o el derecho de pernada, que también tenían una gran tradición, pero que la sociedad actual, no solo no los admitiría por inmorales y obscenos, sino que, los perseguiría por delictivos. Los otros actos, aunque en principio, no prohibidos en la mayoría de los países democráticos, la sociedad, amparándose en el sagrado principio de la libertad, simplemente los soporta, como lo tiene que hacer también, con otras lacras que igualmente se refugian, en los mismos principios libertarios.

También con fines altruistas, pero perfectamente diferenciado, no entendiendo como con frecuencia, se relacionan, la idea de un club Rotario es muy sencilla, diría que elemental, inspirada en el principio de solidaridad, que en mayor o menor medida, llevamos dentro todos los seres humanos. En esto, como con cualquier otra persona, asociación, o club de fútbol, o de paracaidismo, podamos coincidir en algunos aspectos, o fines. Pero los principios de los Rotarios no se parecen en nada a los anteriores. Aquí tenemos perfectamente claro que para llevar a cabo labores humanitarias, no hay necesidad alguna de crear "órdenes" ni organismos secretos, ni de sostener una serie de rituales sujetos a una parafernalia trasnochada con símbolos, atuendos, ritos, y grados esotéricos, con sus juramentos solemnes de guardar los secretos de la "orden" bajo pena de muerte, toma ya. Tenemos que dejar claro de una vez, que los Rotarios estamos en la dirección opuesta a una organización, "orden" o como se llamen que, más que inspirarse en los principios racionales, que tanto esfuerzo ha dedicado la humanidad, a través de la historia, para tratar de alcanzar un mayor nivel de civilización cada día, parece que lo hicieran más bien, en aquellos que siempre, han inspirado a las "incivilizaciones" antiguas de los chamanes, brujos, hechiceros, y demás precursores de esos sistemas, que se basan fundamentalmente en el ocultismo, la ignorancia, el miedo, los secretos, la miseria, o tal vez, la paranoia. Nunca podremos entender como, a estas alturas, no hayan evolucionado lo suficiente, para que al menos, pudiéramos contar con ellos para poder llevar a cabo un proyecto en común, en el camino hacia un mundo mejor, pero esta vez, no solo un proyecto para la solución de alguna necesidad material concreta, que es lo habitual, en este caso, sería un poco más ambicioso, porque intentaríamos llegar hasta sus mentes, para tratar de convencer a estas personas; que no dudamos de que, en muchos casos, puedan ser ciudadanos respetables, cultos, serios, honrados, necesarios en fin, para la comunidad, como en la mayoría de los colectivos; de la necesidad de que se incorporen cuanto antes, a esa imprescindible, inevitable, e imparable, evolución natural, que hace que podamos seguir avanzando hacia un mundo mejor, y más civilizado. Sé que también es éste, el sentir de muchas personas relacionadas, en mayor, o menor medida, directa, indirecta, o familiarmente, con el tema, vinculados con la organización en muchos casos, por el recuerdo y la nostalgia hacia sus ilustres antepasados, pero que, a día de hoy, están cansadas, después de tanto tiempo, de que los sigan relacionando, con estos siniestros, ridículos, y trasnochados numeritos.

Los Rotarios, por el contrario, y como contraste; aunque en principio puedan pretender los mismos fines altruistas que cualquier asociación de este tipo; no otorga a

Paul Harris, fundador de los Rotarios (Foto de la Revista Rotary).

sus reuniones esa característica de trascendencia, ocultismo, y solemnidad que incorporan aquellas. Aquí no hay juramentos, hay saludos a todas gentes, de todas las razas, y naciones. Aquí no hay ocultaciones, ni secretos, aquí hay reuniones abiertas a todo aquél, o aquella, que tenga algo que decir, y que tenga unos principios básicos de educación y respeto. Nuestros clubs tienen un listado con todos los nombres sus socios, como los pueda tener cualquier peña, o cualquier cofradía. Es incomprensible como a estas alturas se puedan correr bulos de que tal, o cual presidente, es esto, o es aquello, como si en la edad media estuviéramos todavía, buscando el Santo Grial . En nuestro caso es todo mucho más simple, consiste en una reunión entre personas afines, compañeros, en principio, profesionales y empresarios, que se proponen la creación de un club con el propósito de llevar a cabo diferentes proyectos de ayuda a la comunidad. Sus lemas “Dar de sí antes de pensar en sí” o “ Se beneficia quien más sirve” nos dan una idea de su orientación. Su promotor, Paul Harris, un abogado de Chicago que en el año 1905 juntamente con tres amigos, funda el primer club Rotario. Se suele hablar de un cierto clasismo, es lógico, si entendemos como clase, un nivel económico, que permita una existencia digna. El objetivo que pretende, es la ayuda a los demás. Esta claro de que si el Sr. Harris funda el club, con los pobres de Chicago, no podía conseguir medios para poner en marcha cualquier proyecto que ayudara a sus fines. Parece ser que el primer proyecto que afrontaron, fue la construcción de unos urinarios públicos para su ciudad, en unas zonas marginales, de las que estaba deficitaria de este tipo de instalaciones. Se trata de una reunión entre personas que puedan ayudar, por eso se agruparon entre profesionales y empresarios que podían poner en marcha esos proyectos. Esta inclinación a la ayuda es una característica de los humanos, es una especie de justificación, de repartir en alguna medida lo que tienes, poco o mucho. En el fondo, todos somos más o menos solidarios, es un instinto más que distingue a los humanos del resto de las especies, que no se inmutan por lo que le pueda pasar a sus vecinos. La idea de poner en marcha el proyecto rotario, (se le denominó así, porque las reuniones en principio, se celebraban en las respectivas oficinas de los distintos socios fundadores, iban rotando en cada reunión) podría haber surgido en cualquier parte del mundo. Se trata simplemente de una asociación, de un club, entre personas afines, sin uniformes, sin mandiles, sin juramentos solemnes, ni rituales. Personas que pueden ser amigos, o llegar a serlo, que se reúnen en torno a una mesa, con libertad, sin más imposiciones ni limitaciones, que la educación y el respeto por los demás, a sus ideas, sus creencias, y sus profesiones. Esto podía haber ocurrido en cualquier parte del mundo, lo que pasa es que en América, tienen esa vocación de universalizar sus ideas, que no es frecuente por otras latitudes. Cada cosa tiene su punto. Para que un señor, o señora, que fabrica unas rosquillas, o un refresco, se le ocurra que las coman o beban, en todo el mundo, este proyecto expansivo, tiene que estar impregnado de mentalidad americana, que es distinta a la que pudieran tener los mismos protagonistas en sus países de procedencia. Es decir, no hace las mismas cosas un irlandés, un polaco o un alemán, en su tierra, que cuando llega a América. Como no hicieron nuestros antepasados, las cosas que hacían aquí, cuando llegaron a México, Chile, o California. América imprime carácter per se. La idea de un club Rotario, podía surgir perfectamente en una taberna de Bentraces, (Orense) y si ya lo ponemos a mejor nivel, en la sociedad cultural del increíble Liceo Recreo Orensano, pero tanto que fuera en la taberna, como en el Liceo, la cosa no iba a tener trascendencia, como no la han tenido, las fantásticas rosquillas de la Señora Rosa, ni las amenas tertulias del Liceo. Con esta mentalidad americana, la idea de expandir por todo el mundo los club Rotarios, abierto a todas las personas, sin tener en cuenta su orientación religiosa ni política, ha conseguido estar presente en prácticamente, todo el mundo, logrando resultados espectaculares en la ayuda a muchos necesitados, sobre todo, en países emergentes. En todo caso, al menos para mí, lo de los Rotarios, y sobre todo lo del Club de Pozuelo, fue todo un descubrimiento. Son de estas cosas que según el ángulo en que lo enfoques, según el cristal con que lo mires, o según el ánimo, y las ilusiones que le pongas, pueden resultar sublimes, o simplemente dignas, pueden ser divertidas o neutras, pueden ser transcendentes, o irrelevantes, pero siempre encontrarás un motivo, una invitación, para participar en cualquier pequeño proyecto ciudadano, y en último caso, una reunión entre personas que demuestran en todo momento, en todas sus reuniones, como se puede conseguir una convivencia pacífica entre humanos, al margen de ideas nacionalistas, políticas o religiosas, sin pretender en ningún momento, darle más trascendencia y relevancia a nuestros actos, que la que puedan tener, cualquier otra reunión de habitantes, en cualquier país civilizado.

Pero es normal que en tiempos de incertidumbres, la gente ya no sepa lo que pensar, ni que opinar, se hace un lío, simplemente, entonces, el mejor refugio lo encuentra en la no participación en ningún tipo de asociación, club, o similar, cosa que por otro lado, es la más cómoda y sencilla. Nos acostumbramos a utilizar únicamente, el lenguaje políticamente correcto, el lenguaje que vende, en el que no puedes decir esto, en el que no puedes llamarle de esta forma, pero eso sí, tu escapa, mira para otro lado, disimula, que te están grabando. La hipocresía que preside nuestros actos, la mentira de cada día, desde la tradicional, la clásica, la del está reunido o, ahora está con una visita, y similares, hasta la sofisticada y en verso, "vivo sin vivir en mí -y tan alta vida espero- que muero, porque no muero". De mi amiga, y santa, Teresa. Porque es mentira, no es cierto que te quisieras morir, Tere querida, porque si te mueres, no puedes fundar conventos, es incompatible amor, porque, que yo sepa, Tere, has fundado conventos, aparte de en Ávila, tu tierra, en Medina del Campo, Alcalá de Henares, Pastrana,

Salamanca, y Malagón, como mínimo, y creo que también, alguna excursión a Sevilla y todo esto, con tu carrito de mulas, que no me quiero imaginar, hasta donde llegarías tú, si hubieras podido pillar un seiscientos. Por eso, no queremos morirnos, sabes, aunque haya muchos creyentes, que de verdad, están convencidos de que hay, después de esto, una vida mejor, pero, por si acaso, no se quieren morir , y es lógico, porque son creyentes, pero no fanáticos. Cuando la cosa va de fanáticos, ojo, estos sí que tienen fe, estos sí que están convencidos de que el tránsito a su paraíso es automático, tan convencidos están, que no dudan en suicidarse, y ponerse elegantes, para llegar preparados, para poder disfrutar cuanto antes, de su edén soñado. Lo que es una verdadera pena es que, a menudo, se empeñen en no hacerlo solos, y obliguen a muchas personas ajenas a sus inquietudes, a su fanatismo, y a su paranoia, a que los acompañen a la fuerza, en su viaje hacia sus paraísos eternos.

Cuando las creencias no llevan consigo la intransigencia, la imposición, y el fanatismo, son todas respetables, porque por lo general, lo que pretenden es tratar de conseguir una mejor convivencia entre los humanos. Es por eso que debemos relajarnos, eliminando todo recelo y enfrentamiento, respecto a cualquier asociación, comunidad, religión, país, lo que sea, siempre que haya el imprescindible respeto hacia los que no participen de sus postulados. Esto parece sencillo y realmente lo es, si no queremos complicarlo, pero los humanos somos tan variados, somos tan raros, que a uno se le ocurre arreglar el mundo, y se va en busca de los más necesitados para prestarle ayuda, y el otro, no se le ocurre otra cosa, para arreglarlo también, pero a su manera, que poner bombas donde haya más gente inocente concentrada.

Este es el gran problema. Todos vemos la necesidad de arreglar las cosas, pero llevamos toda la historia y la prehistoria, tratando de arreglarlo y no hay forma, tanto es así, que podemos comprobar que, en muchos casos, los problemas del mundo griego, romano o, persa, parecen los mismos, que los del mundo actual. Supongo que lo primero que se les ocurrió a los primitivos habitantes del planeta, fue organizar las cosas que sucedían a su alrededor.

A tal efecto, y de acuerdo, supongo, con los más espabilados del lugar, como pasa siempre, fue creando unas normas para poner un poco de orden. Es fácil pensar que, en principio, empezarían por las más elementales y rudimentarias que, como diríamos ahora, son de cajón, por ejemplo; antes de entrar, dejen salir, lo que se da, no se quita, se prohíbe escupir, robar, matar, etc, dejando para más adelante, los temas mas sofisticados, como la ley de la igualdad de oportunidades, la de libertad de pensamiento y religión, la de la memoria histórica o, la del derecho a una vivienda digna, (yo siempre me pregunto, para cuando, el derecho a un coche digno, a una furgoneta digna, con la que podrías trabajar y ganarte la vida y, que además, puede ser mucho más trascendente, para la seguridad, tanto del interesado, como de los demás, que la vivienda) o el derecho a la libre circulación de los ciudadanos, etc. Nuestro primer humano, nuestro "homo sapiens" pensador, se encontró con que había inventado el Derecho.

Una serie de reglas que hicieran que la convivencia fuera un poco más justa que la vida que veía a su alrededor, regulada únicamente, por las leyes naturales que permiten que el lobo mate ovejas, sin el más mínimo control, y ya no digamos, arrepentimiento. Sin ninguna esperanza, para las especies indefensas, que se mueren, en muchos casos, sin que apenas comiencen a salir de sus madrigueras, o de sus huevos, para ver la luz. Sin ningún castigo para los animales más fieros, con más fauces, con más garras, que imponen la ley del más fuerte, sin compasión alguna. Este es el panorama que se encontraba nuestro hombre a su alrededor todas las mañanas, y que su corazón sensible, que le había instalado el creador, no podía soportar.

Organizar la vida, mediante esas normas inspiradas en el poder de raciocinio, que la naturaleza había reservado, en exclusiva, para el hombre, para lograr una convivencia, basada en lo que podíamos denominar, sentido común, es decir, no robas, para que tampoco te roben, no matas, para que no te maten, hacer cola, guardar un turno, en lugar del típico mogollón natural, etc. Todo muy lógico.

Pero, lo que en principio, parecía sencillo, se fue complicando, porque el sistema se fundamenta en que, el que causa un daño, debe responder por él y, si es posible, repararlo, en todo caso, es necesario que lo admita, que lo confiese y, ahí comenzó el problema, porque el hombre, y su señora, mienten, han mentido siempre, como bellacos y, aunque algunos se ponían colorados al hacerlo, se comprobó, que solo era falta de entrenamiento, que si le echabas cara, si no dudabas, si respondías con aplomo, y serenidad, podías mentir sin problemas. Se intentó con una prueba externa, con la nariz, que creciera un poco con cada mentira, pero solo funcionó, con Pinocho. Era una buena idea. Una pena. Nuestro primer "homo organizator" comprobó que la mentira, ponía las cosas muy difíciles a su sistema normativo que había descubierto, y que con tanto entusiasmo, quería poner en marcha, cuanto antes. Un sujeto robaba, se lo escondía, ponía cara de circunstancias, y juraba por la gloria de su madre, que lo único que había hecho, era trabajar honradamente.

Todos sabían que se lo había llevado crudo sí, de acuerdo, no había sido con una pistola, y al grito de, ¡Esto es un atraco! que, por lo que se ve, es el único delito claro, que va quedando, (siempre que no tenga un apoyo de colegas suficiente, que lo puedan convertir, en una expropiación, contra el sistema capitalista) pero se lo había llevado tranquilamente, en bolsas, en sacos, pero las pruebas, no estaban claras. En primer lugar, la presunción de inocencia, después, las garantías procesales y, por último, la mentira podrida. Los abogados preparan la defensa, los jueces dudan, y nuestro primer hombre, invadido por la tristeza, pensó que la única solución, podía estar, en que, al ser la especie humana, la única de la naturaleza, dotada de razón, tendría la capacidad necesaria, para poder pensar, por un momento, en que si todos nos ponemos a robar, a secuestrar, a delinquir, y a extorsionar, terminamos con el sistema, terminamos con el Estado de Derecho, con el de bienestar, con las garantías constitucionales; terminamos en el más absoluto desorden, en las mafias, en los Congos, en las Ruandas, en las Sodomas, y en las Gomorras, en los hutus, y en los tutsi, en las matanzas indiscriminadas, terminamos en el más espantoso de los caos. Por lo que, en vista de todo ello, la única forma de parar la carrera hacia el desastre, sería actuando, de manera que cada uno, fuera juez de si mismo, que no tuviera que rendir cuentas, más que a su moral, a su conciencia y ésta, únicamente estaría sometida a una autoridad divina e invisible, a un ser supremo de poder absoluto, que lo ha creado todo, que lo ve todo, que lo sabe todo, sin necesidad de pruebas, ni testigos, sin necesidad de policías, ni jueces, y ante el que, lo único que tiene que hacer es, postrándose de rodillas ante ese Dios supremo, y confesando sus culpas, (yo me acuso, en contraste con el yo no era, yo no estaba, yo no saber nada, habitual en las justicia de los humanos) e implorándole perdón, y mostrándose arrepentido por sus malas acciones, u omisiones, hacer el firme propósito de enmendar su conducta, condiciones imprescindibles, todas ellas, para lograr ese perdón y con ello, su salvación, que lleva implícita el poder alcanzar ese estado lleno de gracia, que le permita caminar por este mundo, con esa alegría de vivir, con esa cara de satisfacción, con esa sonrisa espontánea, que solo tienen los elegidos, y entrar en ese paraíso donde tiene un lugar reservado cuando, una vez agotada su existencia en este valle de lágrimas, como se decía antes de este mundo, sea llamado a la verdadera vida, a la vida eterna, donde el placer, y en su caso el sufrimiento, para los otros, para los malos, no van a tener fin. Nuestro "homo sapiens", nuestra criatura especial, nuestro complicado, inteligente, bueno, malo, sentimental, hombre, y señora, habían inventado, la religión, las religiones, a las que ya nos hemos referido anteriormente, y que tanto han significado y significan, seamos o no, creyentes de alguna, en nuestras vidas.

La Religión y el Derecho. Estos son los dos pilares, donde se asienta la organización de la vida entre los humanos, al menos en la parte del planeta a donde ha llegado lo que entendemos por civilización. Como vemos todos los días, la cosa no es fácil. No podemos olvidar de donde venimos, para darnos cuenta que, a pesar del camino recorrido, nos falta mucho por evolucionar. El ser humano ha tenido que luchar, a brazo partido, para lograr la supremacía entre las distintas especies, con las que ha compartido el planeta Tierra. No le debió resultar nada fácil hacerse con el control de esta gran nave espacial, que es nuestro planeta y hoy, al ver las grandes barbaridades que, día, a día, origina la actividad humana, comprendemos perfectamente, que haya tardado tantos miles de años, en hacerse con los mandos. No obstante y, recordando remotos orígenes, tenemos bastantes motivos para consolarnos porque, si bien tenemos que admitir, que la capacidad de los humanos de razonamiento, al menos, en estos tiempos, va disminuyendo a gran velocidad, ocasionando grandes calamidades y, desvaríos, no tenemos base alguna para pensar, que cualquier otra especie, lo hubiera hecho mejor.

No me imagino, por poner el ejemplo más cercano, a nuestros parientes primates, tomando el control de este tinglado. Nadie, por mucho que le de vueltas, no encuentro a nadie, dentro del reino animal, (en el vegetal, y en el mineral, ya ni se me ocurre) que nos pueda inquietar, en cuanto a lo de llevar el control, de nuestra esférica nave espacial. Aunque, a la vista del acontecer diario, entre guerras, terror, muerte y desastres de todo tipo, donde increíblemente, la gente se sigue muriendo de hambre, tal vez, como siempre, pero ahora, retransmitido en directo, comprendo el mensaje que nos quería enviar, con aquella vieja canción, el brasileño, brasileiro, Roberto Carlos... "yo quisiera ser tan civilizado, como los animales".

Lo que pasa, es que es difícil organizar todo esto. Por una parte, tenemos que contar con las leyes de la naturaleza, que ya sabemos, funcionan las veinticuatro horas del día, que se cumplen siempre, sin excepciones y, que en parte, aunque las acatamos, no siempre las compartimos, porque las consideramos injustas, porque a los humanos, la naturaleza le ha dotado de unas características exclusivas, que no se las dio a ninguna otra especie, esos sentimientos, ese malestar interior, que te hace reaccionar inmediatamente ante una situación que tu, en principio, consideras injusta, aunque estés equivocado, aunque pensaste que era una escena real, y era una película que estaban rodando. Esta característica es la que realmente define y distingue al ser humano y que va a ser siempre así, nunca se va a cambiar por muy injusta que nos parezca, y esta es la lucha de todos los días, porque tratamos de conseguir un mundo mas justo, cuando lo que nos encontramos es que precisamente, su funcionamiento se basa en la leyes naturales que para nada tienen en cuenta estas inquietudes del "homo sapiens" y nada va a cambiar esta situación, y no tenemos la mínima esperanza, por mucho consenso que tengamos, que las podamos modificar algún día. De esta forma, nos vemos obligados a sobrevivir en un mundo que fundamentalmente está organizado por esas leyes naturales, pero que nosotros necesitamos hacerlas compatibles con nuestro sentido de la razón y de la justicia, al menos, por lo que nosotros interpretamos que es la justicia, porque estoy seguro de que lo que hace la naturaleza, también ella, lo cree justo, y cuando hace temblar la tierra, o cuando envía todos los años, hacia las mismas fechas del verano, atravesando el Atlántico, sus gigantescos remolinos repartiendo destrucción y muerte por el Caribe, seguro que para ella, tendrá un sentido, una lectura, (tal vez comunicar los dos océanos haciendo un gran Panamá sin exclusas ni peajes, vete tu a saber lo que estará maquinando ésta), pero que nosotros, no sabemos interpretarla.

Cómo siempre, la naturaleza con su sistema absolutista, no tiene problemas. Nosotros nunca podríamos organizar, por poner un ejemplo de vida en comunidad, una colmena, o un hormiguero, porque, lo primero que haríamos, y ya no digamos si la iniciativa la llevara, el Sr. Busch, es intentar organizar la vida de los que integran esas comunidades, compuestas de miles, y millones de unidades, mediante nuestro sistema democrático occidental, del que nos sentimos tan orgullosos, cuando su funcionamiento se basa, precisamente, en un sistema brutal, justo lo contrario del que nuestros principios democráticos defienden, donde unos cuantos privilegiados, o privilegiadas, controlan la colmena, o el hormiguero, a cambio de que, cantidades ingentes de integrantes de esas comunidades, ofrezcan su trabajo, y su vida, para que, con su sacrificio, lograr que funcione el hormiguero, o la colmena.

Con nuestro sistema, lo primero que conseguiríamos, es que una hormiga, dejara de trabajar, inmediatamente, porque se pararía a pensar, aunque solo fuera un momento, y diría, pero ¿De verdad me compensa arrastrar esta hoja, todo este trayecto, para llevarla hasta el hormiguero, sin saber lo más mínimo, del destino que los jefes, van a depararle? Esta hormiga pensadora, no tendría futuro alguno, y el hormiguero menos. En cambio, por lo que podemos saber, la naturaleza les tiene reservado un futuro mejor, que a nuestra especie, mucho rey del mambo, muy inteligentes, muy listos, muy sobradamente preparados, para que ahora vengan las puñeteras hormigas, y nos pasen por encima. Pues parece ser, que esto es lo que hay. Es decir, que tenemos muchas más posibilidades de desaparecer antes de este planeta, que las hormigas éstas, tan primitivas y tan poca cosa, que han venido con antelación y, por lo que se ve, van a seguir habitándolo, cuando nuestra especie haya desaparecido del planeta. De llorar.

Esto nos conduce a pensar, en lo lejos que estamos, de saber leer el libro de la naturaleza. Nunca podremos entender, que tenga futuro, incluso mejor que el nuestro, una cosa tan mal organizada, como un hormiguero, que no han sido capaces de descubrir, después de tanto tiempo caminando, como se guarda una mano, como se divide un camino, con una simple rayita en medio o, incluso con doble dirección, y que tengan que seguir cruzándose en todo el trayecto, como dudando, (y tanto, que tienen que llevar una especie de radar para no chocarse) de si hacerlo por la izquierda, o por la derecha, como hacíamos nosotros, al principio de los coches, empeñándose en entrar por la misma puerta, que tienen también para la salida, con lo fácil que sería, mediante una simple dirección prohibida, o una flecha, tener una para entrar, y otra para salir, que sería lo normal, digo yo, y si a todo esto, añadimos el empeño que tienen siempre, en ubicar la base del hormiguero, lejos de los sitios donde se encuentra su materia prima, obligando a las sufridas hormigas obreras, a darse grandes caminatas, cargadas con esos increíbles trozos de madera o, de lo que sea, para depositarlos en su almacén, no tiene explicación alguna. Esto, claro está, nos rompe los esquemas.

Algo parecido, trataríamos de hacer con una colmena. Intentaríamos llegar a un consenso, entre las reinas, zánganos y obreras, para que su funcionamiento, fuera un poco menos injusto, algo que se pareciera más, a nuestro sistema democrático, en el que intentamos conseguir, un equilibrio entre los intereses de unos, y de otros. Pues bien, no tendríamos miel, ni colmenas, no conseguiríamos que funcionara esa fábrica que lo lleva haciendo increíblemente bien, desde la noche de los tiempos, como no logramos que funcionen otras comunidades mas cercanas, en este caso, de humanos, cuando pretendemos imponerles nuestros sistemas, de los que estamos tan orgullosos y convencidos, sin darles suficiente tiempo de asimilación.

Por eso, una vez más, en lugar de la clásica euforia, y superioridad, a la que nuestra cultura y civilización, nos ha llevado con frecuencia, a imponer nuestros sistemas, eso sí, con la mejor intención, pensando que era lo mejor, en muchos casos, recurriendo a la violencia, para "explicárselo" bien; debemos de ser cautos y prudentes y, sobre todo, con grandes dosis de humildad, que tanto nos ha faltado a lo largo de la historia, en cualquier tiempo, y en cualquier civilización, al menos de aquellas que se han sentido llamadas, a expandir su cultura y sus creencias a los demás pueblos, debiendo admitir que, no todo es exportable, lo que puede ir bien en un sitio, puede que no resulte en otras latitudes, en otro tiempo. Podemos entender unas cosas, otras no. Esto se hace más difícil, en generaciones como la nuestra, en lo que todo parecía que estaba claro, quienes eran los buenos, quienes eran los malos, lo que se podía hacer, lo que no se podía hacer, y esto sigue repercutiendo, en las relaciones de todo tipo actuales, ya sean políticas, comerciales o, familiares, etc. pues, es sabido que la herencia, ya sea buena, mala, o regular, siempre está presente.

Así que no es de extrañar que el hombre, desde el principio de su existencia en la tierra, buscara refugio, en un poder sobrenatural, para intentar encontrar una solución a tantos problemas que se le presentaban cada día. La explicación a todos los desastres, era siempre la intervención divina. Cuando a Felipe II le anunciaron la destrucción de la "Armada Invencible" en las costas inglesas, no encontró otro argumento, que no fuera el castigo divino por sus pecados, la causa de semejante desgracia. Hoy, que los valores divinos no están de moda, los desastres, sobre todo los que denominamos naturales, se los adjudicamos automáticamente al cambio climático. Al final, viene a ser lo mismo, el caso es encontrar un responsable de nuestras calamidades.

Es lógico que los humanos vieran en la religión, siguiendo por este camino, una explicación, al menos un consuelo, para tanta desventura. El problema de la religión, es que hay muchas, y cada religión, está convencida, de que la suya, es la única verdadera y que su Hacedor, su Dios, su Profeta, o como quiera que le llamemos, es el único al que debemos enviar nuestras plegarias. En la era de la comunicación, echamos de menos, que no la utilicemos en realizar un verdadero esfuerzo, para llegar a un consenso, a través del que podamos alcanzar una unión, un entendimiento primario, aunque solo fuera para que no nos incordiemos unos a otros, tirándonos a la cabeza, nuestros libros sagrados, nuestros profetas, dioses, rituales, procesiones, o sermones. A simple vista, no debiera ser tan difícil, cuando lo intentamos en otros campos, políticos, y económicos que, en principio, debemos considerar más difíciles, porque tienen repercusiones directas materiales. Organizaciones internacionales, mercados comunes, uniones monetarias y otros que, aún admitiendo sus dificultades, se van abriendo camino. No tendría que ser tan complicado, ya que en el fondo, todas las religiones persiguen lo mismo, al menos en principio; conseguir una convivencia lo más armoniosa posible, entre los ciudadanos y ciudadanas, es decir, lo mismo que pretendemos conseguir con nuestras leyes objetivas, pero con un sistema mucho más sencillo, práctico, y económico.

Nos encontramos con que tenemos varias fórmulas para intentar solucionar los conflictos que se nos presentan cotidianamente. A). La solución natural, ya vemos como lo resuelve: a leches, imponiendo siempre, y sin contemplaciones, la ley del más fuerte, sin hacer ni una sola excepción, aquí no hay hurto famélico que valga, aquí no hay compasión, ni extrema necesidad, ni vacilaciones, aquí siempre ganan los mismos, y los que se saben inferiores, ni se les ocurre rechistar, primero los mayores, y más fuertes. Aquí no hay ningún ingenuo que se enfrente a un tanque, ni a una carga policial, aquí saben perfectamente cuando tienen posibilidades de ganar, y cuando no lo ven claro, se retiran, simplemente, sin que lo tengan que hacer después de que le hayan abierto la cabeza con un porrazo. B). La religiosa, tratando de encontrar la solución de los problemas mediante sus doctrinas, encaminadas a lograr la paz y el entendimiento entre los ciudadanos, prometiéndoles de una u otra forma, según las distintas creencias, una serie de premios, o castigos, ya sea en esta vida, o posteriormente, una vez extinguida su existencia en este mundo, asegurándoles una continuidad a través de reencarnaciones, resucitaciones, o parecidas transcendencias, donde al final podrán encontrar la felicidad, o el castigo eternos. C). Y por último, la solución de nuestros contenciosos, de los conflictos cotidianos que se producen entre nosotros, mediante el sistema que nos proporciona la aplicación de nuestras leyes, de nuestro derecho, que todos conocemos, disfrutamos, y padecemos, y del que esperamos la restitución del quebranto ocasionado, o al menos, una indemnización, por el daño padecido. Todos sabemos de la complejidad de este sistema, y de las dificultades de su aplicación, necesitando para ponerlo en marcha, sin garantías de que su trabajo resulte satisfactorio, gran cantidad de puestos de trabajo, tal vez, su mejor cualidad, sobre todo en tiempo de crisis, dando lugar a que encuentren ocupación gran cantidad de personas: Jueces, secretarios, escoltas, abogados, procuradores, notarios, policías, peritos, carceleros, etc.

Pongamos un ejemplo, una situación típica. Un ciudadano roba a otro. También, por qué no, haciéndolo extensivo a todos los seres vivientes, (a todos los animales porque, en los otros reinos, el vegetal y mineral, sus trasvases son más complejos, y no sería sencillo establecer comparaciones) Un animal, roba, expropia, o como le llamemos, una cosa, una pieza de caza, un hueso, lo que sea. Estos son los conflictos, que se le pueden presentar con frecuencia, dejando a un lado lo que nosotros podríamos llamar, asuntos del corazón, que ya sabemos como lo solventan.

La situación se resuelve de la siguiente forma. En la naturaleza, en cualquier situación, con nieve, frío, lluvia o, con calor; en la selva o, en el desierto, lo que se consigue, por el procedimiento que sea, pasa a ser propiedad directa del poseedor último, hasta que la pierda, bien por falta de custodia, o porque alguien con más fuerza se la haya quitado.

Como vemos, esta situación, es idéntica a la que se presenta entre nosotros, cuando no estamos protegidos por nuestras leyes objetivas, y morales. Es decir, la vida en cualquier ciudad es posible, porque la mayoría de la población, cumple unas normas de convivencia escritas, lo que llamamos, normas objetivas; que se especifican en los códigos respectivos; o no escritas, las costumbres, leyes morales, naturales, religiosas, etc. que hacen posible el entendimiento. La circulación en una autopista, se consigue todos los días, porque los kamikaces que lo hacen en contrasentido, son muy pocos, y sale la noticia en los periódicos, como un suceso extraordinario cuando tal cosa ocurre. Si fueran muchos los que circulan al revés, se bloquearían las autopistas, y no podríamos utilizarlas. La vida en general se hace soportable, porque la mayoría de los ciudadanos, no están pendientes de si se han pasado o no, del límite de la libertad de expresión, ni de otros límites. De esta forma el atrevido, el osado, el liante, el imbécil, en fin, lo tiene mucho más fácil, el que insulta, el que falta, el que monta el follón, el lío, sabe que los demás están acostumbrados a aguantar y, el que es correcto, el que es educado, no se come una rosca, como vulgarmente se dice, pero su "éxito" es posible porque, como en el caso de los kamikaces en las autopistas, son pocos, al menos de momento, porque si los atracadores, secuestradores y suicidas y gente que va al límite, fueran en aumento, llegaría un día en que no habría bancos, ni joyerías, ni tiendas, ni autopistas. Cuando hay desorden, anarquía, incumplimiento generalizado de esas normas, la vida se torna imposible, y es entonces, cuando los que tienen medios para hacerlo, y no tienen demasiada fe, en que el asunto se pueda solucionar, matándose los unos a los otros, abandonan el lugar, llamémosle patria, nación, comunidad, vecindad, etc.y se convierten en exilados, a la espera de que se vaya la tormenta de la guerra, mientras los otros, se quedan pegando tiros. Esto es lo que suele pasar, ante situaciones de emergencia.

Pues bien, cuando la situación no es conflictiva, y las cosas se van desarrollando en un ambiente de civilización, y armonía entre la vecindad, lo primero que hacemos los ciudadanos, cuando nos vemos en una situación de riesgo, para nuestras propiedades, o integridad física, la primer reacción es la natural, como en el campo, medir inmediatamente nuestras fuerzas, y si vemos que estamos en un plano inequívoco de superioridad es decir, le podemos; pasamos rápidamente a recuperar inmediatamente lo sustraído y, en función del estado de ánimo, educación y, circunstancias escénicas, le perdonamos la vida o, intentamos, lo que se dice, dar una lección, que es muy nuestro. Hasta aquí llega la reacción natural bueno, al margen de lo de la lección que, en el otro campo, no juegan a ello y tal vez, sea mejor.

La siguiente reacción, ya en la vertiente del razocinio, cuando vemos que claramente, las fuerzas no están de nuestra parte, cosa por otra parte lógica, ya que los que se dedican a esos menesteres, suelen elegir a sus víctimas precisamente, en función de esa diferencias de fuerzas y, en último caso, si no estuvieran en condiciones de superioridad física, la suplirían con alguna herramienta al uso, tipo pistola, cuchillo o, similar, bueno, pues llegada esta situación y, aunque sea delante de una pistola, tenemos que intentar poner en marcha nuestras dotes de negociación, sí, difícil, pero hay que intentarlo. Por favor, devuélvame el reloj, porque es un recuerdo de mi padre que me lo dio en su lecho de muerte, dramatizando a tope. En todo caso, hay que intentarlo siempre, al menos cuando tengas a mano un lenguaje común que te entiendan, ya verás como ahí no hay conflicto lingüístico que valga. Con quien no lo puedes hacer, ni intentar siquiera, es con un león, por ejemplo porque, aparte de ridículo; ¡Ay! Señor león, bonito, no me coma, por favor, que soy padre de familia, no nos entenderá, seguro. Aquí la única solución, tiene que ser, de índole natural, si le asustas, intentando aparentar que le puedes, si eres domador, con un palo, en caso contrario, date por comido.

Por fin, si después de intentar solucionar el problema, atraco, tirón o, lo que sea; primero, por el sistema digamos, natural y, después, por el de la razón, y nos encontramos, que es lo más lógico, por otro lado, con un fracaso más; nos queda únicamente el procedimiento que, en un Estado de Derecho, (lo otro ya sería, el padrino, famiiilia, manada, etc.) ha dispuesto para la solución de este tipo de conflictos y, de esta forma, mediante una denuncia, una declaración, de lo que nos ha sucedido, pidamos la intervención de esa fuerza complementaria que nos ayude, mediante unas esposas, una porra, o un tiro en una pierna, si hace falta, a recuperar lo que este señor, o señora, se ha llevado y no ha querido y no hemos podido, convencerle, ni físicamente, ni educadamente, ni moralmente, a que nos lo devolviera lo que era nuestro.

Como vemos, los conflictos en principio, se presentan similares en el campo del reino animal irracional, que en el nuestro. Una persona, o un animal, se apropia de una cosa que pertenece a otra, (persona o animal). Hasta aquí, todo igual, si prescindimos de la característica del objeto apropiado. En nuestro caso, casi siempre, dinero, drogas, vehículos, electrodomésticos, etc., cosas que a los irracionales, no les llama la atención. En cuanto al final de la película, cada vez más, la situación, aunque previamente hayamos dado los pasos que las normas de la sociedad nos imponen, es decir, poner la denuncia, asistir al juicio, en el caso improbable de localización del responsable del quebranto, esperar la sentencia, recurrirla en su caso, etc, el resultado suele ser cada día más, el que se da en la cruda y dura naturaleza. Es decir, que el usurpador se queda, con lo que ha robado, eso sí, con el agravante, en nuestro caso, de que con frecuencia, hemos perdido; además de lo que nos han robado, estafado, expropiado, jodido, en todo caso; el tiempo, y los medios que son necesarios para poner en marcha los trámites del sistema judicial humano, cosa que se ahorran los animales que llamamos irracionales con los que compartimos el planeta, y que ni se les ocurre ir a protestar a ningún sitio, cuando les roban, pegan, o insultan, si es que también ellos lo hacen.

Comprobamos que es muy difícil la solución basada únicamente en nuestras leyes objetivas, hacen falta muchas pruebas, mucha policía, abogados, jueces, para ponerla en funcionamiento, y aún así, los resultados, frecuentemente, no son los que esperamos, por lo que es lógico que recurramos a las leyes que se basan en la educación, en nuestros principios morales, religiosos, o como queramos llamarle, para lograr una convivencia mejor.

De esta forma, es comprensible que en muchos países, siga la religión totalmente vinculada a la solución de los conflictos, como lo estuvo en parte, en el nuestro, hasta hace bien poco tiempo y, tendríamos que intentar llegar a un entendimiento en este campo, como lo hacemos en otros, políticos y económicos que, en principio, debemos considerar más difíciles, porque tienen repercusiones directas económicas, y materiales. Organizaciones internacionales, mercados comunes, uniones monetarias y otros que, aún admitiendo sus dificultades, se van abriendo camino.

En el campo inmaterial de las creencias, tendremos que coincidir, si realmente estamos hablando, de temas del espíritu, que el asunto económico, la "pasta", para el vulgo, que es el más conflictivo en los acuerdos políticos y comerciales, aquí, ya no cuenta, al menos no debiera contar, si realmente estamos hablando de asuntos del alma. Debiera resultar algo verdaderamente sencillo, poder alcanzar un acuerdo de respeto y colaboración, entre las distintas creencias, habida cuenta de que en el fondo, tienen los mismos objetivos, lograr una mejor convivencia entre nosotros.

Este posible y necesario entendimiento, tendría que tener la primera base en la aceptación del principio de que, para una gran parte de la humanidad, y creciendo, el tema de la religión, de cualquiera, no ocupa un lugar predominante en sus vidas. Es decir, ya están convencidos, de que su vida en este planeta, no va a trascender más allá, de lo que dure su existencia física, en este valle de lágrimas, o de alegrías, según le vaya la feria ésta, de nuestro transcurrir por este mundo. No piensa llevarse nada, no necesita pirámides, ni panteones, no necesita funerales, responsos, ni otras oraciones, aunque está dispuesto a respetar lo que ha heredado de sus mayores, no le hace falta renegar, ni apostatar, ni revelarse contra el pasado, simplemente va a seguir caminando por donde lo ha hecho siempre, por los mismos sitios, por los mismos templos, donde se ha reunido con sus vecinos, en ocasiones de felicidad, en unos casos y, de tristeza, en otros. Concretamente, en nuestro caso, en la religión católica que ha heredado y que, por supuesto respeta, con motivo de bautizos, bodas, despedidas y “fiestas de guardar”.

Lo único que aspira, y se considera feliz de poder conseguirlo, es tener una existencia, lo más pacífica posible, si tiene suerte, marcar algún gol, o al menos procurar, que no le marquen muchos, conseguir alguna meta asequible, intentar, pero sin obsesionarse, cumplir con la naturaleza, dejando algún gen a sus descendientes y, procurar que, cuando llegue la hora del tañido de esa campana, que le pone fin a su estancia en este mundo, la naturaleza no le tenga adjudicada una de esas muerte-putada que prepara de vez en cuando, en la última etapa, y le otorgue una digna, dulce, o al menos que no sea un coñazo, y si es posible, tener a su lado a quien le pueda cerrar los ojos, más que nada, por estética, ya se sabe. Eso es todo, y no es poco, no necesita más si, acaso, por aquello de que la materia no se crea, ni se destruye, solamente se transforma, va a pedir, que lo incineren, vuelta y vuelta, pero tampoco descarta, le da igual, otro destino más tradicional, con tal de no discutir.

Como decía, para mucha gente, la religión, cualquiera, no es necesaria par lograr una convivencia pacífica entre los humanos. Podemos prescindir de ellas perfectamente, nos basta con observar nuestras normas de educación, nuestras leyes y nuestras costumbres, nuestras tradiciones culturales que han logrado alcanzar grandes, al menos en zonas determinadas, períodos de paz y progreso, basándose únicamente en estas premisas, al margen de las consideraciones religiosas de cualquier creencia. Pero, como en todas las cosas, la naturaleza se encarga de que haya siempre discrepancias, (alrededor del 50 %, ya sabemos). Así, nos encontramos con opiniones para todos los gustos, de cualquier nivel social, cultural, y económico, incluso científicos, que se han pasado la vida estudiando en temas relacionados con la biología, con el origen de la vida, con las enfermedades, con las células, con las bacterias que, tal vez, hayan ganado importantes premios a lo largo de su carrera, que nos podían servir de referencia, de guía, pues bien, tranquilamente, unos se declaran abiertamente ateos, agnósticos, o lo que sea, y otros, otras, con la misma preparación y, en semejantes circunstancias, y con igual entusiasmo, se declaran fervientes creyentes de tal, o de cual religión, de tal dios o, de cual profeta. Es decir, un misterio más. Nuestra religión, que tiene siempre salidas para todo, decía aquello tan revelador de "misterios tiene la Iglesia que no los sabrás entender", pero es que además, tenía la solución "Doctores tiene que lo sabrán explicar", así de sencillo, hasta que aparecieron las grabadoras, e impresoras entonces, la cosa se complica, y ya no nos queda otra salida que admitir que sí, estamos ante un misterio, sin explicaciones posible, y que no tenemos que insistir más, es que yo no sé, es que yo no comprendo, es que tenemos que razonar, pues no, llega un momento, en que esto de razonar, hay que tomárselo con calma, como si se tratara de un medicamento, en las dosis prescritas, y admitir que sí, estamos ante un misterio más, a incorporar a nuestra mundo de dudas e incertidumbres, que nos va acompañar durante nuestra vida. Un misterio, pero tranquilo, podemos seguir conviviendo con él. No pasa nada.

Lo que sí, no debiera resultar difícil, en vista de que no tenemos más remedio que admitir, que el número de escépticos en este tema, decididamente, va en aumento, por lo menos, en nuestro caso; superada ya, por fin, la etapa de las cruzadas, el Santo sepulcro, la tierra santa, los tiempos de la salvación por cojones, de la evangelización, y conversión de los paganos, las santas misiones, las bulas, los santos inocentes, los fuegos fatuos, las ánimas del purgatorio, el limbo de los justos y, la madre que me parió, alcanzar algún tipo de consenso para lograr, de una vez, una reducción del fanatismo religioso, de todos los credos y, de todos los oráculos que, a la hora de la verdad, es lo que origina todos los conflictos. Porque sin fanáticos, todas las religiones son respetables, y no nos cabe la menor duda, de que ayudan a sus creyentes, a superar las dificultades de la vida y, ya no digamos, de la muerte, que la pueden afrontar con más resignación, y esperanza, al ser, para ellos, un tránsito a una vida mejor. Entonces, todos felices y unidos, podríamos lograr, una especie de ONU religiosa, donde podríamos rezar todos juntos, a dioses, magos, profetas, y demás todopoderosos espirituales para que, juntos al fin, podamos alcanzar, un mundo mejor de verdad, sin apostolados, sin evangelizadores, ni salvadores, porque estaríamos todos de acuerdo, estaríamos todos felices y contentos, estaríamos todos salvados. Desearíamos la paz a los hombres, y a las mujeres, a todos, incluso aquellos que, decididamente, no tienen buena voluntad, es más, están cabreados, por diferentes y variados motivos, a los déspotas, a los hijos de su madre, a los resentidos, a todos esos tíos y tías, que están a punto de que los llamemos individuos, a todos esos que, por otra parte, son los que más necesidad tienen de paz, ya que los que tienen buena voluntad, normalmente están en paz, y viven en paz.

Pero en el tema de la religión, de las religiones, en el tema del espíritu, en las cosas del alma, (esta palabra, el alma, que antes se utilizaba tanto, precisamente para diferenciarnos del resto de las especies, "fora alma, es igual que una persona, se decía de alguna mascota, que nos tenía entusiasmados con su sensibilidad, y cariño) en los asuntos de las creencias, no debemos insistir en tratar de regularlas, de ordenarlas.

Estamos dándole vueltas todavía, a estas alturas, al tema de la libertad religiosa. Volvemos a lo mismo, nos empeñamos en tratar de arreglar con nuestras leyes, cuestiones que son íntimas, cuestiones de sentimientos, de conciencia de cada uno. Se monta un cristo, nunca mejor dicho, cuando aparece un señor o, una señora, y dicen que hay que retirar un crucifijo o, un belén, de un local público. Bueno, pues este tema, técnicamente está clarísimo, no cabe discusión alguna, punto. Este señor o señora, tienen toda la razón, en un régimen sin religión, en un Estado aconfesional, no hay, no debe haber, si nos queda alguna capacidad de razonamiento, dentro de nuestro pequeño cerebro (aún admitiendo que es mucho más grande que el de los monos, incluso que el de los delfines que son tan listos) debate alguno, a estas alturas, no puede haber duda, lógicamente, no debe haber signos de cualquier religión, de cualquier cofradía, ni de cualquier club de fútbol que, para esta reflexión, es lo mismo. Otra cosa, es que estos ciudadanos estén un poco "mosca", porque no se han olvidado del pasado, porque siguen pensando que, detrás del crucifijo, o del belén, vienen las procesiones bajo palio, las intransigencias, las censuras, los cursillos de cristiandad. Recuerdan, como si fuera ayer, los tiempos de los fanáticos de Cristo Rey, de los peligros de la puta carne ésta, de los certificados de buena conducta, de las excomuniones, de las penitencias, y de la condena eterna en los infiernos, varios. Porque no se han olvidado de que nuestra Santa Iglesia, si pudiera, controlaría todos los detalles de nuestra vida, y que si hablan del preservativo, aborto, o demás, es porque ya han perdido la esperanza de poder intervenir directamente en el control del acto sexual, que al no poder demostrarse, no hay excomunión que valga, si no lo harían, seguro. Porque aún tienen fresco en su memoria, cuando no se podía bailar "agarrado", no sea, ¡Qué paliza! O que la dichosa falda tenía que llegar hasta no sé donde, de si el puto escote ése tenía que ser de no sé que forma, de si el fuego eterno acechaba por doquier, y a todo esto, ese afán de apostolado, esa obsesión de salvar a las almas de todos los habitantes del planeta, esa manía de no respetar a los que no estén en su onda, y tratar de convertirlos a sus doctrinas, ese afán que tiene el hombre y señora católicos, de que los demás participen de sus ideas, de sus creencias, de sus misterios, de sus milagros, de sus procesiones, de sus paraísos, es como si no quisieran estar solos en estas cosas que precisamente, al ser cosas del alma, del espíritu, debieran pertenecer al campo de su intimidad, de sus sentimientos. Aquí si tendrían sentido los secretos.

Ahora bien, tan negativo es el tratar convertir a nadie, bautizándolo, catequizándole, y metiéndole a calzador todas los creencias, a no ser que realmente, esté muy receptivo, es decir, que tenga predisposición, vocación, como se decía antes; como, pasándose al lado contrario, muy típico por otra parte, hacer publicidad de que Dios no existe. ¿ Pero es que no es posible, que dejemos a Dios, a todos, en paz de una vez? ¿No somos tan naturalistas? . ¿Es que en la naturaleza hay algún ejemplo de cosa parecida? Puestos a tener que anunciar algo, podría decir: Tal vez Dios no exista, pero la imbecilidad, si. Diviértete de todas formas, si puedes. Yo al menos, lo entendería mejor. Debemos felicitarnos que, al menos en lo que se refiere a nuestra religión, ha pasado la época de la intransigencia, de la persecución, de la imposición, de ese afán de apostolado y de catequesis, que con tanto entusiasmo, presidían todos los actos públicos, ya sean misas, cursillos de cristiandad, retiros, procesiones, exposiciones, etc. hasta hace bien pocos años. Todavía resuenan en nuestra memoria aquellos sermones exaltados, de las santas misiones, o de cualquier ceremonia religiosa, donde no se perdía la ocasión para recordarnos los peligros que acechaban a nuestra alma, los pecados, sobre todo los de siempre, ya sabemos, que acabarían por echarnos a perder, y que el único camino de salvación, era el que nos marcaba la Santa Iglesia. Bueno, demasiado para el cuerpo. Ahora ya se admite abiertamente que se puede ser un perfecto cabrón, comulgando todos los días. Se puede ser un libertador, pero que después resulta que es un criminal, con todas las bendiciones obispales, y papales. Y, por el contrario, se puede ser una excelente persona, un ciudadano ejemplar, un científico, un obrero, un voluntario, una enfermera, sin pertenecer a religión alguna, sin ir a ninguna misa, ni llevar una bandera en cualquier procesión. Porque se han propuesto que el único estandarte al que van a seguir el resto de su vida, va a ser el que tenga como consigna sublime, el respeto y la libertad entre los ciudadanos del mundo, al margen de razas, creencias y costumbres, tratando de colaborar dentro de sus posibilidades, a que esto sea realidad, sin esperar otra compensación, que no sea el poder vivir y morir, cuando le toque, en paz, convencidos de que es posible un mundo mejor, pero sin que ello esté supeditado a tener que rendir cuentas a nadie, ni a la espera cualquier premio ni castigo. Esto que parece tan sencillo, hemos tardado siglos en conseguirlo. Cuantas excomuniones, cuantas amenazas, cuantas hogueras, cuantas guerras, nos hubiéramos evitado, si pudiéramos haber visto antes esta luz, que nos librara de las tinieblas de la ignorancia, de la ignominia y del miedo. Lamentablemente en otras confesiones, siguen con la luz apagada, y sin demasiada esperanza de evolución hacia un mundo más civilizado. Ya sabemos que la cronología tiene distintas medidas, y para unas cosas pueden servir los días, las horas, e incluso los minutos, pero para otras, teniendo en cuenta de donde venimos, hay que recurrir a contar con los siglos, y pasarán muchas generaciones, para que podamos seguir avanzando en nuestro camino hacia un mundo más civilizado…

Por lo que debemos de felicitarnos, aunque en muchas ocasiones se haya conseguido con desesperante retraso, de que por fin estemos, al menos en nuestro ámbito, en el camino de encontrar una convivencia de respeto, al margen de cualquier fe, y de cualquier creencia. Todo esto, por supuesto, valorando y agradeciendo la gran labor social, la ayuda a los más necesitados, porque hay que reconocerlo, en muchos casos, son los únicos que se preocupan del asunto, como si fuera su exclusiva responsabilidad, no tenemos más que ver la gran cantidad de religiosos y seglares afines, las numerosas asociaciones religiosas dedicadas a estos fines y que encima no solo encuentran apoyo, sino que, en muchos casos se le critica abiertamente. Pienso por ejemplo, en el caso concreto de Cáritas, en donde hay mucha gente dedicada a los demás, trabajando sin compensación económica alguna, cuando no, aportando dinero directamente, como si fuera su obligación. Hay un detalle revelador en este tema. ¿Por qué los necesitados, los pobres, se ponen, desde tiempos inmemoriales a las salidas de las iglesias, y no lo hacen a las puertas de los Ayuntamientos, Parlamentos, Casinos, Bancos, etc. que sería más lógico, ya que allí está el dinero? Porque saben que por las iglesias circulan las personas que tienen más sensibilidad, más solidaridad. Esa característica exclusiva de los humanos, y que en muchos casos, va unida precisamente, a esos sentimientos religiosos.

Por eso que, aunque defiendo abiertamente la libertad de poder vivir tranquilamente en tu pueblo, en tu ciudad, sin tener que asistir a ningún culto, ni asociarte a ningún club, respeto profundamente a los que lo hacen, y valoro positivamente lo importante que pueda ser su labor, siempre y cuando; aunque para ellos puede resultar injusto, porque se sienten solos en su misión; este respeto sea mutuo, aún admitiendo que, muchas veces, también es muy injusto que los que no colaboren, colaboramos, que por otra parte es lo más cómodo, se pasen la vida criticándolos. Lo fundamental en estos temas, para que podamos conseguir una convivencia civilizada, es el respeto a lo que pueda hacer tu vecino, o vecina, siempre que, aparentemente al menos, no sea claramente nociva para sí mismo, o para la comunidad. Lo que tenemos que rechazar rotundamente, en esto creo que no debiera haber discusión, (pero la habrá, seguro, faltaría más) es esa inclinación, al apostolado, al proselitismo, al clientelismo, condición, por otra parte, que compartimos con las demás especies animales, con alma o sin ella, que en general, salvo las excepciones de rigor, les espanta la soledad, y que no conciben la vida, si no tienen a su lado a un semejante o, si es posible, "semejanta", aunque solo sea para darles la plasta.

Porque de la misma forma que el drogata le encanta que le acompañes en su viaje hacia la mierda, ¡Venga tronco, colega, enchufa!. O que el borracho te invite a que participes en su borrachera, ¡Bebe, coño, anda este, con su agua mineral, habráse visto, bebe coño! . O que el fumador se empeñe en compartir contigo su humareda, ¿Hace un cigarrito, compa? El forofo, (el fósforo, en la famosa versión de Carlos Herrera) el seguidor, el fanático de su religión, de su cofradía, de su club, de su afición, está empeñado en que le acompañes, que le asistas (ven tío, es cojonudo, dabuti) que le comprendas. Te explica, una y otra vez, las maravillas de su fe, de sus paraísos, de sus ídolos, de sus aficiones, las ventajas de sus creencias, de sus secretos, de sus músicos, de sus equipos, y de sus goles. ¡Ra! ¡Ra! ¡Ra!.

Curiosamente, el interés se reduce a que participes únicamente de esas creencias, de esas aficiones, es una pena que no extendiera su entusiasmo, a que participaras también, ya metidos, de su dinero, si lo tiene, pero hasta ahí no suele llegar su apostolado, de eso no quiere que participes, mira tú por donde, que era lo único que te podría interesar. No podemos seguir con estos debates absurdos, esto no lo puede solucionar ninguna ley de libertad religiosa, es un tema de educación, de cultura, de civilización. Dejemos de una vez de intentar controlar lo que es incontrolable porque, por esa regla, tendremos que hacer leyes para tomar copas, para ligar, para bailar, para ir al cine. Vale ya. Lo que si tiene que quedar totalmente claro, a estas alturas, es que, sobretodo y, por encima de todo y, si es posible, de una vez, para siempre; respetar a aquellos que han decidido; porque lo han pensado detenidamente, incluso lo han estudiado tal vez, porque no han encontrado razones suficientes que lo justifique, porque no sienten la llamada a ese culto, a esa imagen, a ese dios, porque no creen, en paraísos, infiernos, ni en premios, castigos, ni venganzas, en último caso porque sí; no necesitan rezar, no quieren rezar, porque, tal vez, ya lo han hecho bastante, porque ya les aburre el tema, porque ya están cansados del debate y, porque ya, lo único que pretenden, es vivir lo que le quede de vida, en paz, sin proyectos, sin órdagos, sin revanchas, en tal caso, perdonando, y pidiendo perdón pero, dispuestos a caminar, hacia el último destino, lo más tranquilos, y serenos, que le permitan las circunstancias de la vida, dispuestos a dejar este mundo, con la naturalidad, dignidad, y discreción , con la que lo hacen las demás especies, con las que han compartido el planeta Tierra, de las que se sienten un poco distantes, sí. Un poco superiores, también, que han evolucionado más, de acuerdo, hasta llegar a ser, el rey de la creación, vale; pero, que no es para tanto, hombre. No es para ponerse así. ¡Leche!

Por lo que tenemos que insistir, en esta línea de tratar de conseguir un mundo, sino feliz, que sería demasiado pedir, si al menos, de una vida con menos sobresaltos, tendríamos que llegar al convencimiento de que la única salida posible para lograr un nivel digno de convivencia, es encontrar ese equilibrio tan difícil de conseguir en todos los órdenes de la vida. Porque, nada que se decante, a un lado, o al otro, ya tenemos el lío, el pleito, el drama, la guerra. Porque suele pasar que, o abusa el policía, o abusa el delincuente, abusa el arrendador, o lo hace el arrendatario, abusa el sargento, o el soldado, abusa el caballero o, abusa la señora y, tal vez, nos inclinemos a pensar, que son peores las consecuencias cuando el que abusa, no es el que tradicionalmente lo suele hacer. Da la sensación de que en el cortijo, las cosas van mejor, cuando decide el señorito, hasta los caballos parecen más contentos, no sé si me explico. Es decir, cuando abusa el policía, el resultado, suelen ser lesiones, cuando abusa el delincuente, suele ser muerte. Cuando abusa el casero, sube la renta, cuando lo hace el inquilino, se le queda con el piso. Y cuando el mayoral, o su señora, mandan en el cortijo, es que el señorito, ya se ha quedado sin él. Por eso, nos resulta tan complicado, alcanzar ese equilibrio necesario, para lograr una convivencia pacífica. No tenemos más que fijarnos en lo difícil que nos resulta lograr entendernos a nivel de pequeños grupos sociales, ya sea en una empresa, en una familia, un grupo de amigos o, en una reunión de vecinos, para darnos cuenta de la magnitud del problema, no digamos, si lo llevamos a escala regional, nacional y, tal vez, supranacional. Decimos que el mundo es pequeño, pero dependiendo desde donde lo observemos, puede resultarnos inmenso.

Empezando por la organización política que, al menos en el mundo que llamamos, moderno, se asienta en el sistema de partidos, a los que se afilían, se "apuntan" digamos, los ciudadanos y ciudadanas. También aquí, como en las religiones, aparecen los misterios. Porque me gustaría saber, donde le incorporan al ser humano, esa tecla, ese chip, que le permite a uno o, a una, teniendo incluso el mismo origen, y la misma educación, siendo, incluso hermanos, oiga Vd., (este germen, surge ya desde pequeñitos, no empieza con la mayoría de edad, es antes); decir, pues yo soy de izquierdas, pues yo de derechas, pues yo soy anarquista revolucionario, pues yo soy del atlético, que hasta ahí, llegan los contagios, que permiten asimilar aficiones deportivas asociadas a distintos colores, y clubs, con unos supuestos ideales políticos, que se les presumen a sus seguidores. Porque lo que nunca entenderemos es esa clasificación, ese orgullo de declararse de una ideología determinada, al mismo tiempo que desprecia al que se declarara de otra. Yo soy rojo, soy de izquierdas, por ejemplo, cuando tiene las mismas aficiones, las mismas ambiciones, tal vez la misma cuenta corriente, o mayor, en resumen, lo que suele definir a los que llamamos de derechas. Es decir, el caos, la empanada mental, la madre de todas las discordias, que presiden las relaciones, entre los descendientes de aquellos seres, que se manejaban divinamente, entre la espesura del bosque, bajándose con asombrosa agilidad de los árboles, pero que en unos miles de años, en un suspiro, para las magnitudes del universo, se han tenido que ocupar de otros menesteres mas complejos, más difíciles y, más sofisticados, sin que apenas le dieran tiempo para asimilarlos.

A veces, me viene a la memoria cuando, en los años ochenta, coincidíamos, es un decir, ya que como figura que era, en aquellas fechas, ni nos saludaba, con el inolvidable bailarín, el admirado, Antonio Gades, comunista revolucionario hasta las trancas, en Altea, donde solíamos navegar con mi amigo Vicente Maturana y otros. Nos lo encontrábamos navegando, siempre solo en su bonito barco, un motovelero, Endurance 35, navegando, siempre en su soledad, con la única ayuda de su timón automático. Se conoce que a su compañera de aquellos tiempos, Marisol, no le iba el rollo de la mar. Nosotros que, después de tantos años de oscuridad, donde a los comunistas no se les podían ni nombrar, empezábamos a entender el comunismo de los Padre Llanos, o Diaz Alegría y tantos otros, dedicados a la labor social y similares, no entendíamos muy bien, tal vez sigamos sin entenderlo, como se puede estar en el mismo equipo, donde valen lo mismo, los goles que puedas meter al contrario, como los que puedas meter en propia puerta. Nunca encontramos la explicación que mantenía, a famosos de aquellas épocas, como Picasso, identificado totalmente con el partido comunista y, a Dalí, como un personaje de la derecha recalcitrante. Los dos eran grandes artistas a nivel internacional, unos genios, iconos mundiales, excéntricos, y ególatras. Unos verdaderos cafres, en otros aspectos, pero que pasaba desapercibido para el gran público, por la grandiosidad de su obra, pero que lo padecieron directamente sus allegados más próximos. Los dos vivieron intensamente su arte hasta que le llegó la muerte y, a simple vista, se comportaban de una forma parecida, vivían de su trabajo y para su trabajo, su vida la consumieron intensamente entre genialidades, caprichos, y extravagancias pero, mira tú por donde, misterios de la vida, políticamente, eran, o al menos ellos se lo creían, antagónicos. "Picasso es comunista, yo tampoco, decía Dalí". (Lo que está claro, es que eran unos vividores cachondos, ambos, en el lenguaje vulgar, lo de su afiliación política, una vez más, es una coña) Este es otro enigma que afecta a la personalidad humana. Que uno se siente de izquierdas, y otro de derechas, con los mismos sistemas, negocios, aficiones, y cuentas corrientes. Es la misma reacción que tenemos, cuando vemos que un banquero jupy, o un acaudalado empresario, se declaran fervientes comunistas, y admiradores de los sistemas socialistas, más o menos radicales. Simplemente se nos rompen los esquemas, y entonces empezamos a comprender que aparezcan líderes con vocación de instaurar regímenes que prescindan de la economía de libre mercado, y de la propiedad privada, al menos así, terminan con la frivolidad, y el cachondeo, de estos adalides de contradictorios sentimientos. Porque; cuando vemos a un rico progue de éstos, en su yate, explicándonos lo interesante que resulta el reparto social de la riqueza, y la consabida, y muy recurrente, devolución a la sociedad, (supongo que en una pequeña parte) de lo bienes que ésta le ha proporcionado, nos dan ganas de animarle, a que se ponga a realizar el reparto cuanto antes, que receptores no le van a faltar, porque de lo contrario, nos va a parecer que está hablando como lo haría un infiltrado de la policía, en una banda de delincuentes, camuflándose, y simpatizando con ellos, para tratar de sacarles información, que en este caso, sería tajada, concesión, o prebenda, que consiga aumentar su patrimonio, y los metros de yate, para seguirnos colocando sus discursos solidarios. Desde lo del becerro de oro, y el ojo de la aguja con el camello de marras, en cualquier época, y en cualquier crisis, ha sido complicado abordar el tema de la riqueza, pero en un sistema de libre mercado, todos sabemos como se genera, los efectos que produce, y las ventajas, e inconvenientes que trae consigo, sobre todo ventajas, ya que dejar de ser rico, y ahorrarnos los inconvenientes, siempre ha sido muy fácil. Por tanto, no hay que tratar de justificar la riqueza, el que la tenga, que la disfrute en paz, y punto pelota. Pero hay algo peor que intentar justificarla; que nos traten de explicar su solidaridad, y sus inquietudes socialistas, sobre la distribución de la riqueza. Tenemos que saber convivir con las desigualdades, sin necesidad de que nos sintamos provocados por la riqueza, porque cuando pretendemos arreglar este desequilibrio, como no es posible hacerlo por arriba, haciéndonos todos ricos, se suele igualar la situación, convirtiéndonos a todos en pobres. Logrando con la riqueza, lo que el burka consigue con la belleza: Hacerlas todas feas.

Volviendo al tema del recordado, y admirado bailarín, Antonio Gades, tan convencido de su militancia comunista- revolucionaria estaba, que se fue a morir a Cuba. Pero, eso sí, navegando. Era un gran admirador de Fidel Castro. Lo que no sé es lo que habrá sido de su bonito barco Endurance 35 (no recuerdo su nombre) porque en Cuba, al menos los cubanos, no pueden navegar en barcos de diez metros, porque en ese régimen, y eso sí lo entiendo, no hay propiedad privada, al menos, para poder tener barcos de 35 pies. En vista de lo cual, no tenemos más que felicitarnos, de que las cosas vayan tan bien, dado la nebulosa que preside nuestros pensamientos, cuando nos ponemos en trance de razonar. En otros tiempos, todas las clases, sobre todo, dominantes, tenían fácil identificación, el militar, con sus galones y estrellas, los curas y obispos, con sus atuendos inequívocos, los profesionales que no llevaban uniforme, casi siempre lucían sus insignias en la solapa, en caso de duda, hasta el documento de identidad, ponía la profesión. Tenían uniformes los porteros, ordenanzas, serenos, botones y, en último caso, ante cualquier contingencia, surgía rápidamente y, amenazador, aquello de "Vd. no sabe con quien está hablando".

Sin uniformes, excepto para las monjas, enfermeras y contadas profesiones, pero tampoco hacía falta, para que no hubiera la más mínima duda, de la procedencia social, moral, y económica de la señora o señorita, que habíamos conocido. No es que ahora hayan desparecido las diferencias, lo que si, ya no nos fiamos de las apariencias que es distinto, en otras épocas eran suficientes, para que pudieras permanecer durante un mes sin pagar en un hotel de lujo. Estas cosas seguían pasando en nuestro país, cuando por ahí, ya no eran suficientes esas apariencias, ya no servía el gran coche, el traje y, tal vez, el turbante, ya se hacía necesario la tarjeta de crédito, que puso fin, a estas operaciones basadas en la picaresca.

En las actividades comerciales, también se han hecho notar, los diferentes principios que han inspirado las normas que regulan los distintos sistemas por los que se rigen las operaciones mercantiles. Se han impuesto, por goleada, a nivel mundial, el sistema inspirado, en las normas del mundo anglosajón, basándose en las leyes objetivas que, en contraste con otros, como el nuestro, que se han apoyado principalmente, en el aspecto moral, incluso religioso, y que, cuando bajó el nivel de esos principios, han hecho proliferar los desfalcos, estafas, etc. porque se confiaba en la moral, la reputación de la persona, más que en el sistema jurídico, que lo regulaba.

Por otra parte, la actividad comercial siempre fue más contundente, por así decirlo, con el sistema anglosajón, con mentalidades más abiertas, sin tanta timidez.

Todavía no ha aparecido la, o el valiente que se atreviera a traducir lo de Cash&Carry en su supermercado,

Por ejemplo, todavía no ha aparecido el, o la valiente que se atreviera a poner como rótulo de su establecimiento, de su supermercado, lo equivalente, traducido, a "Casch and Carry" que debiera decir algo así, como "pague y lleve", o pague y transpórtelo, no me imagino decir, me voy al "pague", mientras que es corriente oír, me voy al "casch .." Nadie se atrevería poner un rótulo así en su local. Todos dirían, anda este, que se habrá creído, que no le íbamos a pagar, será gilipollas. En nuestra mentalidad sonaría fatal.

Por aquí tenemos la falsa expresión, "será por dinero" para superar nuestra timidez a la hora de enfocar los temas económicos con la crudeza que conllevan. Siempre es complicado ponerle precio a una cosa, más en nuestro caso, con nuestra mentalidad, tradicionalmente presidida por los temas espirituales, morales, y religiosos, que han dado origen a un colosal lío con el tema crematístico, que no hay forma de que nos lo podamos quitar de encima, porque siempre han estado unidos a esa hipocresía, a esa falta de sinceridad que te hacía responder, al ¿Cuánto le debo? no, no, es nada, o como máximo, la voluntad, cuando realmente lo que esperabas es que te pagaran una cantidad, un precio, por tu servicio, o por tu trabajo. Pero las cosas del alma, de los sentimientos, de la amistad, del amor, que en principio, no debieran tener conexiones con las finanzas, compruebas que no es así, y que al final el dinero (si no estás en esos pocos sitios donde no existe, y que es mucho peor) está presente en todas las facetas de la vida, incluso en las más sublimes, y que detrás de prácticamente, todos los dramas, de todas las violencias de género y de las otras, está el puñetero dinero, y que por lo tanto, cuanto más pronto lo aclaremos, mejor. Pues el precio es tanto, pues es caro, mire Vd., bueno, tenemos ahora una oferta y así . Por aquí, lo de ganar dinero, sin ser delito, no estaba bien visto, rotundamente, lo del ojo de la aguja, ya sabemos, estaba vigente en el subconsciente, no tenemos mas que pensar, en la clase intelectual, de la época cercana, anterior y posterior a nuestra guerra del 36, que no se ocupaban de otra cosa, que no fuera su cátedra, su vocación, su profesión, permitiéndoles únicamente una economía de supervivencia, cuando serían los más preparados para ganar dinero pero, decididamente, no eran los objetivos que se imponían en aquellos tiempos los intelectuales.

Aquí, siempre estuvieron mezclados los conceptos y, hasta en la actualidad, tenemos que recurrir a términos de la lengua del Sr. Shakespeare, para expresarnos en algunos aspectos de la actividad comercial (como algún pijo, necesitaba recurrir al francés, en el campo del amor). De esta forma, vocablos como el "leasing", o el de "hedge funds", que no tienen, prácticamente, traducción, o que se traducen de oído, y otros que sí la tienen, no las utilizamos porque en nuestro idioma, suenan peor, definitivamente. Así, si un señor tiene alquilado un coche, o una máquina, parece como si automáticamente, perdiera categoría, pero si este mismo señor, hace un "renting", amigo, esto ya es otra cosa. Por eso aquí lo del alquiler, inquilino, y vecinos, tiene una connotación un tanto despectiva, hasta el punto de que se considera una carga y, en muchos casos lo ha sido, porque el inquilino de aquel piso, de aquel local, se convirtió en el verdadero propietario, al tener un contrato indefinido y por causa de la inflación, convertirse en ridícula la cantidad pactada en principio por la renta. Esto, increíblemente sigue repercutiendo en la mentalidad de hoy, considerando al inquilino como una figura incómoda, cuando precisamente es la que podía salvar la situación. Por ejemplo, la gran crisis inmobiliaria a la que nos ha llevado la especulación y la paranoia del pelotazo, ha podido producirse por haber despreciado la figura del arrendatario. Es decir, el gran fracaso inmobiliario se produce, no porque no se vende, sino, porque no se alquila y, cuando una propiedad no produce, aunque solo sea una pequeña renta, lo que nos queda es simplemente, una fuente de gastos.

Y no se alquila, porque la figura está desprestigiada, y todo porque el chapuzas del legislador, en su día, no había previsto una actualización de la renta pactada, cuando en los casos en que apareciera el fenómeno de la inflación, no convirtiera prácticamente en nada, aquellas treinta, cien o trescientas pesetas que, en su día, cuando se había realizado el contrato de arrendamiento, era una cantidad importante, en los años cuarenta, o cincuenta. Este problema ahora no existe, al contrario, esa ley no escrita, esa ley natural de la oferta y la demanda, es la que consigue que el inquilino, esa figura increíblemente denostada y que debiera ser la más importante, y lo es para la gente sensata, hace que el arrendador no actualice la renta, e incluso, rebaje su importe con tal de conservar el arrendatario. Parece imposible que la reforma de la ley de arrendamientos, no se llevara cabo nada menos, que hasta el año ¡1985!, con la conocida como la Ley Boyer, que protege las rentas contra la posible depreciación de la moneda. Esto nos da una idea de cómo la actividad comercial en nuestro país ha ido al margen de las leyes que imprescindiblemente lo tiene que regular, porque en su defecto, entra automáticamente la ley natural que esta si que no se duerme, actúa las 24 horas del día, esa ley no escrita de la oferta y la demanda que al final, es la que pone las cosas en su sitio, y termina con los privilegios, con los pases, con los enchufes, con las comisiones, hasta con las recalificaciones y, entonces, es cuando te das cuenta que el arrendamiento, lejos de ser un problema, es la salvación.

No sólo eso, sino que si hacemos un enfoque correcto, estamos siempre en un caso de alquiler, sobre todo cuando se trata de bienes muebles. Me explico. La diferencia, dejando a un lado cuestiones de responsabilidades, solvencias, etc. entre tener algo en propiedad, o ser arrendatario del mismo bien, está en que lo que has adquirido, conserve un valor suficiente para que pueda ser importante en la cuantificación de tu patrimonio. Por eso no siempre es fácil de razonar la filosofía que tienen muchas empresas, sobre todo grandes multinacionales, que por principio alquilan, en lugar de comprar. Esto, cuando estamos ante casos en los que, transcurridos largos períodos de tiempo, con sus alquileres, podían haber comprado las instalaciones varias veces, no es fácil de entender, porque al cabo de veinte, treinta años, por muchas crisis que hayan pasado, esos inmuebles tienen un valor, un gran valor, en muchos casos . Por otro lado, no podemos criticar la compra de un local, piso, oficina, nave industrial, o parcela, cuando para mucha gente, fue el mejor negocio que han hecho en su vida. Pero lo que en el caso inmobiliario es así de claro, en el de los bienes muebles, es muy distinto, ya que sabemos que esa máquina, ese ordenador, ese coche, al cabo de muy pocos años, el valor es cero, por lo que hemos perdido lo que hemos invertido en su compra, al contrario de lo que sucedía en el otro caso, en que frecuentemente se multiplicaba su valor. Por lo tanto, al encontrarnos con que la propiedad de lo que tenemos no tiene valor contable alguno, estamos en la misma situación del alquiler. Por ejemplo, en el caso más típico, en el automóvil. Podemos decir que nos encontramos siempre ante un alquiler, pero con dos formas de verlo. En el primer caso, aquel que realmente lo alquila, y sabe que tiene que pagar xx, todos los meses, para seguir utilizándolo. En el segundo caso, lo más habitual, el que va al concesionario y lo compra. El primero, el arrendatario, las cuentas las tiene siempre claras en todo momento, sabe que su coste es exactamente lo que está pagando cada mes por el arrendamiento, aquí no hay sorpresas, averías, mantenimiento, seguros, etc. todo está incluido en esa cuota que paga mensualmente. En el segundo caso, el comprador hallará su coste, si quiere echar las cuentas; cosa que a menudo no se hace, porque es como lo del colesterol, preferimos no saberlo; cuando al cabo de uno, dos, o tres años, decida venderlo, y si ha tenido la paciencia de ir contabilizando, sumando, todo lo invertido, desde el día de su adquisición, con los impuestos, seguros, reparaciones, mantenimiento, etc. se encontrará con una cifra del total invertido en el vehículo, al cabo de este tiempo de utilización. Si de esta cantidad, deduce el valor real, lo que le dan en ese momento por el bien usado, se encontrará con la cantidad final que le ha costado. Si la divide entre los meses que lo ha tenido, obtendrá una cantidad mensual, xx, que es lo que realmente le ha costado. Esta cantidad variará mucho en función del modelo, duración, kilometraje, etc. pero al final nos encontraremos con una cantidad al año, al mes, o al día, como en el alquiler, solo que aquí, lo hemos pagado por anticipado, a la hora de comprarlo. Lógicamente cada situación, tiene sus cosas a favor, o en contra. El que compra, para abaratar estas cifras, puede optar en seguir amortizándolo por muchos años, aunque sea a costa de aumentar el riesgo de averías, y de seguridad. El que alquila, aunque lógicamente sabe que le puede costar más, no tiene que realizar esos desembolsos de adquisición, y mantenimiento, averías, seguros, etc., además de no haber tenido que hacer el desembolso, o adeudarse al momento de su adquisición. En resumen, podemos decir, que al final resulta siempre un gasto puro, aquí no hay posibilidad de plusvalías, como en el caso de los inmuebles, al menos en épocas normales, por eso decía antes que la utilización de un vehículo, máquina, o similar, podemos considerarlos siempre como un alquiler, un gasto puro.

Es por eso que debemos pensar en términos de rentabilidad, a la hora de realizar una inversión, no en función de las posibles plusvalías que ahí es por donde pueden venir las sorpresas. Si nos fijamos en que los inmuebles que están vacíos en nuestro país, serían susceptibles de generar unos ingresos del orden de los mil millones de euros mensuales, nos da una idea de nuestro despropósito, a la hora de planificar estos negocios. Porque estas cosas suceden, por no tener en cuenta las ya mencionadas repetidamente, leyes naturales que, como siempre son las que funcionan sin descanso, y sin excepciones. Las leyes humanas, las pobres, ya se sabe, con trampas, con engaños, con presiones, o recalificaciones, se les puede burlar, pero a las otras, no. Por eso, en este caso, la ley natural no escrita de la actividad comercial, ya sea de inmuebles, máquinas, o coches, es decir, la ley de la oferta y la demanda, que no publica ningún boletín oficial, pero que alguien le va proporcionando información a alguien, y un invisible y potentísimo equipo, va contabilizando, día a día, todos los detalles, todas las partidas, sin que se deje nada por anotar, sin que se olvide de ninguna partida, y es la que al final nos demuestra que hemos construido de más, que hemos fabricado de más, y que un inmueble, una máquina, o un vehículo, si no se vende o no se alquila, es que no hacía falta, y que no se debería haber fabricado.

En el apartado inmobiliario, es una pena que la figura del arrendamiento se haya deteriorado a través del tiempo, por los problemas que trajo la inflación y con ella, la depreciación de la moneda, que ha llevado a que los propietarios perdieran casi por completo la rentabilidad, cuando no incluso, la propiedad, en algunas ocasiones, con lo que dio origen a convertir, la figura más importante del comercio, es decir, el cliente, el inquilino en este caso, en una carga, en un enemigo. Esto se corrigió, pero con mucho retraso. El año 1985 ya era tarde para haber podido rescatarla, y que pudiera ser un actividad prestigiada (como lo era en la España de principios del siglo XX) con la figura del arrendamiento como protagonista de los negocios inmobiliarios, como en los países con una economía moderna, y pasarán muchos años, para que dejemos de llamarla una carga, y sigamos diciendo, como si fuera un valor; este local, esta oficina, este piso, está libre, no tiene inquilino, que es algo así como decir, esta cartera está vacía. Esto está bien para las épocas de pelotazo, para otros tiempos, pero cuando se trata de obtener un rendimiento sensato, el de los ricos, ya se sabe, esos que, a su conductor o, chófer, le llaman, por tradición familiar, mecánico, como me recuerda mi amigo y compañero del alma, Eduardo Rodríguez - Sobejano, que son los mismos que se han conformado con los intereses del plazo fijo, o las letras del tesoro, que siempre han considerado suficiente rendimiento porque, en el fondo, empiezan a estar un poco incómodos con tanto dinero y, si además, se acerca el final del camino, y son creyentes, no se han olvidado del todo del puñetero camello ese, y del ojo de la aguja que, aunque ahora ya es otra cosa, como sabemos, siempre será mejor presentarse a San Pedro, mas ligero de equipaje. Por eso, tampoco los encontraremos en ningún paraíso fiscal, (porque en el fondo, no deja de ser un pecado, y mamá nunca nos lo perdonaría) ni los pillarán en ninguna pirámide, de ningún sofico, gescartera, forum y demás, porque al final, es la puta miseria del pobre listo, mas bien listillo, de siempre, que se pasa la vida buscando ese diferencial del pillín, esos tres o cuatro puntos más, ese puñetero 10 % cuando la cosa está por el 5 o 6% y, que al final los encuentra y, que después se pone a llorar, cuando comprueba que el chiringuito al que le había entregado su dinero no era más que una pirámide financiera sin faraón, y empieza su peregrinaje por las dependencias oficiales, pidiendo la intervención de las autoridades, por no haberles protegido de las actividades fraudulentas del chiringuito financiero de turno, a las mismas autoridades a las que no hizo el menor caso, cuando de una forma insistente y machacona, en sus campañas de publicidad en prensa, radio y televisión, nos repetía una y otra vez, todos los días, las excelencias y seguridades de la inversión en productos del Tesoro Público, que al final, fueron los que acertaron. Como mamá.

Porque todo el problema de las crisis, se basa en que el personal, no se ha conformado con el beneficio digamos natural, tranquilo, serio, el que podíamos decir que estaba admitido por las regalas no escritas de las inversiones tradicionales. Todavía no había llegado la época del pelotazo ya sea inmobiliario, de la bolsa, o de las opas. El que se ha conformado con unos rendimientos normales, no ha tenido problemas, pero cuando se han rebasado los límites que se consideraban normales fuera de los cuales, estaba por así decirlo, mal visto ganar tanto dinero, se ha perdido la vergüenza y ya nadie tiene reparos en decir que ha ganado tantos millones en la especulación inmobiliaria o financiera. Es la quiebra de los valores en los que se basó siempre nuestra actividad económica aunque eso sí, sin ocultar la hipocresía que también estaba presente en todas las épocas. Pero ahora ya, sin disimulo alguno, como cuando podemos ver a personas en edad de jubilación, que se preparan unos retiros supermillonarios, no siempre explicables y, desde luego, nunca éticos, sin el mínimo reparo. No sabemos que es lo que pretenden comprar en lo que les pueda quedar de vida, ya que si de algo estamos seguros, es que la fecha de caducidad la tienen asignada y no se la van a variar por mucho dinero que retiren. De todas formas, se aferran a la pasta, como si estuvieran comenzando su andadura por esta vida.

Las crisis, todas, ya sean de ansiedad, románticas, (sí, sí, también) o económicas, surgen, porque nos desviamos de los cauces establecidos por las leyes no escritas de la naturaleza. Para los que asocian la naturaleza, con su Dios, pues lo mismo, tampoco las escribe. ¡Cómo son!. Estas leyes no escritas, son las que siempre se imponen, por encima incluso de las constitucionales, sobre todo cuando los tiempos van revueltos. Si queremos montar una fábrica de coches, o de relojes, tenemos multitud de leyes y reglamentos que cumplir. Códigos de leyes ministeriales, municipales, regionales, laborales, etc. que nos indicarán todos los pormenores, y requisitos necesarios para ponerla en marcha. Estas leyes, más o menos, se van cumpliendo, con las consabidas ayudas, componendas, y arreglillos, pero bueno, al fín, se invitaba a las autoridades, en tiempos, se bendecían, se hacían unos brindis, se contaban unos chistes, y la gente era feliz. Vamos, se abría la fábrica. Pero la ley fundamental que nos va a proporcionar la verdadera licencia de apertura para poner en funcionamiento esta reluciente industria, va a ser la ley natural no escrita, de la oferta y la demanda, que es la ley que pone las cosas en su sitio en toda actividad económica. La ley que no permite comisiones, ni viajes, ni cacerías, ni simpatías. Esta ley que, como todas las naturales, se impone siempre, y se aplica automáticamente, sin excepciones, sin corruptelas, sin amiguismos, es la que va a decidir si esa fábrica, produce cien, doscientos, o mil vehículos, o relojes, por día o, por el contrario, se cierra. Se podrá intentar retrasar su clausura, se podrán solicitar subvenciones, organizar marchas, manifestaciones, tirarle piedras, pero al final, si no se necesitan coches, o relojes, se cerrará irremisiblemente. De la misma forma que no podríamos entender que un churrero se líe a tirar churros sobre el aceite hirviendo de su sartén, sin echarle un vistazo al mostrador de su establecimiento, para calcular a ojo, los clientes que se los van a solicitar, tampoco entenderemos que se puedan fabricar coches, motos, frigoríficos, pisos, o naves, etc. sin tener en cuenta los potenciales clientes que tenemos. La ley de la oferta y la demanda, dejando a un lado temas de conservación, almacenamiento, etc. se aplica siempre, y funciona exactamente igual, para los churros, que para las patatas, los coches, los teléfonos, o los pisos. Y la crónica de esta crisis anunciada, se ha escrito, porque nadie echó un vistazo al mostrador de aquella barra del bar, para comprobar si tenía clientes.

Una de las cosas que me sorprende en el aspecto de esta inédita y extraordinaria crisis económica, es la solidaridad que despierta por todas partes, en muchos casos, creo yo, para que no contemos con ellos, no sea. Escuchas a toda clase de personas lamentándose y compartiendo esta situación aún a sabiendas; vamos, que él lo sabe y, además, sabe que yo lo sé, de que no le afecta en absoluto, pero aún así, insiste en su pesimismo, cuando, por el contrario, le beneficia directamente, porque en muchos casos, (para el combustible de su Mercedes, por ejemplo), consigue muchos productos más baratos que antes de la crisis, mientras su gruesa nómina de funcionario, político, o de gran empresa sin problemas, se actualiza automáticamente. Es el caso de aquél que repetía aquello de que "con otra crisis como esta, nos forramos, tío" Como en cualquier situación, se cumple lo de aquel refrán que decía, nunca llueve a gusto de todos. En este caso igual. Lo que sí parece que las cosas ahora se ven distintas. En primer lugar, porque en los momentos que corren, al menos para una gran mayoría, ya no son tan importantes los valores morales, (que al final, al estar ausentes del currículo de sus protagonistas, son los verdaderos responsables del problema) que en estos temas, no debieran repercutir, y que antes, eran el mayor consuelo en las desgracias. Esto de la moralidad ha bajado tanto, como los índices bursátiles de las principales bolsas mundiales. Si estuviéramos en tiempos de Felipe II, ya sabríamos sin la menor duda, las causas de este crasch, las mismas que dieron al traste con sus proyectos de invasión a Inglaterra , por medio de su flota de la Armada Invencible, y que le llevó a su famosa reflexión de que no se puede luchar contra los elementos, contra los designios de Dios. La causa de todos los desastres, eran nuestros pecados, así, a palo seco. Si esto se repite; entiendo perfectamente las noticias que nos traen los medios de comunicación, advirtiéndonos, en esta fría, por definirla de alguna forma, al menos en el hemisferio norte, despedida del año 2008, que pasará a la posteridad, como el primer año de la crisis y que nos anuncian que, en esto de la crisis, lo peor falta por llegar, de aquí, a lo del llanto y el crujir de dientes, no hay más distancia que la que nos separa de aquellas meditaciones de nuestro afligido Monarca, en esos trágicos días del mes de Agosto del año 1588 en los que se entera del gran fracaso de su expedición. Bueno, al menos para aquella catástrofe, encontraron alguna explicación. En este caso, en la actualidad, también encontramos la explicación, pero preferimos no llamarle directamente por su nombre. El origen de esta crisis está en la mentira podrida, contundente, sin paliativos, alterando fraudulentamente las valoraciones, el precio de las cosas, que hace que el ciudadano se defienda buscando valores seguros, en bienes fungibles, como el oro, o productos financieros seguros, como los avalados por los bancos de siempre, o por el Estado que saben que, en todo momento se pueden convertir en dinero en efectivo. La economía se basa en la seriedad de los documentos. Confiamos en el papel moneda porque sabemos que está respaldado por una garantía de un Estado que como hemos comprobando a lo largo de la historia, cuando, por situaciones de emergencia, si no hay ese respaldo, el valor de ese papel moneda se convierte en nada. Lo mismo pasa con el resto de los papeles, de los documentos, que nos dan a cambio de nuestro dinero, si los respaldos no tienen la necesaria garantía, el papel, las acciones, o lo que tengas, ya no tienen valor, o ha disminuido vertiginosamente, porque todo estaba preparado para falsear los valores reales, y de esta forma justificar el dinero de la inversión.

Vistos los acontecimientos, admitiendo que todos los sistemas, ya sean del bando que sean; de izquierdas, derechas, o de centro. Del norte, o del sur, de aquí, o de allá, adolecen de los mismos problemas. Porque es inevitable que el que tenga el poder de decisión, no se vea comprometido en mayor o menor medida, hacia alguna persona, o grupo en concreto, ya sea por intereses más o menos legítimos, ya sea por amistad, afectividad, amor, compasión, o incluso error, en un momento, y en una operación determinados. Tendremos que admitir que ya no podemos seguir recurriendo a soluciones inspiradas en el tradicional espíritu de índole moral-cívico-religioso, que tanto tiempo ha estado vigente en nuestra cultura, pero que no da más de sí, ya que los listos, oportunistas, y corruptos en general, lo hace insostenible. La última esperanza de encontrar una salida a tanta corrupción, a tanta mentira, a tanta chapuza, debemos de tratar de encontrarla en las máquinas, en los automatismos, en los robots. De la misma forma que admitimos que no hay ningún solitario patrón que pueda llevar su embarcación durante veinticuatro horas, en un rumbo correcto, sin que el sueño, el despiste, o el cansancio, lo desvíen, reconocemos que eso lo hace sin ningún problema, sin cansancio, ni despistes, y sin dormirse, un timón automático. Cuando aparecieron las primitivas, y rudimentarias, máquinas sumadoras, había algunos expertos contables que se comentaba de ellos que podían competir en eficacia con aquellas máquinas. Ahora, semejante desafío, ya ni se plantea, hasta tal punto admitimos la superioridad de nuestras máquinas, de nuestros ordenadores, en cuanto a fiabilidad, y eficacia. Estamos todos de acuerdo en que, en cualquier aspecto, cuanto más automático, cuanto menos intervenga la mano del hombre, su funcionamiento resultará más seguro. Cuando un coche logre frenar automáticamente ante un obstáculo, no nos permita acelerar bruscamente, ni circular a la velocidad que se nos antoje, o nos impida girar a derecha o izquierda, a discreción, ese día, el automóvil, podrá competir en seguridad, con el tren o el avión, mientras tanto, seguirá siendo un aparato peligroso. También comprobamos que el encargado de un parking, a la hora de cobrar nuestra estancia en el aparcamiento, lo hará mejor, con más acierto, con más precisión, sin errores, y sin favoritismos, en la medida en que lo haga, lo más parecido posible, a como lo ejecuta un cajero automático. Lo mismo tenemos que hacer extensivo para un director de un banco, funcionario, o de tantos otros puestos de responsabilidad, donde el alejamiento de estos sistemas inanimados, conduce frecuentemente al despiste, o al error, cuando no ya directamente, al fraude, corrupción, e incluso, a la delincuencia. Los humanos siempre estaremos inclinados de una u otra forma, hacia una persona determinada, ya sea por amistad, familia, compasión, afición, simpatía, cuando no ya directamente, movido por un interés concreto, crematístico, más o menos importante, y fraudulento. Por el contrario, las máquinas no tienen predilecciones, ni gustos, ni se enamoran, ni aborrecen, no hacen excepciones, no se equivocan, no tienen sentimientos, y sobre todo, no se dejan sobornar con regalos, sonrisas, viajes, cacerías, yates, o fiestas. Lo que no cabe la menor duda, es que tenemos que hacer algo urgente para poner un poco de orden en todo este tema de la corrupción. Pero, por favor, basta ya de tirarnos el honor, los partidos, los principios, o los mandamientos a la cabeza. Por ese camino llevamos transitando desde la época de los godos, los romanos, y los árabes, solicitando la intervención de los dioses, y de sus castigos, para que nos resuelvan estos problemas, pero con todos los respetos a las divinidades, ahora tenemos cámaras, ordenadores, e internet, y de verdad, me fío más, que quiere que le diga, porque ahora, además de caco, hay que ser muy bruto para, a estas alturas de la civilización, seguir escondiendo los tesoros debajo del colchón, como si estuviéramos todavía en los tiempos de los fenicios, romanos, o piratas.

De esta forma, podremos tratar de encontrar la solución para que resulten más justas las decisiones que necesariamente tienen que tomar las personas responsables de los distintos departamentos de compras, ventas, adjudicaciones, etc. sobre todo en aquellas entidades donde se mueve mucho dinero, tanto en el caso de grandes empresas, como en el de las administraciones públicas, alrededor de las cuales suelen girar los aprovechados de turno, tratando de influir en estas decisiones, no con arreglo a las leyes del mercado, con la mejor oferta, y las mejores condiciones, sino, en muchos casos, recurriendo a sobornos, presiones, e incluso chantajes, para adjudicarse el negocio, recalificación, concesión, o cualquier contratación importante. Sobre todo cuando estamos hablando de dinero público, no podemos seguir dependiendo de la decisión de una persona, sea del partido que sea. Ya sabemos a donde nos conduce esto, es inevitable, todas las personas, sean del partido, del lugar, del credo que sean, son susceptibles de dejarse influir, sino es él, o ella, lo será su pareja, su amante, su cuñado, su suegra, su padre, o su confesor. Por muy pocas aficiones que tenga, por muy pocas ambiciones, pasiones, o necesidades que se le presenten, son personas, (antes había algunos mártires) no máquinas. Pero ahora, gracias a éstas, podemos aspirar a cambiarlo. En todos los casos, sentencias judiciales incluidas, tendría que ser obligatorio recurrir a un programa informático para que con los datos objetivos aportados, nos sirviera de soporte para respaldar las decisiones de los que tienen esa responsabilidad en la adjudicación de esa obra, o en la contratación de un determinado servicio, o de dictar una sentencia. Podemos decir que este sistema no tiene ninguna contraindicación, en último caso, podría servir de escudo para que sirviera de justificación para otorgar ese negocio a esta persona, o a esa empresa. Diría simplemente, el responsable, el ministro, el alcalde, o el juez de turno; es que el ordenador no me lo permite, de esta forma justificaría su decisión, y nadie se tendría que molestar, ni ofender, de la misma forma que no te cabreas con tu cajero automático si no te da el dinero solicitado, si has rebasado el límite del crédito que tenías disponible. En todo caso, aún admitiendo que de esta forma, incorporando a ese programa informático, todos los datos objetivos que puedan intervenir en el desarrollo de ese negocio, pleito, adjudicación, o sentencia, a cuyo programa, todos los concurrentes, podrían tener libre acceso en todo momento, se pudieran producir errores, o injusticias, estas serían infinitamente menores, que las que tenemos que soportar los ciudadanos todos los días, en nuestros ministerios, ayuntamientos, y juzgados.

Todos los casos de corrupción, e incluso aquellos que, aún siendo legales, no son demasiado éticos, sigue siendo posible llevarlos a cabo, gracias a la imprescindible colaboración del oscurantismo, y secretismo, con el que se desarrollan sus actuaciones. Cuando un funcionario se permite cobrar por una charla, (generalmente a otro funcionario, porque estas cosas se pagan casi siempre con dinero de todos), una cantidad apreciable, aunque sea legal, nunca será ético. Cuando se tiene vocación de empresario, lo primero que debe hacer una persona que esté en nómina, ya sea de una empresa, pero sobre todo, si cobra de los presupuestos del Estado, es romper esos vínculos de trabajador por cuenta ajena, y darse de alta, (aquí no tiene que hacer oposiciones, ni le hace falta recomendación alguna) en esa actividad empresarial que, en un sistema de libre economía, es la única que éticamente está justificada para realizar operaciones mercantiles, ganar tranquilamente todo el dinero que le sea posible, hacerse millonario, presumir incluso de ello, y pasarnos el yate por las narices, sin tener que dar más explicaciones, que las que le correspondan legalmente, sobre todo, fiscalmente. Lo demás no deja de ser un intrusismo irreversible. Es decir, un funcionario, o un jefe de compras de una empresa, se convierten en empresario temporalmente, pero éste, nunca va a tener la oportunidad de convertirse en funcionario, ni por un minuto. Podríamos llamar a la gente que se aprovecha de esta forma de su cargo: Empresarios de ventaja, que quieren ganar dinero en el campo de la empresa, pero sin pedir licencias de apertura, sin invertir su dinero, sin crear puestos de trabajo, y por supuesto, sin correr el más mínimo riesgo, condiciones esenciales que acompañan a la actividad empresarial. Ellos tienen asegurada su gruesa nómina, que exigirán hasta el último céntimo, como si ésta fuera su único ingreso, como lo es para la gran mayoría de sus compañeros que, al dedicarse seriamente, profesionalmente, y en exclusiva, a su trabajo, le guardan las espaldas, y hacen posible que esa empresa, o ese ministerio, sigan funcionando. Porque, no nos engañemos, las cosas van, mal que bien, avanzando, porque afortunadamente, la mayoría de las personas cumplen con sus obligaciones, y están en su sitio. El taxista, en su coche; el tendero, en el mostrador; el médico, en su consulta; el juez, en su juzgado; y el notario, en su despacho. Cuando un empresario vende algo, lo primero que expone, mediante la publicidad, es su producto, su oferta, su precio, y de esta forma, sabemos donde están las cosas caras, las baratas, y las de medio pelo; pero cuando lo hacen estos intrusos; el caché de su conferencia, o la comisión de su recalificación, se consiguen, precisamente, mediante el secretismo, y la total falta de publicidad de estas actuaciones que, aunque algunas sean legales, y lógicamente, no tiene nada que ver, una lección, más o menos magistral, con cualquier acto delictivo; sí tienen una cosa en común, y es que ambas necesitan de las mismas ocultaciones, y complicidades para que se puedan llevar a efecto, ya que aún siendo legales, no siempre son éticas, y tal vez, alguna exitosa conferencia, no lo sería tanto, y posiblemente podría terminar con abucheos en lugar de aplausos, si todos los que asisten a ella, (no solo los dos, o tres que están en el ajo), supieran de sus costos, quien los paga, y cuantos participan en la jugada.

En el comercio es obligatorio poner los precios a la vista en los distintos productos que se ofrecen. Cuando una persona se comercializa, (sí, ya sé que no suena bien, porque siempre estamos pensando en lo mismo, y la hipocresía reinante nos impide reconocer que a todos nos gustaría que nos pagaran por cosas que normalmente hacemos gratis) si realmente lo puede hacer, y no tiene incompatibilidades legales, ni morales, no solo no tiene que ocultarlo, sino por el contrario, presumir de su alto caché, como hacen las grandes figuras del deporte, del toreo, o del folclore, que cualquiera tiene acceso a su ranking de ganancias. Si ocultamos el precio, malo, algo tenemos en el interior que nos induce a pensar que lo que estamos haciendo, sobre todo en los casos en que sea legal, no está de acorde con los sentimientos de la mayoría de la sociedad que, aún no siendo una conducta delictiva, que nos obligaría a denunciarla, es en todo caso una actuación que a buen seguro no gozaría de la aprobación de una gran parte de los ciudadanos, máxime en los casos en que esté en juego dinero de la misma caja de donde se nutren los fondos para los subsidios de los parados, y otros. Todo esto viene a resultar que, al cambio, podemos decir que es legal, pero menos, no sé si me explico. Lo que pasa es que ya es una tradición en nuestra geografía, la falta total de respeto hacia la "res" pública. Esto viene de atrás, de muy atrás, pero antes se entendía, porque aún necesitando de la ocultación, y confidencia, que en cualquier tiempo, requieren siempre estas actuaciones ahora, los sofisticados sistemas de investigación, y comunicación, unidos a libertad de que disponemos para ejercitar la denuncia, cuando tenemos las pruebas necesarias, no puedo entender que sigamos tardando tantos años en conocerse que fulanito cobró tanto, que el otro, le regalamos no se qué, que al demás allá, le recalificamos la parcela, es algo increíble. No es posible que se sigan produciendo estas actuaciones tan burdas. No es posible que personajes públicos con un gran nivel de vida, se arriesguen a salir esposados de su alcaldía, o de su casa, sorprendiéndose ingenuamente de que le hallan estado grabando sus conversaciones, como si de pronto acabaran de descubrir que ahora, existen estos artilugios, cámaras, y micrófonos. Todos tenemos que cumplir con nuestras obligaciones, pero los que tienen nómina de las administraciones públicas, aún más, por la sencilla razón de que cualquier ciudadano está legitimado para la denuncia. Si vemos a un señor dando martillazos en su coche, podemos decir que está loco, que se le fue la olla, o lo que sea, pero si se empeña en seguir con el martillo, no podemos hacer nada. Pero si es un guardia civil, o municipal, haciéndolo en el coche patrulla, estamos legitimados, y en el fondo, obligados, a interponer una denuncia, para que no siga golpeando a ese coche que sabemos que no es el suyo, que es un poco de todos. No es fácil de entender como a estas alturas de la civilización, de la técnica, y de la libertad, se puedan seguir llevando a cabo actuaciones encaminadas a obtener unos beneficios irregulares, cuando no ilegales, apoyándose en los presupuestos de las administraciones públicas que, en teoría al menos, todos estamos autorizados a fiscalizar, y en su caso, a denunciar. Si se tuvieran en cuenta todas estas consideraciones y, sobre todo, si se pensara en las obligaciones y servidumbres que en teoría, (y en la práctica, cuando se ejercen con eficacia los controles exigidos) llevan las actuaciones públicas, dejaría de ser el acostumbrado chollo que tradicionalmente se presenta, cuando mediante unas elecciones, oposiciones, nombramiento, enchufe, o vecinos, se consigue la poltrona en el bando de los elegidos. Porque por el camino que vamos, lo del poético, y conmovedor contencioso de las dos Españas, va a resultar mucho más simple. El asunto ya no va a ir por la tradicional, y romántica senda de las izquierdas, derechas, o de frente. De los capitalistas, contra los obreros. De los señoritos, contra los jornaleros. De los ricos, contra los pobres. O por la vertiente dramática de que una de las dos, ha de helarte el corazón, españolito que vienes al mundo, te guarde Dios. No, no, para nada, lo que va a quedar, simplemente, es que la España de los administrados, los currantes, autónomos, empresarios, ambulantes, etc. con papeles, o sin ellos, trabaje para los administradores del Estado, nacionalidad, región, comunidad, ayuntamiento, partido, sindicato, chiringo, o dependencia de cualquier índole, del otro bando, de los que no quiebran porque lo tienen todo vendido, de los que tienen asegurado su salario, tal vez con propina, de los que no tienen que dar explicaciones, de los que, al menos en una gran proporción, tienen flexibilidad, privilegios, moscosos, etc. Cuando se controle de verdad todo este tinglado, "de la otra parte", no debería resultar tan atractivo, sería un trabajo más, no un privilegio.

Ahora bien, tendríamos un problema, no habría tanto interés para hacerse político, no habría tantos debates apasionados, no habría tantos aspirantes a sentarse en el sillón de los favores, no habría tanto empresario de ventaja que no quieren saber nada del libre mercado, de la competencia, de la incertidumbre. Se montan su chiringuito, esperando que ganen los suyos, para que le proporcionen el negocio fácil que luego, ya repartiremos. No puedo entender como se puede seguir pretendiendo obtener plusvalías amparándose en que tienes un amigo en el partido, de la misma forma, que no puedo concebir que se siga pretendiendo hacerlo mediante la compra a un presunto tonto, de billetes tintados, o de una rifa premiada.

Pero no sólo en el ámbito político estamos indefensos los ciudadanos, cada vez más, lo estamos también ante la actuación de muchas grandes empresas, que amparándose en la tradicional responsabilidad que se le suponía a estas sociedades por su envergadura, proceden con una falta absoluta de respeto al usuario. En estos casos, como en los anteriormente citados, de las administraciones públicas, la única defensa posible que podamos tener los ciudadanos, frente a estos atropellos, una vez comprobada la ausencia total de educación, moral, ética o cómo le queramos llamar, que siempre presidieron estas actuaciones, está en la denuncia y publicidad de los fraudes cometidos por unos u otros, y la obligatoriedad de que cualquier actuación, esté respaldada por lo que, en principio, "ordene" un programa informático. Concretamente, dando a conocer como atiende una determinada compañía telefónica a un cliente que han dejado sin línea, pasándole de una operadora a otra, después un contestador, después marque el uno, marque el dos, marque el tres, .. nadie contrataría con ella, pero el desconocimiento de estos abusos, no se conocen y solo te enteras hasta que estás dentro. Son compañías que todo lo basan en grandes campañas de publicidad basadas en el engaño a todos los niveles. Nunca hubo un período de tanta publicidad engañosa amparándose en esa pretendida libertad de comercio que al final lo único que consigue, es que cada día estemos peor atendidos. Aquí la competencia solo actúa, para tratar de conseguir el anuncio más impactante, que pueda engañar mejor a sus futuros clientes. Tendríamos que oponernos de alguna forma, a que una empresa, cuyo objeto social, y licencia de funcionamiento, sea la de vender, o alquilar algún producto, pueda utilizar una línea de teléfono para obtener un beneficio atípico, mediante una actividad totalmente distinta a la que figura en su constitución, y licencia de funcionamiento, porque sabiendo que la ingenuidad no tiene límites, cualquier anuncio que ponga un señor diciendo que vende, o alquila algo a un precio ridículo, la gente llama a ese teléfono masivamente, haciendo que esa empresa obtenga unos beneficios donde las demás tienen un gasto. Ahora bien, podemos decir que esto es la libertad, que esto lo puede hacer cualquiera sí, por supuesto, pero también es cierto, que si todos lo hiciéramos, dejaría de ser negocio para el listo de turno que, una vez más, se aprovecha de que puede utilizar el camino que le han asfaltado los que actúan, no solo con arreglo a las leyes, sino también, a la ética, y a las buenas costumbres, que han presidido tradicionalmente la actividad comercial. No puede ser que estas actividades sigan dependiendo únicamente de la ética que le pueda quedar a una persona. Tendríamos que tener algún sistema, que no sea el que tiene encomendado su control, ya que ante estos, estamos todavía más perdidos, para poder defendernos de todo este tinglado de fraude que va avanzando a pasos agigantados, tanto en el comercio, como en las administraciones públicas, que va a lograr que se incremente notablemente el bando de los listos, hasta tal punto que haga inviable el sistema. Porque, como decía para el caso de la autopista, éstas funcionan cuando los kamikaces no son muy abundantes, en ese caso, se bloquearían, y no podríamos utilizarlas.

Recordaremos durante muchos años, el de 2008, como el de la crisis económica. Si habrá crisis, que ya no se utiliza el viejo refrán aquel de, año de nieves, año de bienes, y eso que ha caído nieve en abundancia en el invierno de 2008-2009. Además de año de crisis, como en otros tiempos fue el del hambre, el de la peste, o el de la guerra, recordaremos este año, como el año de la revancha de los sensatos, que por una vez, lograron realizar la mejor inversión, (con su acostumbrada rentabilidad, de su 5-6% en Letras del Tesoro o en cuenta a plazo fijo) en comparación con las pérdidas que han tenido los intrépidos inversores en bolsa, pirámides financieras, y similares riesgos. Además de la rentabilidad que han conseguido, han logrado la mayor ventaja, el ahorrarse el disgusto del día, al comprobar en la prensa de todas las mañanas, las cotizaciones de sus acciones. Por una vez, los prudentes han ganado, pero en esta crisis han aparecido circunstancias inéditas, que han sorprendido a mucha gente que han estado, o que creían estarlo, toda su vida muy alejados de la temeridad, y del riesgo en sus inversiones. Pero llegó un día por la mañana, y se encuentran con que su banco era un casino, ¡Hagan juego señores! Su asesor, era un croupier, y sus inversiones, simples apuestas en una ruleta, en la que solo él no sabía que estaba jugando. Una vez más, el protagonista es el último que se entera. Todo al quince, por favor, ¡La niña bonita! No va más, ¡Corre la bola! Run, run, run, ta, ta, ta, ta. Fin.

Pero bueno, hay que seguir, saldremos adelante, pero observas que hasta el lenguaje ha variado, porque ahora, las plusvalías son pérdidas, el activo tóxico, los rendimientos negativos, y las empanadas mentales. Entonces, ya no sabes que decir, habías tenido una vida bastante aceptable, tal vez, una familia, unos hijos, incluso alguno te haya podido hacer abuelo, o abuela, pero con esto no contabas. Las noticias sobre el panorama económico, eran pesimistas, solamente las superaban las del día después, primero era un pequeño descenso de la actividad económica, después era el desplome, seguidamente la recesión, mas tarde la deflación, y por último, el sálvese quien pueda. De pronto nos encontramos con que nos sobran coches, aviones, viajes, cruceros, pisos, parcelas, y parecidos, y que lo único que vale, son los billetes, preferentemente, los de 500, tan poco prácticos ellos. En fin, se han roto los esquemas, han cambiado los parámetros por los que discurrían nuestros proyectos, cunde el desánimo, y el pesimismo, pero bueno, te levantas por la mañana, compruebas que te regalan un nuevo día, ves a tu gente. Buenos días, ¿Has dormido bien? De un tirón. Bueno pues, todo en orden, seguimos adelante. Vamos a tomarnos un pulpo con cachelos en "A Trapallada", con el amigo Paco. No pasa nada. La vida sigue, sino igual, parecida.

En esta crisis económica, han ido de la mano, cosa rara, los valores morales con los materiales. Al final, van a tener razón los que sabemos, pero que no los vamos a nombrar, porque les puede entrar el subidón, y entonces, ya la tenemos armada. Hay que reconocer que esto de ganar dinero, tal vez por la envidia, siempre ha tenido muchos detractores. Ya hemos tocado el tema en su vertiente religiosa, pero incluso a Aristóteles, ya no le gustaba el hecho de que se pudiera ganar dinero, sobre todo, cuando se ganaba fácilmente, por el mero hecho de tenerlo, por la retribución del capital, por los intereses. El dinero le parecía útil únicamente, como herramienta para el comercio, para intercambiarlo por productos. En fin, eran otros tiempos. Lo que sí podemos aspirar es que, por una vez, sobre todo a la clase dirigente que organiza, al menos en teoría, todo el tinglado económico, le entre la imprescindible sensatez, recordando que todo el sistema en el que se ha basado nuestro avance y nuestra prosperidad, ha estado siempre presidido por la cordura y la seriedad, y que estos valores son imprescindibles para tratar de encontrar solución a estos problemas y al mismo tiempo, que nos sirva de cura de humildad, para reconocer que si no somos capaces, ni sabemos, como enfrentar estos asuntos que al fin, son humanos, y creados por los humanos, menos vamos a conseguir solucionar otros temas que, además de no tener idea de nada, se escapan totalmente de nuestro campo de actuación.

Otra faceta que caracteriza a los humanos, es le de transmitir sus impresiones, sus opiniones, sus pensamientos, porque está claro que pensadores somos todos, algunos incluso intentamos exponerlos por escrito, tratando de encontrar algún destinatario. Supongo que esto no es nada fácil conseguirlo, máximo en estas líneas donde me limito a exponer una serie de cuestiones que son bastante normales, es decir, los temas en sí, son normales, cosas de la vida de cada día, aunque algunas de mis reflexiones, claro está, pudieran ser discutibles, en todo caso, cualquier afirmación está, en todo momento sujeta a revisión. Si cualquiera de mis afirmaciones, no le gustan, no coinciden con sus pensamientos, o con su ideas, considérelas rectificadas, al momento, no por darle la razón, así como así, sino porque que tengo la predisposición a creer, que tal vez la razón esté de su parte. ¿Y sabe Vd. porqué? Porque me he equivocado mucho, tengo experiencia, hasta dominio diría, por eso admiro a esa gente que dice orgullosa, pues yo si volviera a nacer, volvería a hacer lo mismo, aunque cuando a veces, ves lo que hicieron, yo digo, pues yo no. Por eso líbrenme todos los dioses conocidos, y los futuros que puedan conocerse, de que caiga en la tentación del dogmatismo, de las afirmaciones contundentes, y de infalibilidad, con que en cualquier discusión, en cualquier tertulia, o en cualquier parlamento, estamos acostumbrados a soportar, antes y, por desgracia, ahora. Como si no hubieran pasado años, tal vez siglos. En muchas ocasiones, no puedo evitar la desilusión y el pesimismo, cuando ves que los problemas, los errores, y los fracasos, se repiten una y otra vez, y que a pesar de todo, las posturas intransigentes de unos y de otros, te recuerdan irremediablemente el pasado. Los que hallan leído algo de lo anteriormente expuesto, habrán observado la indiscutible huella que han dejado en nuestra generación, todos aquellos principios de afirmaciones transcendentes, de obligaciones inexcusables, y declaraciones infalibles, que han presidido nuestras mentes juveniles, y que siguieron vigentes por bastante más tiempo que el de nuestra juventud. Por efecto contrario; aunque para algunos, el "impasible ademán", sigan entendiéndolo; somos muchos los que no estamos dispuestos a que podamos caer en el mismo, iba a decir, pecado. Esta predisposición mía a la rectificación sé que no es corriente, y menos en estos tiempos, en que lo que impera, es la guerra en todos los sentidos, la inclinación al insulto, y si hace falta a la calumnia, con tal de conseguir la notoriedad y el éxito. Pero no es el caso. Simplemente se trata de exteriorizar unos pensamientos, sobre todo cuando tienes personas amigas que te lo recuerdan y te animan. Venga decídete, escribe, cuenta algo, como mi comadre, Maribel Outeiriño. (La Región) de Orense, o mis hermanas Carmen, y Pilar.

Son las impresiones, los recuerdos, en parte las vivencias, de un habitante, de una época, de un país, que pretende encontrar alguna explicación de lo que pasa a su alrededor, y poder largárselo a sus amigos, a sus vecinos, por ese afán de la charleta, de la comunicación, del comentario, ya se sabe. También sucede que, frecuentemente, no hay respuesta para tanta incógnita, ni conocimientos para tanta ignorancia. Por otro lado, a la medida en que el mundo se va deshumanizando, da la sensación de que tampoco se hace necesario encontrar las respuestas. Nos vamos acostumbrando a no preguntar, porque cada vez, las respuestas nos las dan más, por medio de contestadores automáticos a los que frecuentemente no entendemos, pero al menos de momento, no te insultan. Eso sí, te cabrean porque, por mucho que avance la técnica, todavía no hay máquina que pueda interpretar nuestras necesidades, nuestros sentimientos. En alguna gran empresa que tienen esa especie de robots que te hacen preguntas, da la sensación de que lo han programado en un manicomio, aunque haya ciertos casos, en los que, cuando por fin, te contesta directamente una persona, y después de intentar razonar con ella largo rato, le ruegas encarecidamente, que te vuelva a enchufar la máquina electrónica que te había atendido con anterioridad, y que ya estabas empezando a cogerle el tranquillo. Estamos ya acostumbrados, por tradición, a que sea las administraciones públicas la que nos atienda mal, pero también en el ámbito empresarial, nos encontramos con empresas que hacen verdaderos esfuerzos para no quedarse atrás en la falta de atención a sus clientes. Por haberme tocado sufrirlas, voy a referirme a dos empresas concretas porque dispongo de todas las pruebas necesarias para respaldar lo que estoy exponiendo, admitiendo que en ocasiones, es difícil poder atender aceptablemente las demandas de los clientes, pero en otras, no sería difícil, ni demasiado costoso, tratar de mejorar la atención a los clientes, sobre todo cuando se trata de grandes firmas que se gastan mucho dinero en publicidad, tirando por la borda, lo que podía ser su mejor campaña publicitaria, atender correctamente a sus clientes, pero lo que parece que persiguen es precisamente lo contrario, esto es, buscar la forma de incordiar, molestar, e incluso, humillar al cliente. Una es la multinacional de telefonía Orange. Puede haber otros casos, pero la que yo confirmé, con mis repetidas llamadas, es ésta. El teléfono para cualquier incidencia, avería, pérdida, cambios, etc. de esta compañía multinacional de telefonía, es el nº 1414. Pues bien, cuando marcamos este número, tal vez con urgencia, por alguna incidencia de este tipo, al menos hasta el día 10 de Febrero del año 2009, nos contestan, en un tono pausado, de la siguiente manera, literal, y textualmente, y que necesariamente tenemos que escuchar íntegramente, si queremos que nos atiendan para exponerle nuestro problema. Marcamos el 1414, y nos contestan así: (de momento, lo hacen únicamente en castellano, hay que agradecérselo)

"Hola, bienvenido al servicio de atención al cliente de Orange. Si eres cliente de contrato, descubre todas las ventajas de nuestro nuevo programa de puntos, entrando en Orange.es. Si es cliente de Orange, pulse uno, si no es cliente de Orange, pulse dos. (Pulso uno) Por favor, marque el número de teléfono de Orange sobre el que desea realizar la consulta. (Pulso los dígitos de mi teléfono averiado xxx xxx) (me contesta) el número marcado es, seis siete cinco seis cuatro xxx, etc.(me contesta). Si es correcto, pulse uno, si no es correcto, pulse dos (correcto, pulso uno). Por favor, espere un momento… (pausa.) Hola, Bienvenido (lo repite otra vez, sin prisas) al servicio de atención al cliente de Orange (desesperante pausa), Por favor, elija una de las siguientes opciones. Para ofertas y promociones, pulse uno. Si desea información, o activar alguno de nuestros servicios de telefonía móvil, pulse dos. En caso de robo, pérdida, o avería de su móvil, o de su tarjeta SIM, pulse tres. Para consulta sobre tres G, servicio de datos, y soluciones de correo en el móvil, pulse cuatro. Para consultas sobre telefonía fija, o internet, pulse cinco. (pulso la opción tres) nueva pausa, música de fondo, otra grabación, por favor, espere un momento, disculpe las molestias. Otra vez música de fondo y ahora, después de tantas opciones, músicas, ofertas, y pausas, empezamos, si no se desconecta, que es muy frecuente, a tener posibilidades de que nos atienda un ser humano, pero eso no quiere decir de que esté resuelto el problema, porque es muy probable, que cuando nos conteste esta persona, no sabemos desde que lugar, ni como se llama, siempre en plan anónimo, tipo robot, pero sin serlo, nos remita a otros números 901, 902 que en muchos casos, o bien no contestan directamente, o como en el caso de algunos, (nos pueden dar más de doce números diferentes) nos vuelven a remitir, por medio de una grabación, al anterior 1414, y entonces empieza la noria otra vez, y ya no sabemos que hacer, ni donde meternos, nos sentimos perdidos, y humillados. Todo esto se puede comprobar simplemente llamando, ya que supongo que no lo han cambiado, llevan así mucho tiempo. Si pensamos que esto es lo que tiene que escuchar, y esperar pacientemente un cliente que simplemente, y apresuradamente, como es lógico adivinar en estos casos, quiere notificar una avería, o desaparición de su teléfono, es difícil de imaginar otro sistema, que pueda demostrar mejor, el desprecio, y la humillación a sus abonados, como recompensa a haber firmado con ellos, como el que emplea esta empresa multinacional de telefonía. Otro caso de desprecio, y humillación al cliente, aunque en un ámbito totalmente diferente, queda patente en la actuación de la financiera de vehículos Hispamer, (del grupo Santander) que para enviar una reserva de dominio, de un coche que hemos terminado de pagar hace tiempo, y que algunas entidades lo envían ya automáticamente, sin pedírselo, al finalizar el pago, en el caso de Hispamer, y esto lo corroborarán multitud de clientes, no nos da ninguna otra opción, ni por mensajería, incluso pagándola el cliente, ni permitiéndole que la recoja personalmente en sus oficinas, para el envío de este documento, imprescindible para poder vender el vehículo, que su envío por correo ordinario, con los riesgos de extravío, ausencia, etc., por mucho que le insistas de que te es urgente, de que lo necesitas para poder hacer la transferencia en Tráfico, nada les conmueve. Esto, unido a los días que tardan en prepararlo, supone estar esperando al menos una semana para recibirlo. Creo que no habrá mejor demostración, en la época de las comunicaciones por excelencia, de cómo se puede organizar un sistema que deje constancia, de la inequívoca voluntad de esta financiera, de molestar, incordiar, y humillar, a sus clientes. Son reminiscencias de ese capitalismo rancio que, como podemos comprobar, sigue vigente en muchos casos. En esto, como en lo de la corrupción, la única defensa que podemos tener los ciudadanos, está en conseguir que estos sistemas caducos, salgan a la luz, contrarrestando en parte, la publicidad que suelen hacer estas empresas, vendiéndonos una imagen que no se corresponde con lo que realmente son, y como quiera que hay otras empresas que actúan de distinta forma, más respetuosa con el cliente, (cómo en el caso de la financiera de Renault, y supongo que otras, que lo envían automáticamente, sin solicitarlo) lo que hace falta es que por los medios que sean, los demos a conocer, simplemente, para que de esta forma, por lo menos, sepamos como actúan, y poder defendernos. Por ejemplo con un listado para consultar y verificar de una forma sencilla las empresas que no tienen consideración, ni respeto por sus clientes, para saberlo, simplemente, nada de denuncias, ni reclamaciones, donde las víctimas, como pasa en otros muchos aspectos, lo son aún más, después de tramitarlas. No, se trata de que sepamos solo como funcionan, ya que con la libertad ésta de nuestros pecados, cada uno tiene derecho a realizar todas las burradas que le apetezca, pero que lo sepamos, simplemente, y que se puedan demostrar fácilmente, como en estos dos ejemplos, que podemos verificar de una forma inequívoca y sencilla. Llamando al 1414, en un caso, y a Hispamer en el otro, comprobando la exactitud de todo lo anteriormente expuesto, y viendo como cosas que en principio, no debiera ser muy complicado hacerlas bien, (incluso serían más económicas, en muchos casos) se hacen mal expresamente, a conciencia, con resultados negativos para las propias empresas, y para sus clientes, pero que en estos casos, como en los de muchas administraciones públicas, es el resultado de la tradicional imposición de un sistema despótico, sin atender a los ciudadanos, no solo externos a estas entidades, sino incluso a trabajadores de las mismas, que en absoluto están de acuerdo con estas actuaciones, pero que no pueden hacer nada, porque, como ellos dicen siempre, son unos "mandados". Esto es nuestra asignatura pendiente en la carrera hacia el respeto a los ciudadanos, ya sea por parte de las administraciones, o empresas. Tenemos que conseguir algún sistema en que los "mandados" de turno, que al fin y al cabo son los que financiamos a unos y a otros, se nos respete, y se nos tenga en cuenta, y podamos contribuir a cambiar algo las cosas. Con los medios de información, y comunicación, que tenemos en la actualidad, no debiera resultar demasiado difícil.

Por eso decía antes que en ocasiones, es preferible que te atienda una máquina directamente, un parquímetro, al menos no te desprecia, ni te humilla. Eso sí, hay que saber cogerle el tranquillo. Generalmente esta expresión de cogerle el tranquillo, no es más que admitir que, por fin, te has leído el libro de instrucciones, de aquello que pretendías poner en funcionamiento. Este librito debiera existir también, cuando intentamos descubrir el sistema, la manera de que nos entienda, y que a su vez, le podamos entender, esa persona con la que necesitamos comunicarnos, pero nos encontraríamos con que ese libro, no se podría hacer en una imprenta, porque habría que tener uno distinto para cada elemento, y aquí, lo de coger el tranquillo, no funciona, porque en asuntos del razonamiento, las variables son infinitas, y lo que para unos, puede representar la plenitud, la euforia, para otros, puede ser el comienzo de la tristeza, o de la depresión. Por eso que, en el camino de la búsqueda de las explicaciones, y de las respuestas, cada día hablamos menos, preguntamos menos y contestamos menos, por no dar, ya ni damos los buenos días. Cada vez tenemos menos esperanzas de poder alcanzar unos niveles adecuados de razonamiento, es más, en ocasiones parece claro, un franco retroceso, respecto a las cotas alcanzadas en períodos anteriores. No entendemos esas guerras, no entendemos esa violencia, no entendemos esos extremistas irracionales, dispuestos a morir o matar, con un desprecio total por la vida, ya sea propia, o de sus semejantes, que rompe todas las leyes de la naturaleza, y de los humanos. Pero en otro orden de cosas, tampoco entendemos como se han podido perder tan rápidamente las más elementales normas éticas, y morales que tradicionalmente presidieron las relaciones humanas, familiares, vecinales, comerciales, y financieras.

No entendemos nada, al comprobar cada día, como nuestros responsables encargados de dirigirnos, y de intentar mejorar las cosas, tratando de buscar soluciones a nuestros problemas, siguen atrincherados en sus posiciones, sin admitir errores, sin pedir disculpas por sus fracasos, y sin que podamos albergar la mínima esperanza, de que no sigan recurriendo al consabido reproche a los del equipo contrario, al árbitro, a los elementos, y al engaño descarado, a sabiendas de nuestra impotencia, e indefensión. No entendemos nada, al ver como podemos seguir mirando para otro lado, cuando tropezamos con nuestros pies en la miseria, cuando estamos dispuestos a soportar mafias, corruptelas, largas esperas, e imposiciones de todo tipo, para adoptar un niño, o una niña, a miles de kilómetros, cuando no hacemos nada por los que llegan, sanos, y creciditos ya, a nuestras costas. No entendemos nada, al contemplar en directo esas inútiles guerras inspiradas en los fanatismos religiosos, como si no hubieran pasado los siglos. No entendemos nada, de esas otras guerras de las que nadie habla, pero que están desangrando a los países más desafortunados del planeta. No entendemos nada, cuando vemos que afortunadamente ya no hay enfrentamientos inspirados en las ideologías religiosas, que tanta estopa repartieron en otras épocas, pero que no logra que a estas alturas, alcancemos una convivencia relajada, que pueda evitar el que nos sigamos tirando símbolos, estandartes, procesiones, y filípicas, a la cabeza, tratando de poner los dioses de nuestra parte. No entendemos nada, y nos llena de tristeza, como después de tantos siglos, después de tantas cruzadas, guerras dialécticas, y a garrotazos, después de tanta miseria intelectual, y material, sigamos, sigan, en plena crisis económica, gastando dinero en publicidad, en un alarde de imbecilidad en grado máximo, jugando a las adivinanzas, con la existencia o no, de Dios. No entendemos nada, o al menos yo no entiendo nada, pero nada, y no se (me) nos ocurre otra cosa, que no sea, la de que nos pongamos a entonar suavemente, un sentido Réquiem por la razón. En este caso, imprescindiblemente, necesito compañía, y nada mejor para este fin, que el impresionante "Dies irae, dies ella", que con su melancólica música, nos trae la nostalgia de tiempos, y lugares lejanos, algunos, francamente lejanos.

Ahora bien, estas cosas, como ciertos himnos, canciones, o algunas melodías inolvidables, es mejor que no tengan letra, o si la tienen, que no sepamos lo que dicen y, en último caso, si se empeñan en traducírnoslas, tal vez sea conveniente salirse del recinto, como hacían los hombres de la Iglesia de Don Serafín, en Barbadás, (Orense, por la carretera de Celanova, bajando por la vaguada, entre las viñas, hacia Pontón) allá por los años cincuenta, del pasado siglo, que salían al atrio, cuando el Sr. cura empezaba con su sermón penitenciario, a liarse un cigarrillo, con el tabaco aquél de los paquetitos de la Tabacalera Española, conocidos como cuarterones, y que luego prendían con aquellos encendedores, de mecha en espiral, y pedernal, y de esta forma, esperaban tranquilamente a que el Sr. Cura terminara el discurso ya que todo lo que no se decía en latín en aquella parroquia, preferían no escucharlo, al menos, al no entender el lenguaje litúrgico, les quedaba la esperanza, de que lo que podían decir aquellos salmos, sería un poco más humano, y llevadero, de lo que era cotidiano por aquellas épocas. Porque de infiernos, jueces, iras, y penas, ya tenían suficiente dosis, con lo que se encontraban en su casa cada mañana, en aquellos duros tiempos.

De siempre sabemos, porque ya nos lo decía la Biblia, que no hay peor sordo, que el que no quiere oír y, podemos añadir, que también en ciertos casos, no hay peor entendimiento, que cuando te lo explican en tu propio idioma. Por eso, y por favor, sin traducir, porque sino, va a ser mejor que hagamos como los parroquianos de Barbadás (que dicho sea de paso, eran un poco, bueno ya me entiende, con decirle que le quemaron la iglesia en su tiempo, cosa que en Galicia no se llevaba, aún con la república. Esto, Don Serafín nunca llegó a perdonárselo del todo) Pues eso, como decía, atentos, sin traducir, uno, dos, tres.

Dies irae, dies illa
Solvet saeclum in favilla
Solvet David cum Sibylla.

Quantus tremor est futurus
Cuando judex est venturas
Cuncta stricte discussurus.

Tuba mirum spargen sonum
Per sepulchra regionum
Coget omnes ante thronurn

Etc.

Había pensado terminar en este punto mis reflexiones, mis comentarios, sobre estos variados temas. (Hay que ser muy ignorante, muy superficial, incluso diría, justificando lo escrito anteriormente al respecto, muy imbécil, porque precisamente la osadía, es una de las principales características de la imbecilidad; como para atreverse a tocar asuntos que puedan ser tan importantes; desde la patria, hasta la religión, el derecho, el idioma, nacionalismo, violencia, fanatismo, aborto, emigración, fronteras, crisis económica, moral, medio ambiente, suicidio, accidentes de tráfico, censuras, circulación, etc., cuando de cualquiera de estos temas, lo coge un profesional, una persona que sepa de verdad, competente, cultivada, y te hace un tratado que flipas en colores. Pero teniendo en cuenta, que muchas veces, cuando se cumplen esas premisas, es decir, cuando te encuentras de pronto, con un, una súper de estos, gente preparada, inteligente, profesional, que no se pueden aguantar ni así mismos, tampoco te aclaras mucho, y te entra un poco la depre, al contemplar el panorama, porque mire Vd., amigo. Se reúne un grupo de personas, ya talluditas, serias, que forman parte de un importantísimo tribunal, que han dedicado toda su vida al estudio de esos asuntos específicos, vamos, que no han hecho otra cosa, y con frecuencia nos encontramos con que, el cincuenta por cien, opina que tal cosa, científicamente, técnicamente, es constitucional, se puede hacer, es buena; y el otro cincuenta por cien; dice que no es viable, que está prohibido, y que todos a la cárcel, y entonces, te pierdes, y ves que puede servir como justificación, para que los ignorantes también podamos entrar en el reino de los opinantes.) Pero al dárselo a mi editora, me dice, ella que sí sabe de que va la vaina ésta de la cultura, porque sabe hasta latín; hombre Ramón, es un final un poco tétrico, terminar con un responso tan trágico estas reflexiones tuyas a veces, un tanto humorísticas, no lo veo. Es entonces cuando caí de la burra, y me di cuenta de lo importante que es la cultura, y de lo que a veces, supone ver las cosas desde el prisma de la ignorancia, y que llegado a este punto, la única salvación posible para el ignorante, imbécil, y vecinos, está en que, rápidamente, sin discutir, sin poner excusas, ni pretextos, sin intentar encontrar las consabidas, y con frecuencia, ridículas justificaciones, agradecer las indicaciones de los que saben, prometer inmediata corrección, y ponerse manos a la obra para cambiarlo.

Todo en la vida, puede que no tenga justificación, pero sí, explicación, su porqué. De esta forma, andamos averiguando, espiando, siguiendo, a determinada persona para tratar de adivinar, porqué este tío, porqué esta tía, hace esto, o hace lo otro, viaja con fulanito, come, o duerme, con fulanita. Y no tiene justificación, por supuesto, no solo eso, sino que incluso, está delinquiendo, pero si tiene una explicación muy lógica, a la vez que contundente. En primer lugar, porque hay mucha gente, sobre todo, entre los encargados de administrarnos, que no tienen nada que hacer, y que además, no tienen crisis, ni problemas económicos ni, lo que es peor, síntomas de les pueda quedar algo de aquella vieja moral, que presidía las actuaciones de los que vivían del presupuesto, y de esta forma, no tienen el más mínimo escrúpulo a la hora de emprender un viaje transoceánico, los días que hagan falta, con dietas, sí señor, con todos los gastos pagados por la misma caja de donde cobran los parados, los pobres, los desahuciados, o los muertos de hambre, sin que le entre un ligero resquemor por sus adentros, y sin que nadie lo eche de menos en su puesto de trabajo, por la sencilla razón, de que allí no hace falta, sobra. El viejo refrán castellano, de que la ociosidad es la madre de todos los vicios, tiene una perfecta aplicación en éste, como en otros casos parecidos, donde lo primero que se aprecia en esta clase de contenciosos, es que lo que en principio resalta, es comprobar como la gente que los protagoniza, no está afectada por los problemas que por el contrario, acechan a los ciudadanos de a pie, acuciados por el paro, la hipoteca, y los problemas cotidianos. Y en segundo lugar, porque seguimos sin encontrar la fórmula para poder evitar que la política, siga siendo el camino para conseguir dinero fácil, por los corruptos de siempre, que como ha quedado demostrado a lo largo de la historia, reciente y pasada, afecta a todos los partidos y asociaciones, de todas las tendencias, creencias, y geografías. Y esto seguirá así indefinidamente, mientras a los ciudadanos se nos siga restringiendo el seguimiento de las maniobras que realizan las personas responsables de llevar a cabo los distintos proyectos de las administraciones públicas, cosa a la que tenemos todo el derecho, porque se trata de saber, en todo momento, lo que se hace con nuestro dinero, simplemente. Parece mentira que a estas alturas de las comunicaciones, se puedan seguir haciendo estos apaños con los mismos métodos, y sistemas de los tiempos en que no había cámaras, internet, ordenadores, etc. Con los medios que tenemos hoy en día, sería fácil de controlar todo esto, si realmente hubiera voluntad para ello, pero que, al no permitir que estas actuaciones públicas las podamos fiscalizar los contribuyentes, se convierten en actos que, debido al oscurantismo con que se realizan, nunca podrán evitar las sospechas de favoritismo, fraude, y corrupción, que con frecuencia, sobre todo en períodos preelectorales, salen a la luz pública, con detenciones, dimisiones, y vergüenzas, que desmoralizan a los ciudadanos en general, pero sobre todo, a la mayoría de sus compañeros políticos honestos, que no buscan en su actividad pública, otra cosa que no sea el servicio a sus conciudadanos, en detrimento, en muchos casos, de su bienestar, tranquilidad, y seguridad personal, y familiar, teniendo que soportar encima, que a menudo los relacionen con esa otra gente, gentuza, chorizos, o similar, que tienen otra visión muy diferente de lo que representan los negocios públicos. Porque hay que echarle mucha cara para ponerse a delinquir desde el interior de una administración, o empresa que encima, le paga su sueldo. Siempre es lamentable que te roben, pero lo es mucho más, que te roben desde dentro. Cuando un político, o allegado, se aprovecha de su situación, para obtener un beneficio personal, es lo mismo que cuando el atracador de un banco es el guardia, o cuando el secuestro lo realiza el escolta que habíamos contratado.

Volviendo a mi asunto, tampoco tiene justificación, porque la única sería la ignorancia, y esta no vale, pero sí, como en el caso anterior, tiene una explicación, tiene su porqué, y estas cosas, cuando no se buscan excusas, ni pretextos, suelen ser muy sencillitas. Resulta que yo no tenía una idea tan triste, ni tan trágica, de esto del "Dies irae" Sabía que era un responso, no unas sevillanas, precisamente, pero que no era para tanto, porque los niños de aquellos tiempos de misa y rosas, de todo lo que se decía en latín, que era mucho, no teníamos idea de lo que podría ser su equivalente en castellano, o gallego, que eran los idiomas que entendíamos, y que yo creo que los mayores que lo sabían, no nos lo traducían, para no meterse en líos. Nosotros cogíamos todo aquello con bastante cachondeo, dentro de los estrechos límites que teníamos, llegando a componer pareados de ciertas expresiones latinas, sin saber lo que decían, canciones, o responsos, que nosotros convertíamos, para hacer chiste, en unas versiones graciosas que nos servían para divertirnos "in illo témpore", a falta de las consolas, móviles, teles, motos, coches, pornografía, agresiones, etc que tienen los niños, o niñatos, de hoy.

Es así que el famoso y melancólico responso del "Dies irae" nos sonaba de oído, de esta forma, con nuestro añadido gamberro:

Dies ile, dies ile
Dille o morto, que espabile
Cinco duros son seguros
A conta de catro burros

Claro, cualquier parecido con la realidad, no solo es que sería una coincidencia, es que la cosa se las trae porque, por lo que me traduce la culta editora, aproximadamente, el auténtico responso del "Dies irae" quedaría al cambio, más o menos, así: "Día de la ira, día aquél en que los siglos se reduzcan a cenizas, como testigos el rey David y la Sibila (como suena, lo de la Sibila, terrible) Cuanto terror habrá en el futuro, la trompeta esparciendo un sonido por todos los sepulcros, reunirá a todos los hombres, etc"., y así sucesivamente. De aquí, a lo del llanto, y crujir de dientes, queda un paso. Tremendo. Ni que decir tiene que, automáticamente me dije, este no puede ser el final. Como en las películas románticas, debo intentar un final sino, feliz, al menos que no de la brasa, y entonces, tratando de demostrar que estos defectos a los que tantas veces me he referido, que afectan a los humanos, y que ya no quiero repetir más, (empieza por imb.) cuando no son irrecuperables, cuando no se insiste en sostenerlos, cuando no lo eres del todo, o cuando aún queda alguna esperanza para el razonamiento, pueden llegar a curarse, y a desaparecer totalmente, como las anginas, o la tos. Por lo tanto, dando un giro de trescientos sesenta grados, no tonto, que decía el otro, que así te quedas lo mismo, que son ciento ochenta, bueno, pegando un giro de la leche, cambiando totalmente la dirección que llevaba la despedida inicial, que rodaba ya por la pendiente de la nostalgia, la tristeza, y el pesimismo; por culpa sobre todo no, por una vez, en este caso, no es cosa del presidente Zapatero era, recuerden; por culpa de la sin razón, que en estos momentos, parece que nos invadía, o nos bombardeaba, tal vez, con más intensidad que la habitual. Vamos entonces, a olvidarnos un poco de la parte negativa, vamos a cambiar de orientación, y poner rumbo hacia un final más optimista, y animado.

Por tanto, vamos a terminar viéndolo a través de otro cristal, pensando en que tenemos muchos motivos para el optimismo, y otros muchos más, para estar agradecidos, no tenemos excusa para no estarlo, no tendríamos la más mínima justificación, para permitirnos hacer, ni hacernos, algún reproche, sobre todo los mayores, los de las canas. Primero, por el mero hecho de que, increíblemente, seguimos en el mundo de los vivos, después de tantas curvas, baches, y crisis, cuando ya hemos acudido, más de una vez, a despedir a compañeros nuestros, con los que habíamos tomado la salida en esta carrera de la vida, en la que te permitían participar sin que tuvieras que llevar casco, ni cinturones, ni cabezales, ni demás sistemas de seguridad. Por carreteras donde el límite de velocidad, únicamente dependía del motor, de los puertos, y de la temeridad, donde el radar era solo para los aviones, y los controles para los políticos. Segundo, porque llevamos sesenta, tal vez setenta años, y dispuestos a seguir en la competición, hasta la bandera de meta, pero reconociendo, al mismo tiempo, que competimos en un mundo donde las cosas han cambiado tanto, que en muchos casos, nos entran las dudas de si seguir pedaleando, o de subirnos al coche escoba. Y en tercer lugar, porque de una forma u otra, estamos contentos y felices de haber participado en la aventura ésta de la vida, con el mundo que nos ha tocado, con las ilusiones que hemos tenido, con las personas que nos han acompañado, y con las circunstancias que nos hemos encontrado. Por todo ello, queremos que nuestra despedida no sea con un responso, que sea con una canción pero, si ha de tener letra que, por favor, no sea trascendente, ni que nos hable de penas, lamentos, iras, ni reproches. En ese caso, preferiremos que suene solo la música, amigo Aute o, de decir algo, que sea lo más parecido a no decir nada, como por ejemplo, en el caso de aquella inolvidable canción de nuestra recordada, y añorada, Cecilia. No sé si me explico.

"Nada de nada"

La espuma del mar
Un grano de sal, o de arena
Una hebra de pelo
Una mano sin dueño
Un instante de miedo
Una nota perdida
Una palabra vacía en un poema
Una luz de mañana,
Así de pequeña soy yo
Nada de nada

Nada de ti, nada de mi
Una brisa sin aire soy yo
nada de nadie

Un copo de nieve
Una lluvia que llueve
Un pensamiento,
Un abismo entreabierto
Una palabra callada
Un "lo siento"
Un paso sin huella
Soy un camino que no tiene destino
Una estrella apagada,
Así de pequeña soy yo
Nada de nada

Nada de ti, nada de mi
Una brisa sin aire soy yo
nada de nadie
Un soplo de vida
Una verdad que es mentira
Un sol de invierno
Una hora en tu noche
El silencio de adioses
Un sin quererlo
Un segundo en tus sueños
Soy un peldaño subiendo tu escalera
Una gota sin agua,
Así de pequeña soy yo
Nada de nada
Nada de ti, nada de mi...

© Cecilianet.com

La cantautora Cecilia.